Régis Jauffret

Maman

roman

RÉCAMIER

92, avenue de France
75013 Paris
Tél. : 01 44 16 09 00
Fax : 01 44 16 09 01
www.editions-recamier.fr
www.lisez.com

Mise en pages : PCA
Dépôt légal : août 2025
ISBN : 978-2-38577-201-7

Le 3 janvier 2020, je me réveille au bruit d'un chantier qui bat son plein à l'étage supérieur. Sur mon portable, un message audio de la maison de retraite marseillaise dont ma mère est pensionnaire depuis quatre ans. Une voix d'homme m'informe qu'elle est décédée paisiblement à sept heures. Je n'ai jamais rappelé pour avoir des détails de ses derniers instants. Elle ne s'était pas réveillée, à moins qu'elle n'ait sonné pour dire à l'infirmière, *je me sens si bien*, puis elle s'est arrêtée de respirer comme on s'endort. J'ai entendu dire que dans les quelques minutes précédant notre mort le cerveau produisait assez d'endorphines pour nous accorder un peu d'euphorie avant la culbute. Une sorte de cadeau d'adieu à celui dont il a été si longtemps partenaire.

C'est très rassurant de le croire.

La nuit précédente, en proie à l'insomnie, tandis que je méditais, immobile, posé sur une chaise dans l'obscurité du salon, il m'a semblé la voir passer. Une femme terrifiée. J'ai senti le courant d'air glacé qui la suivait comme une traîne. Quand je me suis enfin recouché, je l'ai retrouvée dans un rêve. Serrant entre ses doigts une coupe de champagne, elle riait de bon cœur et il me semble que moi aussi. Elle portait son visage de centenaire, mais cette scène n'aurait pu se dérouler que du temps où il nous arrivait de partager des moments de complicité. Elle a commencé à se déliter vers la fin des années 1990.

Depuis sa chute quatre ans plus tôt, je rêvais souvent d'elle. Il n'était pas rare non plus qu'elle apparaisse furtivement en filigrane de la réalité. Rêves ou apparitions exacerbaient mon sentiment de culpabilité dont l'origine se perdait au fin fond de mon enfance. Il n'avait fait que croître tout au long de ma vie pour culminer à son arrivée à son corps défendant dans un Ehpad. Longtemps, elle l'a appelé, *l'hôtel,* sans aucune ironie. Elle me demandait aussi à quel endroit de son corps on l'avait opérée. Les choses peu à peu sont rentrées dans l'ordre. Pourtant, elle n'a jamais appelé par son nom ce lieu haï où elle avait l'impression d'avoir été incarcérée.

Anne, mère de mes enfants – nous avons fini récemment par nous marier après une relation entrecoupée de plus de quarante ans – m'aide dans les démarches. J'ai réglé les détails de l'enterrement, choisi le cercueil et payé le tout quand elle a intégré la maison de retraite, car on m'avait averti que la loi interdisait à l'établissement de garder un corps plus de huit heures. Restait en suspens la question du caveau familial dont je devais retrouver le titre de propriété.

Dès le premier jour, j'avais informé de sa mort plusieurs membres de la famille qui s'étaient chargés de répandre la nouvelle, mais j'avais malgré tout fait insérer un avis de décès dans *La Provence*. La dame des pompes funèbres m'avait averti que l'inhumation ne pourrait se dérouler avant une semaine.

Au mieux.

Elle patienterait d'ici là dans une morgue. Un mot effrayant quand on imagine l'un des siens allongé dans le tiroir d'un frigo. Il est vrai que ce n'est pas plus réjouissant de le savoir vissé dans un cercueil.

La dame a ajouté que ce délai me donnerait le temps de diffuser la nouvelle de sa mort au-delà du cercle familial et de remplir l'église. Je lui ai fait observer que nous ne préparions pas un spectacle.

Le but n'est pas de l'enterrer à guichets fermés.

Une assistance trop maigre donne un côté sinistre à la cérémonie.

On enterre de plus en plus tard. Certains corps patientent jusqu'à quatorze jours avant d'être inhumés et l'écologie trinque. Toute cette énergie dépensée pour réfrigérer le corps d'un être qui en a déjà dilapidé une quantité extravagante de son vivant – et la cryogénisation plus énergivore encore que l'existence. Ces sinistres hurluberlus craignent leur effacement de la liste des vivants jusqu'à se faire surgeler comme des hamburgers. Ils finiront par ressusciter deux cents ans plus tard à l'occasion d'une panne de secteur consécutive à la destruction d'une centrale électrique par un ouragan. Ils sortiront de leur boîte gueule ouverte, mouillés comme des rats, grelotant et ils jetteront un regard terrifié sur un siècle hostile, démoli, aux habitants bouillants de haine.

Son séjour à la Résidence Mazargues s'achèvera bientôt. Elle la quittera les pieds devant après avoir passé mille trois cent cinquante et un jours dans cet établissement situé à une portée de kalachnikov des Beaumettes. Contrairement aux pensionnaires de cette prison qui désertent leur cellule à l'occasion de promenades, elle ne quittait jamais sa chambre du deuxième étage qui avait vue sur la pinède, dont elle distinguait à peine les arbres tant ses pauvres yeux ne lui transmettaient plus qu'une image crépusculaire, même si elle arrivait parfois à mettre un nom sur les ombres qui défilaient sur l'écran du téléviseur.

Madeleine, autrement nommée dans cet ouvrage, *mère, maman, Mado, Magdalena, Madelon* et plus tard d'un autre prénom encore, m'appelle un matin tôt. D'une voix assurée et claire malgré sa centaine cinq fois sonnée, elle me demande de venir la voir. Je lui dis que j'ai prévu de descendre pour Noël dans une quinzaine de jours.

J'ai vraiment des rendez-vous que je ne peux pas annuler.

Annule-les, je te le demande.

Une maman devenue autoritaire avec l'âge.

Tu dois venir. Je baisse, tu sais, je baisse. Dans quelques jours je ne serai peut-être plus en état de parler.

J'arrive samedi.

Non, demain.

Je lui ai cédé.

Départ donc. TGV le lendemain à sept heures. Insomniaque depuis l'adolescence, je n'ai pas fermé l'œil de la nuit. À chacune de mes visites, j'apporte une bouteille de champagne et un bocal de foie gras. Arrivée gare Saint-Charles, je grimpe dans un taxi qui me balade dans toute la ville pour faire gonfler le prix de la course.

Grand soleil, l'Ehpad semble scintiller tant la lumière est éclatante. Je sonne au portail toujours clos pour empêcher les nombreux malades d'Alzheimer d'aller se perdre dans la nature. À l'intérieur, la sempiternelle odeur de désinfectant qui me prend à la gorge et m'angoisse, comme si ce produit renfermait toutes les déchéances du monde. Dans la pièce de vie qui donne sur le jardin par une baie vitrée grand ouverte, bien que nous soyons à peine au début du mois de mars, secondés par des aides-soignants, les pensionnaires déjeunent autour d'une table aussi longue qu'un comptoir de bar.

Je prends l'ascenseur. Sur toutes les portes des chambres qui demeurent béantes toute la journée figure sur une feuille de papier à dessin le prénom de l'occupante. Une illustration l'accompagne. Pour Madeleine, c'est une balle de tennis. Coïncidence ou pas, elle a frisé la sélection aux championnats de France de 1932. Elle mena ensuite une fastidieuse vie d'employée de bureau.

Elle est assise, droite et raide, dans le fauteuil roulant où elle passe ses journées. Devant elle, un plateau dont elle a à peine chipoté le dessert. Bien que le règlement l'interdise, elle a toujours pris ses repas en solitaire dans sa chambre. Jusqu'à l'an dernier, le coiffeur attaché à l'établissement venait chaque mois pour essayer de donner du volume au duvet qui lui restait sur le crâne et qui est devenu si rare que ma mère a fini par dissimuler sa calvitie sous un turban en satin bleu, se passant des services du coupe-tifs.

Pour tout dire, elle s'est refusé à frayer avec les autres pensionnaires. Elle pensait sans doute appartenir à une secrète aristocratie de vieux. En fait de gueux, une duchesse ne supporte que la proximité de ses domestiques comme elle ne tolérait ici que celle du personnel soignant et des femmes de service avec lesquels elle se montrait très aimable la plupart du temps.

Elle me sourit. Elle se ressemble de moins en moins. La mort gagne chaque jour du terrain. Sous son visage, le cadavre pousse comme l'écrivit un auteur sud-américain dont le nom m'échappe. Je l'embrasse. Elle dégage les fragrances du parfum *Calèche* dont je lui offre souvent un flacon pour sa fête. Je pose mon sac sur le lit.

Buvons, dit-elle.

J'ai laissé deux coupes dans son placard. Je les remplis, puis lui tartine une biscotte de foie gras, façon rillettes. Elle boit une gorgée de champagne et croque voracement le toast. Elle finit sa coupe. Je lui en verse une autre dans laquelle elle trempe les lèvres.

Elle avait failli mourir après son opération de la hanche consécutive à une chute dans son appartement. Elle s'était emmêlé les pieds dans le tapis et s'était effondrée sur les tomettes. Elle avait été sauvée sitôt son appétit revenu, fantasmant les aliments, évoquant à tout moment les asperges, les frites, les fraises, les pizzas aux anchois. Elle se plaignait des repas de l'hôpital, ensuite de ceux de la maison de vieux qui pourtant disposait d'une cuisine et d'un chef. Son goût était atone et certains mets lui paraissaient même amers.

J'ai parlé dans mon livre *Papa* de ma stupéfaction quand, en regardant distraitement un documentaire à la télévision, j'avais vu mon père arrêté par la Gestapo devant l'immeuble familial. Personne n'en avait jamais entendu parler parmi toute ma parentèle encore vivante, même pas cette cousine qui avait cinq ans au moment des faits et habitait au rez-de-chaussée de l'immeuble devant lequel les gestapistes traînaient mon père menottes aux poignets.

À la suite de patientes recherches, j'ai acquis la certitude qu'il ne pouvait s'agir d'une reconstitution. Ces images, introuvables à l'INA et à la Cinémathèque où tous les films jamais réalisés en France sont répertoriés, avaient dû être tournées par la propagande allemande pour montrer que les bourgeois n'échappaient pas à la répression et, en outre, que les arrestations auxquelles procédait l'occupant se déroulaient de façon aussi humaine que dans un État républicain – à sa figure terrorisée on pouvait supposer qu'il avait été battu auparavant, mais les sbires ne frappaient pas mon père durant la courte déambulation entre la porte d'entrée et la voiture. De surcroît, il était menotté par-devant contrairement à la coutume actuelle.

Elle déposa un toast à peine grignoté sur le plateau et but une dernière gorgée de champagne.

Tu sais, ton père.

Elle ménage un long silence avant de recommencer à parler de cette voix puissante et nette qui surprenait jusqu'au gérontologue quand il la visitait.

Je ne t'ai pas dit la vérité. Je pensais emporter ce secret dans la tombe. Les histoires de famille sont tellement compliquées. Quand, après tous ces décès on se retrouve seule à savoir, on ne sait plus si on doit parler ou persister à se taire.

Elle ravala sa salive. Elle semblait soudain hésiter à se jeter dans le précipice des aveux.

En réalité, j'ai connu ton père en 1942.

La légende que mes parents m'avaient toujours servie, évoquait une rencontre dans une bibliothèque de la rue Montgrand dix années plus tard au printemps 1952. Un long célibat pour une femme née juste avant la guerre de 1914 à une époque où on était vieille fille à trente ans. Elle avait connu pendant la guerre un soupirant de trente ans son aîné, nous y reviendrons.

Avec maman, nous cachions des réfugiés depuis le début de la guerre.

Le dernier étage de l'immeuble de la rue Breteuil où elles résidaient avait été abandonné sitôt l'arrivée des Allemands par une famille émigrée de Pologne qui avait fui aux États-Unis. En partant, ils avaient confié les clés à ma grand-mère chargée de garder leur appartement pour le cas bien improbable où ils pourraient le récupérer à leur retour après-guerre.

Les volets restaient clos toute la journée. On a logé là jusqu'à dix personnes adultes et des enfants aussi. Il y a eu des deuils, des accouchements. Un médecin venait gratuitement les soigner avec les moyens du bord. En ce temps-là, les médicaments étaient rares. Fin novembre 1943, il a été arrêté. Il est mort en déportation. Évidemment, les accouchées criaient, les nouveau-nés pleuraient. On avait insonorisé une pièce avec des coussins de chaise et des boîtes d'œuf en carton cloués aux murs.

Elles avaient d'abord hébergé un couple que ma mère avait rencontré en sortant des bureaux de la compagnie d'assurances où elle travaillait. Ils ressemblaient à des automates avec leurs valises minuscules comme des bagages de marionnette. Des mouvements successifs, enchaînés et retour à la case départ. Ils s'agitaient de la sorte pour ne pas mourir de froid. La neige tombait depuis le début de l'après-midi. La neige qui pourtant zappe Marseille quatorze années sur quinze avait choisi cette période tragique pour se manifester.

Ma mère s'était arrêtée sous un porche afin de les observer. Ils avaient dû remarquer sa présence. Afin de donner le change, maintenant ils marchaient, ils trottaient, ils cavalaient pour lui donner à croire sans doute qu'ils allaient quelque part. Un mouvement circulaire, on aurait dit qu'ils évoluaient dans un manège équestre.

Ils ont dû distinguer dans ses yeux une ombre de compassion. Ces deux êtres humains se sont rapprochés d'elle. Un échange silencieux de regards.

On n'a pas osé se serrer la main.

Leurs quatre yeux craintifs se sont détournés par peur de l'irriter en la fixant. Elle voyait bien qu'ils étaient épuisés, affamés, frigorifiés. Elle leur propose de la suivre jusque chez elle pour boire un ersatz de café bien chaud. Ils lui répondent dans une langue qu'elle ne comprend pas. Néanmoins, ils se carapatent tous trois vers la rue Breteuil. On dirait qu'elle les traîne derrière elle tant ils la suivent scrupuleusement pas à pas.

La charité chrétienne, tu comprends.

Ils se sont réchauffés devant le poêle. Sitôt englouti le café brûlant, ils ont avalé en trombe leur bol de soupe comme s'ils craignaient les voleurs. Le lendemain, ils reprendraient leur errance avec un peu de pain dans leurs poches.

Au matin, tombait une pluie glacée. Elle faisait fondre la neige qui blanchissait la ville. La boue, le froid humide et ces gens qui leur disaient des mots inconnus comme on verse des larmes en cherchant des poignées auxquelles s'accrocher pour qu'on ne les jette pas par-dessus bord.

J'ai décroché le trousseau de clés des Polonais.

Là-haut, rien n'a bougé depuis leur départ. À midi, le couple est déjà installé. Ils sont incrédules, émerveillés. Elle ne sait plus très bien comment les choses se sont déroulées. Ce ne pouvait être le bouche-à-oreille, les pensionnaires ne sortaient jamais, se contentant de happer l'air à travers les lames des volets pendant le jour et de s'emplir les bronches la nuit dans la totale obscurité devant les fenêtres entrouvertes. En tout cas, une femme enceinte avec une petite fille les avait rejoints trois semaines plus tard. D'autres se sont succédé. Certains s'en allaient au bout de trois jours, au bout d'un mois ou s'attardaient davantage.

Je ne résiste pas au plaisir d'asticoter Madona.

Ils te laissaient un pourboire en partant ?

Qu'est-ce que tu veux dire par là ?

Ton refuge ressemble plutôt à un hôtel.

Madelon répondit sèchement qu'un bon fils ne traitait pas de menteuse sa maman.

Le couple qui valsait naguère sous la neige était toujours là un an plus tard.

Certains avaient beau s'en aller, il y en avait toujours autant.

Quand Marseille fut libérée, les habitants du dernier étage refusèrent de vider les lieux. Ils gardaient la peur au ventre et les tirs des partisans, qui faisaient écho à ceux des derniers nazis planqués sur les toits des immeubles, n'étaient pas faits pour les rassurer. D'abord un jeune homme fraîchement installé s'aventura à l'extérieur. Il disparut une dizaine de jours et les autres crurent à sa déportation. Il revint cependant chercher un blouson fourré qu'il avait oublié sur un cintre. Ma mère essaya avec lui de convaincre les terrorisés de tenter une sortie. Ils descendaient l'un après l'autre mettre un pied à l'extérieur comme on trempe le bout de ses orteils dans la mer pour tâter l'eau. Ils remontaient à pas silencieux pour n'être repérés par personne.

En décembre, les propriétaires sont rentrés des États-Unis pour vendre leur bien avant de retourner dans le Minnesota où ils s'étaient définitivement établis. L'appartement fut acheté par un marchand de cycles du cours Lieutaud. Les occupants s'en allèrent quand la police s'en mêla. Ma mère se souvient de ces êtres désorientés qui tournaient en rond sur le trottoir. En définitive, ils se sont égayés par les ruelles adjacentes à la rue Paradis avec leurs paquets soigneusement ficelés.

L'appartement rénové fut loué à un jeune couple d'avocats qui aux dernières nouvelles vivrait encore là. De jeunes nonagénaires à présent, que cette survivante maman aurait pu inviter au grand bal d'anniversaire qu'elle donnerait peut-être en janvier prochain à l'Ehpad pour fêter en guinchant la sixième année de son siècle.

À sa connaissance, les habitants de la maison avaient attendu la Libération pour devenir gaullistes. Personne cependant ne les avait dénoncés.

Nos pensionnaires auraient été gazés et nous n'aurions pas valu beaucoup plus cher. Dire qu'après la guerre il ne s'en est pas trouvé un seul pour venir nous remercier. Pas le moindre.

Sa peau bistre s'empourpre légèrement. Elle aurait voulu sans doute qu'ils lui apportent des fleurs pour son anniversaire, un ballotin de chocolats à Noël.

Et des étrennes pour le jour de l'an.

Arrête de rire, nous n'étions pas obligées.

Elle m'a fixé avec un regard dur malgré ses yeux voilés.

J'ai rencontré ton père à ce moment-là.

L'image de cet homme mal dissimulé dans la pénombre de l'escalier apparaît nette dans son cerveau qui ne reçoit plus du réel que des ombres monochromes de plus en plus confuses. Il avait pénétré furtivement dans l'immeuble. Les portes d'entrée étaient rarement verrouillées en ce temps-là. Elle était descendue jeter ses ordures dans la barrique qui tenait lieu de poubelle collective. Il se recroquevillait dans une encoignure afin de se dissimuler. Elle l'avait aperçu malgré tout. Il n'était pas assez roué pour cacher sa peur. Il aurait pu avoir affaire à une collabo prompte à le livrer aux nazis. Il parle d'une voix rauque, si vite qu'elle en comprend la mélodie plutôt que les mots qui la portent.

Vous pouvez me recueillir ?

Le dernier étage était plein.

Nous vous hébergerons cette nuit.

Ils sont montés. Elles partagèrent avec lui leur repas de rutabagas. Il dormit dans une sorte de cagibi où, des décennies plus tard, je verrais ma grand-mère penchée sur une vieille machine Singer coudre des robes pour Madeleine et sa sœur aînée.

Sa bouche d'affamé à chaque bouchée s'ouvrait grand mais ne laissait pas échapper le moindre mot.

Avec une certaine inconscience, les deux femmes ont évoqué devant lui le vieux Polonais mort là-haut en fin d'après-midi. Une année à l'abri des intempéries n'avait pu venir à bout de son épuisement. Par chance, le concierge était prêt à rendre service contre six mois de tickets de pain dont ma grand-mère recevait quantité de son frère – maire des Vans – qui les obtenait au nom de villageois décédés depuis des années. D'après Madeleine, ces morts avaient voté pour lui en masse lors des élections municipales.

L'homme et son fils placeraient le corps dans la barrique au cœur des ordures. Ils se trouveraient sur le trottoir au moment où passeraient les éboueurs. Ils les aideraient à vider le contenu de la barrique dans la benne pour s'assurer que le sac ne glisse pas et n'éclate pas sur le bitume. Les autorités avaient autre chose à faire que d'enquêter sur l'origine d'un cadavre trouvé dans la décharge.

Un plan farfelu, heureusement ton père a proposé de nous aider.

Il monta avec elle là-haut. Faute de place, on avait allongé le mort recouvert d'un drap dans le couloir exigu éclairé par un bougeoir qui jetait sur son visage une faible lueur orangée. Ma mère a eu du mal à éloigner sa veuve qui pleurait doucement. La rigidité cadavérique contraignit mon père à lui briser le dos avant de poser le corps sur ses épaules comme un sac de ciment. Un bruit glaçant de vertèbres brisées. Un cadavre aussi léger que celui d'un enfant.

Ainsi chargé, il descendit l'escalier avec lenteur afin que les vieilles marches en chêne verni craquent le moins possible. Il avait entendu un habitant fureter derrière la porte de son appartement. Il est sorti dans la nuit absolue du couvre-feu. Les femmes suivirent tant bien que mal sa progression par la fenêtre. Au bout d'une centaine de mètres, il disparut au coin d'une rue. Il abandonna le corps du Polonais assez loin de l'immeuble pour que les flics n'établissent aucun rapprochement avec elles. Il rentra furtivement comme un animal inquiet regagne son terrier. Il remonta l'escalier. Elles l'attendaient sur le palier.

C'est fait.

Après avoir prononcé ces mots, il s'isola quelques minutes dans le cabinet de toilette et fila se coucher sur le fin matelas qu'on lui avait donné. Au matin, il n'était plus là. Il avait décampé sans bruit avant l'aube. Cet homme, dès le lendemain, elles l'avaient oublié. À quoi aurait pu leur servir de se souvenir de lui.

On avait assez de travail avec ces familles qui marchaient sur nos têtes.

Elle s'arrêta soudain, visage figé, lèvres blêmes. On aurait dit qu'elle répétait sa mort.

Alors ?

Elle a retrouvé son visage de vivante. Elle a même réussi à bâtir une moue ironique de sa bouche presque rose.

Tu vas tout écrire.

Je n'ai jamais rien écrit sur toi ni sur papa.

Tu attends d'être bien tranquille.

Que tu sois morte.

Et tu mentiras pour faire de moi un personnage romanesque.

Évidemment.

Si ces dernières phrases ont été dites, je n'en conserve aucun souvenir.

Raconte-moi encore.

Je n'avais aucune arrière-pensée littéraire. Je voulais juste qu'elle termine son histoire.

La suite, au prochain numéro.

Quand ? Tu m'as dit que d'ici quelques jours tu ne serais peut-être plus en état de parler.

Demain, je le serai.

Je dois passer un scanner à quinze heures.

Tu te feras porter pâle.

J'ai protesté, arguant en outre de la sacrosainte promo de mon livre sur Flaubert.

Flaubert s'en fout bien de ton livre.

Je ne pouvais certes pas lui affirmer le contraire.

Il était à peine seize heures, en accélérant un peu le rythme, elle avait le temps de finir son histoire avant l'arrivée des aides-soignants qui fermeraient hermétiquement la porte, ouvriraient grand la fenêtre avant de changer sa couche. Deux mastards qui soulevaient les vieillards comme des plumes.

Je recommencerai à causer demain. Comme ça, je te reverrai.

Elle est retorse et têtue, cette vieille maman. Je retrouve alors mes réflexes d'adolescent quand j'estimais ses propos inadmissibles. Je me lève bruyamment, j'attrape mon sac avec la ferme intention de quitter la pièce en claquant la porte. Mais elle résiste et continue à battre dans le vide alors que je dévale en rage l'escalier.

Dans le taxi, je me disais que, depuis la mort de mon père une trentaine d'années plus tôt, ma mère auparavant si prompte à baisser pavillon s'était muée en maîtresse femme sûre d'elle et dominatrice. L'événement semblait lui avoir donné une confiance inébranlable devant laquelle tout et chacun devait céder. Cette bourgeoise était même devenue si obstinée en société qu'elle outrepassait parfois les bornes de la politesse en répétant à l'envi son argument sans prêter attention à ceux des autres. Deux mères différentes de part et d'autre de ce 4 avril 1988 qui avait scindé sa vie. Malgré la tentation de faire sonner les mots, je ne dirais pas que deux mères valent mieux qu'une. Au contraire, une seule suffit largement à vous exaspérer.

Éviter de penser à ce corps voué à la corruption, à la vermine et le feu ne vaut pas mieux. Rien à tirer de la mort, ça se saurait. Le langage usé, trop mâché par trop de dents ne parvient pas à exprimer ce genre de réflexions qui pourtant sont probablement à l'origine de la philosophie. Ainsi, d'où vient-on, pourquoi nous sommes, et, pour les croyants, pourquoi donc un dieu a-t-il pris la peine de nous créer, sont des questions auxquelles il est d'autant plus impossible de répondre qu'on ne peut les développer sans diluer leur substance. Alors on trouve naïf de les poser à voix haute. Si quelqu'un en connaissait les réponses, il transformerait tant notre perception de l'existence que nous deviendrions aussitôt une espèce différente à laquelle il faudrait s'employer à trouver un nom nouveau.

Sa mort n'a pour l'instant rien changé à mon rapport avec elle. Madelon est à Marseille, je suis à Paris comme devant. Elle est muette dans son tiroir. Elle l'était pour moi depuis qu'elle était devenue trop sourde pour pouvoir téléphoner.

Il faudrait que je l'aime.

Je l'ai aimée, je l'ai tant aimée. Toujours pourtant ce désir de dompter l'émotion, de ne pas pleurer. Il me semble avoir assez souffert pour ne pas en plus souffrir qu'elle ne soit plus. L'obscénité de cette phrase. Je l'aime encore, je l'aimerai toujours et puisqu'il ne me reste pas tant de siècles à vivre, je peux supposer que je tiendrai parole. On dirait une longue histoire d'amour, avec ses ruptures et ses bouleversantes retrouvailles.

Je t'aime, maman, crois-tu vraiment que je pourrais faire autrement.

Prétendre que je t'aime, est-ce me mentir un peu pour éviter le sentiment de culpabilité qui me tenaille quand je me dis le contraire, quand je ne me dis rien par peur de me l'avouer. Tu m'auras tout donné, pourtant depuis des années j'étais épuisé d'être ton fils. Quand j'étais enfant, tu me parlais de ta mort comme d'une menace. Il y a un an, tu m'as demandé de te débarrasser de l'existence. Des paroles sans fondement, tu ne voulais pas plus mourir que sauter en parachute sanglée sur ton fauteuil. Je t'avais reproché de vouloir faire de moi un matricide. En outre, le suicide est fort mal vu là-haut. Tu n'as pas répondu, tu n'as pas bronché, tu avais déjà oublié ce que tu venais de dire.

J'ai pris hier soir assez d'anxiolytiques pour rassurer un poulet jeté vivant dans une rôtisserie. Malgré tout, au matin, je pressens une douleur dormante qui, à tout moment, peut se réveiller en donnant un grand coup de pied aux substances dont je suis gavé. Cet enterrement dans presque une semaine. Cet enterrement, si lointain. Sa présence s'étire. Et est-ce qu'une fois enterrés les morts sont escamotés.

Ma mère, une menace, un poing serré. Une grenade, une petite bombe. Je la crains comme une torture. Et puis quoi, encore. À force d'emphase, ton fils est devenu bête. Un mégalomane jusque dans le chagrin qu'il voudrait démesuré pour entrer dans le palmarès des oursons blessés. Les adultes serrent les dents en silence, pratiquent le *never complain* des Britanniques. Quand j'éprouve le besoin de justifier mes faiblesses, je fais jaillir le petit bonhomme que j'étais enfant, moi le petiot de soixante-quatre ans qui guette dans le miroir les stigmates de la douleur en craignant qu'ils ne s'incrustent et se fassent rides.

Parlons à nouveau d'amour. Ces dernières années, elle ne m'aimait plus de manière absolue. J'ai remarqué souvent des intermittences, des moments où je la soupçonnais pleine de ressentiment. Elle éprouvait de la rancune face à mon exaspération, mon manque d'affection. Je ne lui accordais pas son dû d'embrassades, de manifestations, d'inquiétudes quant à sa santé, son confort. Ma façon d'écourter les conversations qui lui faisaient plaisir à propos de la politique dont elle suivait l'évolution douze heures par jour à la télévision, sur des gens à propos desquels elle aurait voulu que nous cancanions et puis, je me racontais de moins en moins. Je ne lui donnais même plus à grignoter les comptes rendus de mes livres parus ici et là dans les médias. Une méchanceté que je justifiais avec la plus grande mauvaise foi dans mon for intérieur en me comparant à un cadre d'entreprise qui n'est pas tenu de parler de ses clients à sa petite mère.

Tu n'es pas gentil.

À sa place, c'est ce que j'aurais dit. Je ne me souviens pas qu'elle ait prononcé ces paroles à cette époque-là. En revanche, il lui arrivait de me dire que je m'occupais beaucoup d'elle, que je m'en occupais trop. Une formule perverse qui m'amenait aussitôt à la démentir.

Mais pas du tout, je ne m'occupe pas trop de toi.

Une façon paradoxale de me signifier que je ne m'en occupais pas assez. Assez peut-être, mais sans entrain, sans chaleur, sans ce dévouement enthousiaste dont font preuve d'ordinaire les enfants de parents devenus vieux. Même les enfants déjà largement octogénaires, cardiaques, cancéreux au dernier degré, amputés d'un bras, d'une jambe, du bout du nez et de la verge, se traînent pourtant chaque matin à l'Ehpad avec des douceurs dans leur cabas et des baisers par milliers qu'ils appliquent à leur maman sitôt parvenus dans leur chambre de leur bouche brûlée par le cruel soleil du midi sous lequel ils sont restés courageusement toute leur vie, au lieu, comme ce régis tout juste jauffret, de fuir à Paris en abandonnant le ventre qui l'avait porté – neuf mois et dix jours, alors que tant de mères foutent dehors leur salopiot bien avant la fin du temps règlementaire.

Grâce à sa grossesse tardive, elle bénéficiait à son âge d'un fils encore fringant. Il était d'autant plus coupable de ne pas employer son énergie à l'aimer. Ce n'était du reste pas indispensable que mon amour soit sincère. Quand on vit en société, on ne dit jamais à personne toute la vérité, pas plus à sa femme, son homme, ses enfants qu'à sa merveilleuse maman. Tout le monde préfère la générosité, les paroles empathiques d'un hypocrite incapable d'éprouver des sentiments pour personne plutôt que les trahisons, les insultes et les paroles acerbes d'un de ces escogriffes trop pudiques pour laisser soupçonner à quel point leur amour est immense sous la croûte de haine.

Du reste, elle ne prétendait pas elle-même à la sincérité. Elle était adorée par son entourage sans qu'elle ait dilapidé en aucune manière son capital affectif à leur endroit. Ses paroles amènes, ses gestes attentionnés, ses compliments suffisaient à sa propagande.

Un peu plus d'un an avant sa disparition, je reçus un coup de téléphone en provenance de la maison de retraite. Une aide-soignante à l'appareil.

Je vous passe votre maman.

Chéri, je te libère. Je vais mourir dans cinq minutes. Au revoir.

Je ne sais plus ce que je lui ai répondu. Quand elle a rendu l'appareil à la femme, cette dernière de lui demander, *alors ?* Ma mère de répondre, *il ne m'a pas crue*. Elle aurait voulu qu'à l'annonce de son décès imminent, je pousse des cris de goret égorgé, que je fonde en larmes et la supplie de faire un ultime effort pour surmonter ce péril.

Encore un effort, maman. Survivre est une question de volonté. Tu vas vaincre. N'oublie pas que tu ne m'as jamais déçu. Tu ne vas pas m'abandonner aujourd'hui.

Quand bien même n'aurais-je pas mis en doute sa menterie, elle avait compris qu'elle n'aurait eu droit qu'à quelques paroles convenues et que je n'aurais pas pris la peine de l'honorer d'un faux sanglot. Son chantage à la mort prochaine ne fonctionnait plus. Elle m'avait raconté un grand nombre de fois dans mon enfance, l'histoire de Guillot, un petit berger, qui, pour faire accourir les villageois et créer un événement quand il s'ennuyait en gardant ses moutons, avait pris l'habitude de crier *Au loup ! Au loup !* Le jour où le loup arriva, de guerre lasse, personne ne se déplaça et le loup le croqua.

Maman, tu ne t'en souviens pas ?

La lancinante question du chantage à la mort, planant jour et nuit au-dessus de ma tête, obsède ce livre tout entier.

Elle était devenue comme un bébé qui a pour seul pouvoir celui d'alerter par ses cris. Maman, tu mentais comme on appelle au secours. J'étais le seul être au monde dont tu attendais, langue pendante, un serment d'amour.

Je t'aime.

Une déclaration que ma fille t'avait faite quinze ans plus tôt. Tu l'avais saisie au vol pour m'en administrer une torgnole.

Il y a si longtemps qu'on ne m'a pas dit *je t'aime*.

Histoire de me rappeler à quel point j'étais devenu monstrueux. Elle était lointaine l'époque où je l'avais cadeautée d'un pareil compliment. La dernière fois, je ne devais pas avoir plus de dix ou douze ans. Moins de quatorze à coup sûr. Elle non plus du reste ne me l'avait pas dit depuis. J'en mettrais ma main au feu.

Lui dire, *je t'aime*, m'aurait soulevé le cœur.

Comme si j'avais été contraint sous la menace d'un revolver de l'embrasser sur la bouche.

Un cousin m'envoie une photo où elle resplendit. Elle doit avoir quatre-vingt-cinq ans, la jeunesse pour une dame décédée vingt ans plus tard. Je vais en faire exécuter un tirage. Je l'aurai devant les yeux. Une décision jamais mise en œuvre qui tendrait à prouver malgré tout qu'entre la date de son décès et celle des obsèques, l'épiphanie de mon amour pour elle déchirait parfois le plafond de mon logis.

Non, je n'ai pas eu à l'époque ce projet et, durant cette période, mes sentiments pour elle sont demeurés atones.

J'ai sans doute inventé ce détail pour laisser entendre qu'avant la découverte de sa trahison, mon amour pour elle n'avait pas baissé pavillon. Vaine tentative de me montrer sous un meilleur jour dans le huis clos de ma conscience.

Aimer sa mère est une vertu, quoiqu'il advienne.

Elle ne préoccupe plus que mon humble personne, si j'excepte mes enfants, infiniment moins intéressés que je ne le suis par son histoire. L'homme qui en était le plus proche après moi – un ancien amant septuagénaire d'un cousin décédé du SIDA dans les années 1990 – est mort comme elle en 2019. Pour la clarté du récit, je vais lui donner le pseudonyme de Marc. Magdalena représentait pour lui une sorte de tante façon mère de substitution car il avait perdu la sienne trente ans plus tôt. J'appellerai ledit cousin, Joachim, c'est un prénom altier et il était très fier de sa particule. Je vous en reparlerai.

Marc était devenu injoignable depuis des mois quand j'ai découvert son décès dans la liste des convois funèbres. La cause de sa mort n'était pas précisée.

Quand je l'appelais, les derniers temps, il me semblait parler à un petit enfant. Ses amis étaient partis les uns après les autres, lassés de le voir se pointer pour déjeuner un lundi, alors qu'ils l'attendaient pour dîner l'avant-veille et de l'entendre répéter en boucle le récit affabulé et fabuleux de sa vie. Il ne se rappelait plus leurs noms, prénoms, âges, situations de famille, professions. Il les confondait, les prenait pour des morts, des célébrités qu'il n'avait jamais croisées de toute son existence.

Il avait commencé à décliner peu avant la chute de Madeleine, au moment où justement elle aurait eu le plus besoin de ses services. Elle en ressentait de l'amertume et disait à qui voulait l'entendre que pour elle il était déjà mort. Quant à lui, dès son hospitalisation, ne trouvant pas beaucoup d'attrait à la fréquentation de cette vieille dame alitée, il avait commencé à s'en détacher. Quand il venait la voir, elle recommandait aux autres visiteurs de ne surtout prêter aucune attention à ses propos.

Il dit n'importe quoi.

Madeleine détestait que je le plaigne. La solitude et la souffrance lui étaient réservées. Il n'était pas question qu'on puisse lui faire ombrage dans ce domaine. Elle accordait une immense valeur sociale à la douleur. Il lui semblait qu'un réel challenge existait pour couronner celui qui avait le plus souffert, souffrait le plus aujourd'hui et présentait à terme les meilleures perspectives de souffrance. Je lui répétais en vain que la douleur ne valait rien, à moins d'être le Christ qui avait souffert pour nos péchés à en mourir crucifié.

Quoi qu'il puisse lui arriver, la souffrance lui échoyait. Une prime, un cadeau à sa vie de femme méritante. Quand, à dix-neuf ans, je fis une dépression dont je me souviens sans joie, elle déclara quelque temps plus tard *j'ai souffert*. M'accorder la faveur d'avoir souffert moi-même était au-dessus de ses forces. Du reste, elle n'avait pas prévu que son sidéral *Régis* connaisse la douleur. Un garçon en béton, structure en acier, auquel même le plus maigre des chagrins d'amour serait épargné. Nous verrons tout à l'heure comment Mado entendait me protéger de ce genre de misère.

Madelon chérie, je t'accorde toute la douleur du monde. Du fond du cœur je te fais ce cadeau.

Elle m'appartient. C'est mon héritage. J'en suis le propriétaire, l'habitant, le gardien vigilant. L'entretenir, l'empêcher de se dégrader avec les années sans toutefois la rénover tout à fait pour la conserver dans son jus, afin de pouvoir la faire visiter comme un mémorial. Je ne vais pas continuer à filer cette métaphore, dans laquelle ma pauvre maman est déjà noyée.

Je ne suis plus sûr d'écrire ce livre que, de toute façon, vous tenez déjà entre vos mains. Se placer en surplomb. Un livre écrit par un drone. S'éloigner davantage de ce jeu d'existences, de souvenirs malmenés. L'écrire sans état d'âme comme on dévale une pente. Ce livre m'amènera bien quelque part. Besoin d'avenir, de neuf, d'exaltation. Pénétrer dans mon passé, défoncer toutes les portes, le ressassement de l'imaginaire, la mer, les vagues, le déferlement, le reflux et me voilà en route vers un livre qui me bouleversera, me transformera, fera de moi un être plus accompli. Progresser jusqu'au bout pour laisser derrière soi un impeccable cadavre.

Voilà cent sept mots de verbiage. Je les publie par humilité.

Un des buts de ma vie d'écrivain fut de ne pas parler de maman. C'est sans doute pour cette raison que j'ai le plus grand mal à écrire autre chose que des fictions. Afin d'éviter de l'effleurer, j'ai fait profession d'être un simple raconteur d'histoires. Je n'ai abordé l'autobiographie que dans ce tardif *Papa*, symboliquement paru le matin de la mort de Mado.

Refuser de parler de moi, c'était surtout répugnance à parler d'elle. Il y a des êtres qui ne vont pas l'un sans l'autre. Madelon et Régis, drôle de couple qui n'a guère cohabité qu'une vingtaine d'années durant et a vécu quatre décennies séparé par trois heures de chemin de fer. Je prends conscience aujourd'hui à quel point nous étions proches. Si j'en avais pris conscience plus tôt, je doute cependant que je serais venu plus souvent à Marseille.

L'une aimait, l'autre un peu.

Exaspéré de sentir que tous ces serments ne s'adressaient pas à lui mais à un régis rêvé dont il ne serait éternellement que la copie fautive. Une façon de se sentir victime d'une escroquerie aux sentiments. De toute manière, les honnêtes couples mère et fils sont imparfaits, puisque les coucheries leur sont interdites même s'ils passent leur temps à se tromper. Du reste, l'envie de coucher ensemble nous avait toujours manquée. Des individus – au moins sur ce plan-là – normaux jusqu'à l'ennui.

Il est temps pour moi de sortir une deuxième fois de cette mère. M'éloigner, courir, nager, sauter, m'envoler tel un enfant qui rêve. Désormais, elle n'a plus besoin de moi, elle me laisse libre de vivre en célibataire d'elle. Elle ne m'a jamais demandé en mariage ni empêché d'en épouser une autre. Par définition, les parents sont plus âgés que leur enfant. Mais se marier avec sa mère n'est pas une idée si cocasse.

De fameuses épousailles.

Une noce sponsorisée par une marque d'éclats de rire. Nous aurions pu avoir grâce à la science de beaux enfants épanouis. Mère et grand-mère tout à la fois, elle aurait pu se vanter de m'avoir tout donné, même ses ovules – dans un sale état, certes – mais, après plusieurs mois de labeur, des laborantins les auraient ressuscités.

Désolé de n'avoir pas l'audace d'imaginer notre nuit de noces. Le salon de la rue Marius-Jauffret – du nom d'un ancêtre quincailler que porte également mon fils – bariolé comme un arc-en-ciel, cassolettes diffusant tous les parfums d'Arabie, Alfred au piano jouant la *Marche nuptiale* de Mendelssohn, le sol constellé des miettes du gâteau dévoré de concert par la famille affamée partie pudiquement avant le show en titubant – avec, dans les veines, un sang de Dom Pérignon que leur cœur bat vivement, afin d'en casser les bulles, par peur d'une embolie. Une estrade dorée, un lit posé là comme une grande flaque de soie blanche, la mariée vêtue du même tissu et le petit Régis en chemise à jabot et caleçon de jaguar.

Je ne saurais vous dire à quel point je me réjouis de n'avoir point entraîné notre ouvrage dans cette fange. La littérature se passe fort bien de l'immoralité des mères et des fils. Du reste, cette Madona me sembla toujours trop âgée. Quarante et une années d'écart, c'est beaucoup. Elle m'aurait eu à peine nubile, notre histoire aurait peut-être évolué autrement.

Foin de vulgarités.

Nous fûmes toujours chastes.

Vous voulez vraiment que je vous raconte la teneur de ce précieux document.

Je me figure un théâtre dont, lassés par le monologue de l'histrion, les spectateurs quittent la salle l'un après l'autre. Enfin, voilà l'histoire. Quand notre Mado se réveilla de l'opération consécutive à sa chute, elle fut mourante pendant une dizaine de jours. Je fis des recherches dans le tiroir où elle rangeait ses papiers car, depuis mon enfance, je savais sa passion pour les dernières volontés. J'ai trouvé une feuille de papier quadrillée où elle disait tout l'amour qu'elle portait à mes enfants et à moi-même. Elle voulait une bénédiction à l'église, *pas une messe,* précisait-elle. Elle voulait aussi que ses obsèques aient lieu l'après-midi. Il est vrai que de son vivant elle consacrait ses matinées au sommeil.

J'avais donné les clés du logis à une agence immobilière. Les visites étaient rares, personne ne se portait acquéreur. La tenancière finit par déclarer forfait et me rendit le trousseau.

Elle-même ou un de ses employés ont dû faire réaliser un double des clés. Quelques semaines plus tard, le testament et de vieilles montres sans valeurs s'étaient évanouis. Quelques semaines plus tard, les bibelots posés sur la table basse s'étaient volatilisés. À chacune de mes visites, je constatais que des nappes, des serviettes, des verres en cristal avaient pris la poudre d'escampette. Les objets disparaissaient sans que je me dise seulement, *ils ont disparu*. Une sorte d'état de sidération. Il aurait suffi de faire ajouter un verrou pour arrêter le massacre. Je ne sais comment expliquer ma conduite. On pourrait la rapprocher de celle d'un humain médusé qui se laisse déshabiller sans broncher par un pervers.

Un appartement se dégrade très vite lorsqu'il n'est plus habité. Quand je débarque ce soir-là, les murs de la salle de bains perdent leur enduit par plaques entières. Une infiltration de plus, sans compter les fuites qui, régulièrement, aspergent les voisins du dessous. Le frigo est mort depuis longtemps mais la vieille télé fonctionne encore. Je l'allume, je monte le son pour ne plus entendre la rumeur qui bruisse dans ma tête.

Je me suis arrêté tout à l'heure au supermarché d'en face. Une paëlla que je fais réchauffer dans le four à micro-ondes rescapé. Je bois des bières, du café en grignotant un paquet de biscuits. Ensuite, douche froide car le chauffe-eau est en rade. Je me coule dans le lit dont la femme de ménage qui vient de temps en temps a changé les draps. Partout, pendues aux murs, de grandes photos de moi. Une sorte de culte de la personnalité. Il me semble être Staline, Mao Zedong, Hitler peut-être, sur un vieux cliché où je porte une frange qui rappelle la sienne.

Aucune photo de mes enfants, ce qui m'attriste.

Cet espace contenait ma chambre d'enfant qui s'est envolée avec les meubles dont elle était garnie. Elle est devenue une image dans ma mémoire qui a évolué à force de se dupliquer. Je peux l'observer à travers une lucarne, la traverser, m'allonger sur le lit étroit, poser un cahier sur le bureau. Les objets n'ont sans doute plus exactement la même apparence. Certains ont dû se transformer, disparaître, tandis que d'autres sont apparus. Je n'aime pas le passé, c'est de la mort.

J'aime de moins en moins la mort mais ma mère prétendait depuis qu'elle avait atteint la centaine que, dans notre famille, on mourait peu, presque jamais, très tard et de mauvaise grâce. Comme je l'ai plusieurs fois promis, je mettrai pourtant fin à ma vie le jour de mon cent sixième anniversaire par respect pour Mado, qui ne vécut pas davantage.

C'est dans cette chambre d'enfant que j'ai connu mes premières insomnies vers l'âge de huit ou neuf ans. Depuis, j'ai toujours mal dormi. J'étais devenu un veilleur de nuit chargé de donner l'alerte en cas de danger comme une oie du Capitole. Le silence qui règne dans la maison a quelque chose de tombal. Je respire. Je médite. Je finis par somnoler, radio du portable allumée. Me parviennent des infos, des reportages, des parleries dans toutes les langues de l'univers. On cause de Jésus dont bientôt on dépendra les crucifix sanglants qui effraient jusqu'aux mouches. Il est vrai que les résistants ne sont pas représentés tuméfiés, nus, dans la baignoire bourbeuse de leur supplice. Un prêtre fait remarquer que Jean Moulin vaut bien Jésus et Albert Camus saint Jean-Baptiste.

Je voyageais, survolant des représentations lumineuses de ma vie. Les instants, des huttes, les moments, des hameaux, les villages et les jours, les villes et les ans, les continents et les siècles et file la métaphore depuis la nuit des temps. Seul passager des métaphores à l'infini dupliquées. Une armada, une expédition romanesque qui pulvérise l'une après l'autre les civilisations, les planètes parlantes, bavardes, les taciturnes et les muettes. L'écriture croque, broute, mâche, suce, avale à grandes bouchées les civilisations, les mondes.

Saga éclairée par ma mère en fusion.

Mère lumière, soleil, les radiations qui émanent de toi me rissolent comme une poignée de patates rattes du Touquet. Maman universelle dont les autres pondeuses sont vassales – et la vôtre qui rampera toute sa vie devant cette déesse de l'amour maternel, cette impératrice du dévouement, cette championne de l'accouchement qui, pour me mettre au monde, souffrit davantage encore que l'épouse de Jehova engrossée de l'univers tout entier, qui au soir du neuvième mois eut la vulve déchirée par les montagnes, gonflée par les ouragans, brûlée par la foudre.

Désolé de vous avoir administré ce récit onirique. Les littérateurs savent à quel point la recopie des rêves ennuie.

Je me lève brusquement. Je regarde à travers les persiennes la rue morte éclairée par des lampadaires équipés de néons de morgue.

Mes parents passèrent une semaine à Florence pour leur voyage de noces. Ce fut la seule fois qu'ils quittèrent la France. On devrait imiter ses parents en tout. C'est par prétention que nous tentons toute notre existence d'aller plus loin que l'empreinte de leurs pas.

Le permafrost du temps.

Je suis coupable d'être fils. Celui de Madeleine, pas celui d'une autre mère de série sans mérite, mal carrossée et motorisée par un fabriquant de ces réveille-matins en fer blanc qui trônaient dans nombre de cuisines de mon enfance. La culpabilité est la couleur de mon âme, sans cette notion je ne comprendrais rien à ce que je crois être. C'est à cause d'elle que je m'agite, monte au créneau et suis toujours sur le pied de guerre pour essayer de me racheter, en espérant par le travail trouver une réelle excuse d'exister.

Madelon, sorcière, un de ses sortilèges m'oblige à l'aimer. Certains soirs je suis sur le point de l'appeler. Exprimer ma tristesse, ma joie, juste pour l'entendre me répondre affectueusement. Mère ambiguë, mère à coulisse, à tiroirs, mère-clavier capable de vous jouer tous les morceaux de la création.

Avant-hier, j'ai voulu lui annoncer que j'allais acheter un appartement en Bretagne. Une joie, un besoin de la lui raconter, de la partager, de m'étendre sur le sujet et de me répéter.

Je t'aime ma crapule, ma mère, mon béguin.

Je me souviens d'elle jadis quand j'étais bambin. J'étais choyé comme un petit prince, c'est du moins ce qu'on m'a dit dernièrement. Toujours bien vêtu et soigneusement nourri avec des aliments triés sur le volet supposés faire de moi un homme resplendissant dont elle pourrait être fière comme du magnifique cheval arabe dont s'enorgueillissait son grand-père.

Un cheval.

Pourquoi pas une souris blanche bien brossée portant un anneau de pirate à l'oreille. Ma mère, cette drogue qui me fait délirer. Il faut essayer de s'en tenir à des faits, des événements, des paroles qu'elle a effectivement prononcées. Quand j'étais petit, on se faisait parfois ce qu'elle appelait des *baisers esquimaux* qui consistaient à frotter nos nez l'un contre l'autre. Elle me racontait l'histoire de Dame Tartine qui vivait dans une maison aux murs de pain d'épice et aux vitres de sucre candi. Je me souviens qu'elle me donnait parfois mon bain dans le lavabo. Il devait être vaste, à moins que ma mémoire remonte loin.

Marc m'appela un soir de janvier alors que je sortais d'un club de gymnastique du boulevard Montparnasse.

Ta mère est tombée.

Appelle les pompiers.

Elle ne veut pas.

Passe-la-moi.

Elle a beau gésir sur les tomettes, sa voix claironne.

Je n'irai pas. Je préfère mourir chez moi.

Je lui demande de me repasser Marc. Elle refuse, s'agrippe au lourd téléphone sans fil qui doit dater du siècle dernier. Je raccroche et j'appelle Marc sur son portable. Il flotte déjà un peu au-dessus de la réalité qui commence à l'effrayer.

Appelle immédiatement les pompiers.

Il obtempère. Je me suis dit par la suite que j'aurais pu les appeler moi-même.

Mon fils est dans les parages. Je suis trop bouleversé pour réserver un billet de train. Il le fait à ma place et m'aide à remplir un sac de voyage. Je dévale l'escalier, je grimpe dans un taxi tandis que là-haut il éteint les lumières et verrouille la porte. Gare de Lyon, TGV, tout le fatras que je subirai trop souvent pendant ces quatre années qui la séparaient désormais de son décès.

Marc m'a appelé pendant le voyage pour me signaler qu'elle avait été transportée à l'hôpital Saint-Joseph. Un hôpital proche de la rue Marius-Jauffret où mon père fut hospitalisé trois années avant sa mort. Elle est étendue sur un brancard dans le hall d'entrée. Elle m'accueille fermement, les yeux secs et grands ouverts. Elle me dit qu'un infirmier est passé.

Si je meurs, ce n'est pas un problème.

Mais non, tu ne mourras pas.

De toute façon, je m'en fiche.

Un médecin arrive. Il annonce une fracture du col du fémur.

On va vous implanter une prothèse de la hanche.

Ma mère lui dit refuser toute opération. Il l'écoute à peine, à partir d'un certain âge le corps médical tient peu compte de l'avis des vieux. À moi non plus, il ne laisse pas le choix.

Si je ne l'opère pas, elle sera grabataire et elle ne tiendra pas trois semaines.

Dans le cas où je m'opposerais à toute chirurgie, je serais donc coupable de matricide. Assez de tracas et d'impedimenta dans ma vie pour en plus passer en cour d'assises avec dans la salle une pléiade de critiques littéraires qui jugeraient ma déposition creuse et répétitive.

Bref, on finit par la monter dans une chambre.

Le lendemain, cardiologie, radiologie, analyses sanguines et on l'opère le soir venu. Elle mettra deux mois pour se remettre tout à fait de l'anesthésie car les centenaires éliminent lentement les produits. Un kiné est venu le surlendemain pour la faire lever et marcher. Les hurlements qu'elle poussa rendirent le projet impossible. Elle me sommait de l'encourager. Je le faisais sans grande vigueur. Croyant se venger, elle refusa définitivement de mettre un pied sur le sol et ne marcha jamais plus.

Dans la journée, on l'asseyait dans un fauteuil.

Elle se plaignait d'atroces douleurs jusqu'à ce qu'on la recouche. Son état s'est lentement détérioré malgré les perfusions et les transfusions de sang. On voyait sur son visage la terrifiante angoisse qui régnait en son for intérieur.

Elle a peur de l'enfer.

C'est ce que je dis un jour à une cousine en visite. Mais elle la tenait pour athée.

Elle trouve la religion imbécile.

En effet, Madelon lui avait demandé quelques semaines plus tôt pourquoi elle consacrait autant de temps à la paroisse de son quartier, au lieu de s'occuper de choses plus culturelles et plus enrichissantes. Néanmoins, je savais qu'au fond de son lit elle était bel et bien terrorisée par l'enfer. Quand elle était petite, une sœur de sa mère lui donnait des leçons d'instruction religieuse qui l'avaient à jamais terrifiée. Longtemps plus tard, cette tante avait certes vieilli mais elle conservait le livre de catéchisme dont elle s'était servi pour l'instruire. Je me souviens d'une rougeoyante image d'Épinal représentant les damnés hurlant dans les flammes éternelles. Aujourd'hui encore, malgré ma mécréance, me tenaille la peur du grand barbecue dont elle m'avait montré les abysses.

Je vous reparlerai de l'enfer.

L'enfance qui monte à la tête. La mémoire comme le fond de la mer. Les souvenirs finissent eux aussi par vieillir, perdre leur éclat et rouiller. Me reviennent aussi des lumières, des feux de joie, des enchantements, des éclats de rire, l'inconscience absolue du malheur du monde.

Dans ce livre, je me promène parfois de phrase en phrase, sans but, vers nulle part. Je les laisse dire. Lâcher prise, s'abandonner au roulis du vocabulaire. Les souvenirs sont plus désordonnés qu'un sac de mots.

L'enfance, ses petits bonheurs.

Je me souviens d'un matin ensoleillé à Morzine où ma mère avait rempli des marmites et des casseroles d'eau qu'elle avait transportées sur l'herbe. J'avais pour mission de verser le liquide d'un récipient à l'autre et d'en tirer plaisir et distraction. Les enfants ont à cœur de ne pas décevoir leurs parents. Je n'ai pas tardé à m'amuser en transvasant comme elle me l'avait suggéré. Je ne sais pas durant combien de temps j'ai ainsi joué. Assez longtemps pour que mon père aille chercher son appareil et prenne de moi une photo en noir et blanc dont je dois avoir un tirage quelque part. Pendant ce temps, ma mère devait lire un roman d'Agatha Christie dont il y avait toute une provision sur les rayons d'une petite bibliothèque en bois teinté dans un coin de la salle à manger.

Il n'y a jamais eu de salle à manger dans le chalet familial.

La table, où nous prenions nos repas et le buffet construits par le même paysan du coin qui se faisait menuisier pendant les mois d'hiver n'était séparée du reste de la pièce par aucune cloison.

Nous passions chaque année le mois de juillet là-bas, dans ce chalet en indivision. Cette période n'intéressait personne. Mes tantes et oncles préféraient se retrouver en août avec tous leurs enfants et une myriade de familles amies aoûtiennes comme eux. Je ne sais pourquoi mes parents acceptèrent ce partage. Sans doute parce que ma mère était trop fière pour se mêler à la *smala*, ainsi qu'elle nommait cette innombrable parentèle. Résultat, nous étions seuls avec ma grand-mère impotente, par ailleurs aimante et douce. Vu son état, elle ne sortait jamais que pour s'asseoir sur un des bancs verts de la petite terrasse du rez-de-chaussée. Elle disait souvent, *Dieu garde !* – probablement une abréviation de *Dieu nous en garde !* – chaque fois qu'un possible malheur était évoqué devant elle.

Déjà enfant unique, par volonté expresse de ma mère – elle prêchait la croyance que les parents de plusieurs gosses ne les aimaient ni les uns ni les autres, un peu comme une femme qui déciderait de ne concéder l'usage de son sexe qu'à un seul homme au cours de sa vie – je me retrouvais sans cousines ni cousins, seul dans ce chalet où après moi mes enfants eurent peur la nuit car il était vaste et posé sur un mamelon qui l'isolait du reste du paysage, à la manière de ces manoirs dont les romans policiers regorgent.

Non, ce mois de juillet n'était pas triste.

Il était merveilleux au contraire. Toute ma vie se trouvait à une portée de sarbacane de la maison. Une piscine à l'eau bleue qui appartenait à un hôtel tenu par un couple âpre au gain qui ne me faisait jamais grâce du prix d'entrée dont je devais m'acquitter une deuxième fois, quand je revenais vers quatorze heures après avoir déjeuné chez nous. En revanche, les jeunes filles qui se sont succédé devant les bacs à glaces se débrouillaient pour entasser les boules sur mon cornet qui, officiellement, n'aurait dû en comporter qu'une. On n'oublie jamais ce genre de détail et, soixante ans plus tard, je leur rends un hommage affectueux.

Cette piscine était pour moi une dépendance, un appendice du chalet. Il en était séparé par deux cents mètres de pré aux herbes hautes et je devais me frayer un sentier à chaque pas. Je n'avais pas plutôt terminé mon chocolat et mes tartines que je troquais mon pyjama pour un maillot de bain. J'emportais sous le bras une serviette, mon masque sous-marin et je m'échappais sans regarder derrière moi. Je ne pourrais dire le sentiment de plénitude, d'absolue jouissance qui m'envahissait à l'approche de l'eau. Heureusement que j'existe encore pour m'en souvenir.

Le bonheur, le bonheur, il serait si bon de s'enivrer de cette liqueur rose bonbon. Mais, pour me mortifier, je vais évoquer Françoise.

Un prénom aujourd'hui désuet – même si la servante d'*À la recherche du temps perdu* l'a rendu éternel – très donné après-guerre. Je jouais avec elle à la piscine de Morzine pendant l'été 1963.

Seule la compagnie des filles m'enchantait.

Je n'éprouvais pourtant aucun désir sexuel envers elles. J'aimais leur conversation, leur manière souple d'animer leur corps, leur voix plus posée que celle des garçons et cette merveilleuse manie de ne pas courir comme des dératées derrière le premier ballon venu. Je haïssais ce genre d'exercice. Les jésuites me sanctionnaient de lui préférer la lecture, assis sur le bitume de la cour loin des footeux.

Françoise m'avait confié n'avoir pas de seins sous son maillot. Elle en avait baissé une des bretelles pour que je puisse le constater. Un peu plus tard, une cousine tout aussi plate aura le même geste qui ne m'émut pas davantage.

Un jour, Françoise arriva affligée d'une plaie sur l'épaule dissimulée sous un épais pansement. Je ne sais pourquoi, je jure que je ne m'en souviens pas, j'ai donné une tape à cet endroit sensible. Au lieu de me maudire, ses parents me demandèrent le pourquoi de ma conduite. Je ne sus quoi répondre. Ce fut un des moments de ma vie d'enfant où je me suis senti le plus misérable.

Ils me pardonnèrent, Françoise aussi.

Un souvenir que j'ai encore honte de rapporter aujourd'hui. Peu de chance que ses parents soient toujours de ce monde mais que Françoise me pardonne une deuxième fois. On n'est jamais assez pardonné, même s'il serait plus courageux de garder ses hontes pour soi-même, au lieu de les mettre sur la place publique dans l'espoir qu'un chiffonnier vous en débarrasse.

Puisque j'arpente les abords de cette piscine, voici un autre souvenir. Une après-midi, alors que j'étais dans l'eau, Mado vint me chercher. Au chalet se trouvaient des parents éloignés en visite. Elle m'enjoignit de les saluer bien bas et de faire le baise-main aux dames. J'avais pleinement conscience du ridicule d'obliger un enfant à pratiquer ce geste déjà désuet depuis fort longtemps. D'ailleurs, le baise-main n'avait pas cours dans le reste de la famille. Mon père ne le pratiquait pas. Les parents de Madeleine non plus. Toujours son désir de se donner des airs. Si j'étais un fils convenable, je me serais abstenu de relater ce détail de manière aussi acerbe.

Allez, Madeleine, tes ridicules te sont pardonnés. L'humain est ridicule contrairement à l'animal. Je suis grotesque plus souvent qu'à mon tour moi aussi. Ceux qui refusent d'admettre qu'ils le sont, par ce fait même me dépassent en la matière de plusieurs longueurs. Au passage, me revient une phrase écrite dans mon livre *Lacrimosa* qui m'a toujours paru mystérieuse, voire complètement idiote.

Un écrivain doit accepter d'être ridicule, autrement ce ne serait même pas un humain.

Jusqu'à la fin, je t'aimerai Madelon comme un père aime sa chipie de fille à qui il passe tout.

Il faut du talent pour raconter le bonheur sans tomber dans la mièvrerie. Pourquoi, du reste, en avoir peur, la redouter, alors que tous les moyens sont bons pour transmettre ? Même une phrase floue peut faire apparaître. Il y a du brouillard, de la brume, on ne distingue pas les traits des visages. Les peintres ont ouvert la voie, impression de bonheur, la joie diffuse et les personnes du premier plan semblent lointaines.

Mon enfance au loin.

Marseille. À la longue-vue, je revois la plage du Prado. Le seau, la pelle et le râteau en plastique. Madelon dans sa robe qu'elle relève au-dessus des genoux et sa peau blanche qu'elle oint abondamment de crème solaire. J'ai un gros ventre en ce temps-là mais, selon les critères du temps, on me trouve plaisant.

Cette plage reviendra à la fin. La longue-vue jouera un grand rôle. Une dernière page écrite sans préméditation – j'écris ces lignes a posteriori en relisant le texte. Une partie du livre s'attarde sur des arguties destinées à me trouver des excuses de le poursuivre, mais la fin me rend heureux de l'avoir écrit. Je ne travaille pas d'après un plan, encore moins d'après un scénario détaillé, n'empêche qu'au bout du compte un roman sécrète un mécanisme aussi complexe que celui d'une de ces coûteuses montres à complications dont les mafieux en rupture de ban emportent un assortiment pour payer leur cavale.

Peut-être.

Cependant, je m'aperçois que beaucoup de passages du roman semblent erratiques. On les dirait prêts à dériver de chapitre en chapitre sans aucune raison de se trouver ici plutôt que là. Il serait facile de les atteler l'un à l'autre par quelque ruse. Je n'en ferai rien. Désinvolture de ma part, paresse, frivolité. Pas du tout, ce livre est rigoureux. C'est un testament littéraire et *tutti quanti*.

J'avais un matin disparu à la surveillance de ma mère.

Je longeais la plage en tournant le dos au soleil. Elle m'a retrouvé, s'emparant de moi, me serrant contre elle comme si les baigneurs avaient pour projet de m'emporter comme un butin. Des années plus tard, je perdrais ma fille au crépuscule dans un de ces hôtels-clubs que j'affectionne. Au lieu de courir, de crier, d'ameuter la clientèle, un gardien m'enjoignit de retourner dans notre chambre avec mon fils. Quelques instants plus tard, il la ramena. Elle n'était pas affolée, elle était restée sur la plage à jouer dans le sable. Je me suis alors souvenu l'avoir aperçue lors de mes recherches. Une image furtive que j'ai laissé passer sans en tenir compte. Cela m'arrive parfois d'être distrait. Ce n'était pas le cas ce jour-là. Certaines zones de notre psychisme nous demeurent inaccessibles. Je devrais ne parler que pour moi. J'en conviens.

Ce souvenir est exact mais il faut remplacer ma mère par sa sœur. Une femme que j'évoquerai bientôt et qui joue en creux un rôle non négligeable dans ce roman. Cette tante aimait m'habiller comme ses propres gosses pour qu'on m'en croie frère. Elle se serait damnée pour avoir un enfant aux yeux clairs. Alors que ses deux garçons avaient les leurs pareils à des éclats de nuit.

Poésie.

Ma mère racontait cette dinguerie à qui voulait l'entendre. Elle en tirait grande fierté. Les voies de Madelon sont impénétrables.

La rareté des souvenirs pluvieux. On dirait presque qu'en ce temps-là, même les nuits étaient ensoleillées.

Voilà bien une sottise.

Dans mon enfance, pas de réchauffement climatique. En juillet, dans les Alpes, il pleuvait, selon les années, de dix à quinze jours par mois. Une pluie entêtée, glacée et la température de tomber parfois sous les dix degrés. Le chauffage central n'était pas encore installé. Nous devions notre salut à un poêle en fonte bleu pétrole qu'il fallait gaver jour et nuit de bois comme de charbon les chaudières du Titanic. Du bois qu'on nous livrait en grosses bûches qu'il fallait fendre, recouper, hacher menu car le poêle avait une petite bouche et un estomac guère plus grand que celui d'un bon mangeur. Mon père de sortir de ses limbes, de manier la hache tandis que ma mère renchérissait avec une élégante hachette, moi de ranger le bois dans un ballot, d'enfourner en prenant soin de garder mes distances car le poêle avait changé de couleur, passant du bleu au rouge et du rouge au blanc.

Le pauvre engin se révélait incapable de chauffer convenablement ce bâtiment à deux étages construit dans les années 1930 avec des briquettes, des planches et quelques poignées de foin en guise d'isolation. Alors, nous grelottions. Mais Mado n'en oubliait pas pour autant ses tendances à la philanthropie.

Toutes ces familles entassées des journées entières dans leur chambre d'hôtel. Nous ne connaissons pas notre bonheur.

J'imaginais de pauvres gens livides, maigres, regardant tomber la pluie, désespérés. Des êtres trop démunis pour posséder un imperméable, un pull-over, encore moins un parapluie. Abrutis par le mauvais temps, ne leur venait pas seulement à l'esprit de descendre se dégourdir les jambes dans le petit hall de leur garni. Sans compter qu'à l'époque les toilettes étaient sur le palier. Ils n'étaient pas assez fous pour les fréquenter quand dehors régnait la pluie, car ils savaient que la foudre arpentait le corridor pour brûler vif les clients obsédés de cuvette, de chasse d'eau et de partielle nudité.

Nous pouvions monter et descendre à notre guise l'escalier intérieur. Nous étalions d'un mouvement ample le carton du Monopoly sur la grande table à manger, jetions les dés de toutes nos forces et montions le son de la vieille radio sans nous soucier des voisins. Non seulement les toilettes étaient accessibles à la demande, mais nous prenions des bains bouillants grâce au ballon d'eau chaude acheté l'année de ma naissance et dont nous profitions comme des pachas. Nous disposions même d'un préau sous lequel nous nous installions, emmitouflés sur les tabourets à trois pieds du vestibule, pour contempler le paysage aussi religieusement que l'écran d'un téléviseur. Nous jetions de vieilles couvertures aux échappés de la pension de famille voisine vêtus de soutien-gorge et de maillot de corps afin qu'ils récupèrent assez de calories pour retourner tête basse d'où ils étaient venus.

Quand le soleil se levait enfin, les clients des hôtels reprenaient leurs promenades effrénées dans les montagnes pour échapper à l'enfer du huis-clos.

De quatre ans jusqu'à six ans, j'étais scolarisé dans un pensionnat pour filles nommé Cluny qui comportait un jardin d'enfants mixte et un cours préparatoire réservé aux garçons. J'en ai brièvement parlé dans *Papa*, mais depuis ce livre, un événement s'est produit. Mon meilleur ami en ce temps-là était un condisciple que j'intitulerai Arthur pour l'anonymiser et lui donner un prénom plus moderne que le sien.

Nous ne nous sommes jamais battus, n'en éprouvant tous deux aucune envie. Par contre, nos conversations ne parlaient que de violences. Je me rappelle que la *prise de l'Indien*, consistant à tordre le bras de l'adversaire dans le dos, revenait souvent. Un jour, l'imaginatif Arthur inventa ce qu'il nomma, la *prise du cowboy*, qui consistait à tourner la tête de l'ennemi jusqu'à pouvoir l'arracher en douceur comme la queue d'un ananas. Je fus impressionné et aujourd'hui encore, cette recette d'assassinat me met mal à l'aise tant elle me paraît – si grotesque qu'elle soit – d'une grande barbarie.

Je ne vous aurais pas parlé de ce camarade et de son invention guerrière si, quelques années plus tard, Madelon ayant rencontré dans la rue par hasard la mère de ce garçon ne m'avait pas appris qu'elle venait de mettre au monde ce qu'on appelait en ce temps-là un mongolien. Le mot trisomique était inconnu du public. Au fil du temps, elles ne cessaient de se rencontrer, et la digne maman de lui donner des nouvelles – désastreuses – de cet enfant handicapé. Arthur avait redoublé plusieurs fois et quand nous nous croisions chez les jésuites deux ans après Cluny, nous nous évitions. Je ne sais pourquoi.

Selon Madeleine, Arthur devint jardinier, profession jugée lamentable par la bourgeoisie de l'époque. Non content d'avoir dégringolé l'échelle sociale, trébuchant sur une grosse pierre, il mourut à l'âge de vingt-cinq ans. Ma petite maman de maudire la destinée qui lui avait ôté la vie au lieu de prendre à ses parents ce puîné que désormais ils maudissaient d'avoir l'audace d'exister après ce drame.

Peu après le décès de Magdalena regardant chez moi un film, Arthur me vint soudain à l'esprit. *Arthur est vivant*, voilà ce que je me suis mot pour mot écrié. Une rapide recherche sur les réseaux me permit de le retrouver. Il s'avéra qu'il était cadre dans une banque, n'avait jamais jardiné ni n'avait eu frère ou sœur. À la réflexion, les supposées rencontres de nos mères étaient trop nombreuses pour être dues au hasard et la chute d'Arthur semblait digne d'une BD.

Madeleine était une menteuse. J'ai fini par le découvrir au cours de ces dernières années. Pour attirer mon attention, elle mentait. Pour plaire aux autres, elle mentait. Pour se faire plaindre, elle mentait. Pour se faire aimer, elle mentait.

Par pur plaisir, elle avait inventé aussi cette histoire sinistre et sans doute d'autres dont je ne sais rien. On a pu dire que je faisais de même dans certains de mes livres. Cette femme m'habite donc, elle utilise ma main pour écrire tout ce qui lui passe par la tête et sans doute pour d'autres usages que j'ignore.

Elle est morte voilà trois jours. Je n'ai pas encore versé de larmes. L'effet des médicaments, la volonté obstinée de ne pas craquer. Ne pas avoir de chagrin. Refus de souffrir. Il me semble avoir passé quatre années d'angoisse. De culpabilité. Depuis sa chute, j'ai vécu sa première agonie dont elle a triomphé, sa rage d'être jetée dans une maison de retraite, et j'étais celui par qui tout était advenu. J'étais la cause du moindre désagrément dont elle pâtissait. J'étais responsable de sa vieillesse, il n'aurait tenu qu'à moi qu'elle ait dix-huit ans. Je pousse les choses jusqu'à l'absurde afin de me disculper.

C'était parfois dur d'être ton fils.

Tu étais qui. Je croyais le savoir. Je te prenais pour une de ces mères absolues à qui l'enfant est redevable même après son propre décès. Une femme trop extraordinaire pour que le produit de sa matrice soit jamais à la hauteur. Lors de mes tentatives de psychanalyse, j'étais horrifié quand le praticien osait remettre en cause sa perfection. Madelon m'avait convaincu à bas bruit que tous les êtres vivants rêvaient à haute voix de l'avoir pour maman. Les chiens aussi, les chats, les animaux de basse-cour et les bêtes des cirques de jadis.

En tous cas, les humains lorgnaient sur elle en la croisant. Tous les pores de sa peau suintaient la mère, sa chevelure aussi, et quels que soient les habits dont elle était recouverte, on les prenait pour des vêtements de grossesse. À cent ans, elle était encore grosse du fils, même si le quatrième âge l'avait faite maigre comme un coucou. Du reste, ma vie tenait à un fil et il serait rompu à son dernier soupir. Oh, je continuerai à avancer, à causer, à écrire mais je ne serai plus vraiment en vie. Un fœtus dont le cordon sec ressemblerait à une laisse abandonnée par le propriétaire d'un clébard.

Après mon père, ma mère devient livre. J'en deviendrai un peut-être un jour sous la plume de mon fils, de ma fille, un livre à quatre mains peut-être, et pourquoi pas, leur maman d'en écrire la préface. Je ne serai plus là pour me voir dans ce miroir et découvrir celui qui se cache derrière le type pour lequel je me suis toujours pris. Plus on s'observe, se décompose, s'étudie, se dissèque, plus celui qu'on devient à ses yeux s'éloigne de celui qu'on est aux yeux des autres. Alors qu'on s'imagine exister une fois pour toutes, on ne vaut pas mieux qu'une blague modifiée, déformée, transformée à force de circuler de rire en rire jusqu'au moment où elle aura fait long feu et ne vaudra même plus la peine d'être remise au goût du jour.

Quand sera écrit cet ouvrage à mon sujet je me réjouirai d'être mort pour n'en rien savoir. Écrire sur quelqu'un, c'est s'emparer de lui, le ficeler, le bâillonner, l'obliger à ne plus être que ce l'on en dit. Vous voyez bien, Madelon est ma prisonnière et je vous la raconte comme on tabasse.

Voilà une phrase qui sonne.

Un uppercut langagier pour le moins. On ne se méfie pas assez des formules avec leurs sabots de pierre. Les billevesées ont le sens du rythme et de la prosodie. Loin d'être tabassée, Madeleine est bien traitée, bien nourrie, dispose d'une cellule individuelle chauffée tout aussi confortable que sa chambre de la maison de vieux. Pas d'interrogatoire à proprement parler, juste la lecture à voix haute des nombreux rapports sur elle accumulés par son fils dont il prononce chaque mot d'une voix blanche d'inquisiteur.

Si j'écris sur elle, ce n'est peut-être pas aux fins de louer son éclatante prestation de maman soixante-quatre années durant, mais simplement parce que je suis écrivassier. Ces gens-là enfoncent partout leur plume, gare à la parenté, aux amis, aux collègues, aux maladies même, dont ils font leur miel en dictant leur agonie pour qu'en soit publiée post mortem la sordide retranscription. Des délateurs sans scrupule qui en viennent un jour à livrer leur propre fabricatrice au public. L'exhumer du paisible caveau familial où elle repose enfin après plus d'un siècle de galère pour la jeter sous l'austère lumière du lectorat comme au mitan du siècle dernier elle m'a balancé du néant à la vie.

Elle n'a pas consenti davantage à être écrite que moi à naître. Les lecteurs la vengent au fur et à mesure qu'ils progressent dans cet ouvrage. Sans la connaître, ils m'accusent de la moquer, de la diffamer, de me montrer sacrilège en dévoilant notre intimité et, traitant un sujet aussi sacré, de me laisser aller à la galéjade qui colle aux semelles des Provençaux, gens simples et bonhommes aimant la plage, l'anis, les boules et les fusillades entre copains. Cependant, d'ordinaire, ils adulent père et mère car ils sont gens de raison, ils savent que grâce à eux nous sommes nés, pas morts de faim, de froid et qu'ils nous ont fait passer le goût de l'ignorance en nous envoyant à l'école à coups de pied aux fesses.

On charge les mères comme des mules.

Je suis cyclothymique, je souffre d'arthrite depuis ma prime jeunesse et d'un Hashimoto depuis l'incendie de la centrale de Tchernobyl. De plus malhonnêtes que moi trouveraient un subterfuge pour l'accuser d'être la cause de tous ces désagréments. On a même eu la cruauté de mettre sur le dos des mères l'anorexie, la boulimie, l'autisme de leurs enfants. Dans ma jeunesse, on les avait accusées d'être responsables de l'ulcère à l'estomac que leur progéniture développait à l'âge adulte. Alors que dans un grand nombre de cas, ledit ulcère est causé par un microbe dont une cure d'antibiotiques vient à bout.

On découvrira bientôt la molécule qui guérit du mal des mères. Il ne laissera que des vestiges désuets derrière lui dont personne ne se souciera jamais plus. Une notion devenue tout aussi caduque qu'avant elle la sexologie rendue sans objet par la pharmacopée, la saignée réputée délétère depuis près de deux siècles, les lavements que les plus hygiénistes de nos aïeux pratiquaient chaque matin en décimant leur flore aussi adulée aujourd'hui qu'au Moyen Âge les morceaux de la vraie croix.

Sic transit gloria matrum.

Mais poursuivons notre bonhomme de chemin. Comme je l'ai ressassé déjà, des péripéties vont survenir. Elles justifient mon entreprise. Sans elles j'aurais gardé jalousement ma mère pour moi comme un trésor dont j'aurais voluptueusement recompté les ducats à longueur d'insomnies. Madona petite chérie, mascotte, fantôme de compagnie qui partout me précède, me suit, à moi se substitue. Elle écrit à ma place quand je suis sous anesthésie générale, épuisé par les traitements difficiles, les infarctus, les blessures, les brûlures, les tracasseries de tous acabits.

Je lui parle quelquefois sans le vouloir, distraitement, pendant ces moments vagues où la pensée se laisse aller. Quand tu me répondras, que me diras-tu ? Je vois ton visage sévère, fermé, désespéré dans la solitude de l'enfer auquel tu t'es toi-même condamnée.

Elle me regarde fixement pour me signifier sa colère envers moi.

Ces péchés qu'elle expie, c'est pour moi qu'elle les a commis. Elle ne répondait pas à une demande spécifique de ma part mais elle perçait mon crâne régulièrement pour sonder mes désirs. Déjà, avant ma naissance, elle subodorait mes exigences futures de fils tyrannique. Si je n'avais pas existé, elle aurait mené la vie légère des épouses modernes débarrassées des tabous, libres de coucher, de découcher, de se vautrer et elle aurait remonté fièrement la Canebière avec ses trois lévriers afghans bien plus fidèles et classieux que tous les *régis* de la création.

On doit aimer sa petite maman plus encore qu'elle ne vous a aimé. Son petit papa mêmement. Parole de fils. Du reste, si mon père était de taille ordinaire, ma mère ne mesurait qu'un mètre cinquante-quatre et, pour un peu, je pourrais la qualifier de minuscule maman, de maman minuscule, de minuscule petite maman, cette légendaire Mado et de surcroît Madelon jusqu'au bout des doigts.

Je cherche une voie pour te sauver. Je te porte sur mes épaules tel Jean Valjean le promis de Cosette à travers les égouts de Paris. J'ai besoin de t'arracher à la rancune et de te ramener vers la lumière. Une vision extravagante mais je me vois vraiment sous terre chargé de toi en écrivant ces mots. On habite autant ses hallucinations que sa vie. Retenez bien cette formule, elle est assez vide pour faire florès.

Tu as raté ta fin.

Tu aurais mieux fait de mourir dans ta chute. Ta lente résurrection après l'opération t'avait rendue de plus en plus excitée, de plus en plus perspicace et, face à toi, je ne faisais plus le poids. Tu me dominais. Je ne sais pas pourquoi ce mot me vient à l'esprit. Tu mettais à nu le moindre de mes états d'âme, la moindre de mes faiblesses, de mes déceptions, et tu faisais à mon endroit des prédictions autoréalisatrices qui ne tardaient pas à s'accomplir. Te voilà devenue maîtresse dans ce stupéfiant récit de tes métamorphoses. Une maîtresse sans cravache ni cuissardes, affalée sur un fauteuil roulant, avec pour seule arme les lanières de langage dont tu me cinglais.

Dis, l'écrivassier, tu charges un peu la barque.

Oui.

Et voilà qu'à midi monte en moi le sentiment de culpabilité que tu ne sois toujours pas enterrée. Comme si c'était le fruit de ma négligence. Une fois que tu seras dans le caveau, je ne pourrai vraiment plus rien faire pour toi, mais – *la fin de la phrase et la suivante tout entière ont été écrites quatre ans plus tard* – je continuerai à ne pas te rendre hommage jusqu'à la fin de mes jours – *on verra plus bas, qu'en définitive, je finirai par rédimer Magdalena.* Un chagrin déjà refoulé, un culte de toi dont je me dispenserai et puis mon écriture à ton endroit si malveillante.

Ce dernier paragraphe semble obscur mais il suffit de le lire une deuxième fois pour qu'il s'illumine.

Maman, tu pourrais au moins m'être reconnaissant de ne t'avoir jamais évoquée de ton vivant. Un auteur français efficace aurait profité du handicap de son père pour émouvoir en débarquant en fanfare dans le monde littéraire avant même d'avoir atteint la vingtaine. J'aurais bien été obligé alors de parler de toi. Avec tout mon amour de l'époque, je t'aurais peinte scrupuleusement sous les traits d'une mère trop idéale pour être crue. Un petit livre trempé de larmes avec un chagrin d'amour en sautoir pour conquérir critiques romantiques et jeunes filles subjuguées. Une manière de baisser son froc quand on a le cul triste, à laquelle ma fierté se serait de toute façon refusée.

Dans ce livre, çà et là, on assiste à un de ces déballages mesquins qui m'ont toujours répugné. Une exhibition en bonne et due forme. Usant de mon pouvoir discrétionnaire, je me pardonne bien volontiers cette faute de goût.

Cependant, j'aurais dû persister dans l'élégance. Surtout, laisser derrière soi une image propre – sombre peut-être – mais esthétique comme un Rembrandt et bonne à exposer dans une salle d'attente.

Ni frère ni sœur pour partager Mado. Il m'a fallu beaucoup d'inconscience pour publier ce livre à propos d'une mère dont je ne connaîtrai jamais le secret. Une mère dont je ne vois pas d'exemple dans la littérature ni dans les témoignages des aliénés. Évidemment, le fils est une loupe qui agrandit sa génitrice pour s'en faire une montagne, à moins que vous soyez ébahis tout à l'heure quand vous découvrirez le fin mot de cet ouvrage. En réalité, ils sont trois et, peu après avoir évoqué les premiers, je démontrerai à quel point le troisième s'avère fallacieux. Déçus, les plus mauvais coucheurs d'entre vous tremperont ce livre dans le vin rouge pour en faire un bœuf bourguignon.

Elle m'a aimé à la folie, ce n'est pas une métaphore. Une passion, elle ne pouvait pas faire autrement que de m'aimer. Une épouvantable toxicomanie pour laquelle n'existait pas de cure. Dans ce roman, je mets ma tête dans ma mère comme je l'enfoncerais dans un seau d'eau. Madona star de ma vie et moi, le jeune premier aux yeux de hyène qui rechigne à l'épouser. Certes, ici, c'est une fiction et elle n'est jamais qu'un personnage inventé. Une sorte de Frankenstein – *Mutter* composée de morceaux carottés aux mères de toutes les civilisations et de tous les temps.

Quand donc ma mère morte deviendra-t-elle en moi un personnage affectueux, sincère, prêt à tout pour me rendre heureux. Terrible désir de désormais l'aimer.

Quatre ans avant sa mort, elle m'avait fait observer que, si j'avais dû choisir ma mère, ce n'est pas elle que j'aurais choisie tant je me montrais à son sujet agacé et dépourvu de toute indulgence. On ne s'en sortirait plus si les futurs enfants pouvaient défiler devant des niches où poireauteraient des femmes en mal de grossesse au regard suppliant comme des animaux de la SPA proposés à l'adoption. D'ailleurs, il est indubitable qu'au marché des mamans, aurait pu m'échoir bien pire. Les marâtres, les bourrelles, les assassines d'enfant sont légion. J'avais une mère à peine nocive, un vague nuage de malveillance originelle tellement dilué dans toutes ces années de soins, d'attentions, de tendresse, d'amour, que je serais un fils malveillant de la jeter par la fenêtre comme une pelletée de cancrelats.

Le temps me dégénère. Non seulement, je n'avais rien publié à propos de maman avant *Papa*, mais je n'avais jamais écrit la moindre phrase. Aucune note sur aucun de ces feuillets volants qui, par simple désinvolture, finissent souvent à la corbeille. Une mère en moi accumulée, une poche se gonflant avec les années et maintenant ce torrent de phrases dont je n'essaie même pas de retenir le flux. Je tais simplement les détails gênants, ceux que je refuse d'infliger à mes proches. Une délicatesse envers moi-même car je serais honteux de les étaler devant eux.

On n'arrête pas de parler d'amour, de le soupeser, de le jauger. Sa mesure manque de précision. Tellement, qu'il est bien difficile d'en prétendre quelqu'un dépourvu ou de dire d'un autre qu'il n'a jamais été aimé. C'est facile d'aimer, c'est plaisant et cela permet de se grandir à ses propres yeux car, dans notre société, seuls sont dignes d'exister ceux qui ont la générosité, la bonté d'âme, d'aimer. Alors, quand on fait partie de cette innombrable élite, on peut sans entrave jouir d'être soi-même jusqu'à en être étourdi. Pornographie égotique dont on est à la fois le spectacle et le seul spectateur.

Bravo l'amour. Il est bon de rester dans le vague. La haine, le malheur sont nets comme une eau forte, mais comme lui, le bonheur est flou.

Le titre de propriété du tombeau n'est pas valide. Pas de service funèbre le samedi au Sacré-Cœur. Son enterrement s'éloigne encore. Son catafalque en route vers le lointain, tel Charlot à la fin de ses films. Impression qu'on ne l'inhumera jamais, qu'elle a décidé de rester parmi nous. Tout est triste dans la mort, même le rire qu'inspirent les démarches administratives. Depuis tant de millénaires que le *sapiens sapiens* hante la terre, il aurait pu quand même faire un plaisir de cette dernière nécessité.

Ce livre mortuaire. Sa mort à l'Ehpad, son dernier soupir qu'elle ne cessera jamais de pousser en moi. La mort qui m'attend, à présent que Mado ne me sert plus de pare-balles générationnel. Je suis désormais en tête du cortège, dans la ligne de tir. Il me semble parfois apercevoir dans un reflet le point rouge d'un viseur en train de sautiller sur mon front.

Nous revoici à Marseille avant la mort de Madeleine. J'ai passé la fin de la matinée à écrire dans un café. Je dis ici toute la vérité. Pour passer aux aveux, je dois cependant mentir, falsifier, gommer, imaginer, parfois aussi filtrer le réel afin que sa férocité ne souille pas les protagonistes de cette histoire. Inventer honnêtement ses origines avec le butin de ses recherches et de ses suppositions. Origines brisées dont manquent certains éléments qui ne se retrouveront jamais.

La vérité ne suffit pas. Elle est froide, des chiffres, une poignée de clous. Raconter, c'est donner chair et sang au passé. Je ne suis pas un menteur. Je vous donne ma parole de demeurer absolument honnête tout au long de cette histoire. Au fur et à mesure, je vous signalerai presque tous les mensonges dont je me serai servi pour approfondir ce récit.

J'arrive à l'Ehpad vers treize heures en me reprochant d'accomplir une corvée au lieu d'être joyeux de la revoir. Il est difficile de se modifier pour devenir celui qu'on devrait être. L'ascenseur tarde à apparaître, je monte à pied la volée de marches qui sépare le rez-de-chaussée du deuxième étage. Elle m'attend sur son fauteuil roulant, buste droit, tête haute. Telle Schéhérazade, elle reprend son récit à l'endroit exact où elle l'avait quitté la veille.

Ton père m'avait fait jurer sur les Évangiles de ne jamais trahir son secret.

Un secret de plus, cette famille est décidément un véritable secrétaire aux multiples tiroirs dissimulés et il faudrait dépecer le meuble pour tous les mettre au jour. Après avoir été arrêté par la Gestapo et s'être évadé par la cheminée de la villa où on le torturait, Alfred est peut-être devenu danseuse, moine, fugitivement ministre du gouvernement de Vichy.

Il est exact que de Gaulle est monté à la maison un matin de 1965.

C'est elle qui lui a ouvert la porte. Elle l'a conduit au salon où mon père l'attendait debout dans une position qui rappelait le garde-à-vous. Elle n'a pas assisté à leur entrevue. Mon père, n'entendant pas sa propre voix, parlait très fort d'ordinaire. Je ne crois pas, par ailleurs, que le Général ait jamais eu coutume de murmurer. Pourtant, de la pièce à côté, aucune parole n'a filtré. Une entrevue muette qui ne dura sans doute que deux ou trois minutes.

Puis, le grand homme quitta l'appartement sans attendre qu'elle le raccompagne. Il a descendu l'escalier en faisant tinter certaines tomettes descellées. La DS Citroën noire qui l'attendait devant l'entrée de l'immeuble l'a gobé et elle a disparu lentement au coin du boulevard Périer.

Quand je lui ai demandé des explications, il a haussé les épaules en me réclamant son petit déjeuner.

Il votait certes scrupuleusement de Gaulle à chaque élection mais ne parlait jamais de lui. Il faisait encore moins allusion à une quelconque appartenance à la France libre.

En réalité, ton père avait honte de son passé de résistant.

Il travaillait depuis 1938 en tant qu'humble bureaucrate dans une compagnie de navigation qui avait son siège non loin du port de la Joliette où faisaient escale les bateaux de guerre allemands pour cause de maintenance, pour réparer une blessure, pour faire le plein d'obus. Il appartenait à un réseau qui se bornait à la distribution de tracts dans les boîtes aux lettres des particuliers. Mais sa proximité avec ces navires ennemis leur donna des idées. Une nuit de juin, ils pénétrèrent dans l'enceinte d'un chantier et mon père d'un tempérament pacifique assomma pourtant lui-même le malheureux gardien qui somnolait dans sa cahute. La petite troupe déposa une bombe artisanale faite de bric et de broc dans la cabine de pilotage d'une frégate. Ils se dispersèrent tandis que l'explosion éclairait la mer. Chacun regagna son domicile la peur au ventre.

Un membre du réseau les dénonça.

Le lendemain à midi, des gestapistes – en fait pour la majorité d'entre eux, de jeunes maquereaux marseillais fraîchement recrutés pour accomplir la sale besogne –, firent la tournée des coupables. Ils furent transportés au siège de la Gestapo, au 425 de la rue Paradis. Le supplice de la baignoire, l'écrasement des testicules, la mutilation et ces grêles de coups à assommer un bœuf. Mon père devint à moitié sourd à force de beignes sciemment appliquées sur ses oreilles. Une surdité dont on ne put par la suite endiguer la progression. Quand je suis venu au monde vingt ans après, il ne m'a pas entendu crier.

On l'a exfiltré deux jours plus tard de sa geôle.

Aucune chance de salut une fois livré à la police française qui envoyait sans état d'âme les résistants au camp de Luynes, puis les jetait dans un train en partance pour Buchenwald, Dachau, Auschwitz-Birkenau. En revanche, avant d'être fiché par l'administration allemande noyée sous le flot des interpellés, on demeurait sous la seule autorité de la pègre qui se chargeait des interrogatoires. Il suffisait d'une liasse de billets pour faire évader un proche par un de ces boyaux souterrains qui reliaient les caves à l'avenue du Prado. Un ami de la famille en affaire avec le milieu marseillais s'était occupé de la transaction.

Mon père demeura plusieurs mois caché chez lui dans sa villa du Castellet. Il avait appris peu après sa libération que tous ses camarades avaient été déportés sans grande chance de revenir un jour. D'ailleurs, un seul survécut à l'enfer des camps. Un spectre qui mourut d'épuisement peu après.

Ton père lui avait rendu visite dans le grand hôtel particulier que sa famille occupait rue du Commandant-Rolland.

Son ancien camarade n'avait pas supporté la vue de ce garçon en pleine santé qui semblait le narguer au-dessus du lit où il se mourait. Il lui fit un signe vague de la main pour le congédier. Mon père en pleura de retour à la maison, il pensa au suicide et, en définitive, s'infligea la peine de continuer à vivre pour expier.

Une culpabilité qui l'a poursuivi jusqu'à son dernier souffle. Quand il avait brièvement agonisé sur le tapis du salon, ma mère croyait avoir perçu dans son regard la terreur de les retrouver dans l'au-delà et de subir leur éternel mépris. Un regard dans lequel elle prétendait avoir discerné une foultitude de sentiments, de peurs – sans compter les souvenirs qui affleuraient à la surface de sa pupille comme des noyés remontés du fond d'un lac. Drôle de coïncidence, cette soi-disant peur d'Alfred si semblable à celle dont Mado avait été la proie après son accident trois ans et demi plus tôt.

Étrange femme dont à présent la tête tombe sur la poitrine façon mort subite.

Je me demande si ces aveux, réels ou imaginaires, ne l'ont pas tuée. Une sortie théâtrale mais sobre malgré tout. Je n'ose la toucher de crainte que son corps bascule et s'effondre. Je sonne l'infirmière qui ne vient pas. J'erre dans les couloirs, je descends au rez-de-chaussée. Je remonte avec un aide-soignant. Il la secoue et la ramène à la vie.

Arrêtez de me secouer, je ne suis pas un prunier.

Il est parti hilare.

Cette visite du général de Gaulle n'était peut-être pas simplement destinée à mon père. Il entendait féliciter ce couple héroïque qui avait si bien servi la France.

Les souvenirs voyagent.

On les croit d'ici, ils viennent de là et puis en définitive ils sont d'ailleurs. Ils évoluent au point de changer de saison, d'année, de dimension et parfois de basculer soudain du probable à l'invraisemblable pour revenir au printemps suivant sous forme de certitude confirmée par assez d'historiens pour qu'à jamais nul n'en doute.

De Gaulle arriva à Marseille la veille du jour de sa visite officielle.

Un appartement avait été préparé pour lui à la préfecture. Auparavant, dîner en petit comité avec le maire – adversaire politique, mais résistant de la première heure – ainsi que son écrivaine d'épouse. Elle est assise à la gauche du Général qui compare en son for intérieur sa voix au chant d'un merle et pouffe dans sa serviette. Rassasié par le gigot aux olives, la purée au thym et la tarte aux figues, il repousse son assiette et se lève, entraînant dans son sillage toute la tablée. Il semble pressé et pousse rageusement les portes qui se trouvent sur son chemin.

Mais enfin, comment sort-on donc de votre boutique ?

Le préfet le prend par le bras et l'entraîne dans la cour. Il monte à l'arrière d'une des DS Citroën garées là à la queue leu leu. Il baisse la vitre et réclame un chauffeur.

Vous ne voudriez tout de même pas que je conduise.

Aucun chauffeur à l'horizon. Le préfet de se positionner derrière le volant, de démarrer, de faire signe au planton de lever la barrière, de sortir de l'enceinte et, déboulant rue de Rome, de demander timidement sa destination au Général.

4, rue Marius-Jauffret.

Récemment nommé, le fonctionnaire se courbe et fouille la boîte à gants à la recherche du plan de la ville. À la maigre lumière du plafonnier, il finit par trouver ma minuscule rue natale. Il déposa le Général qui lui dit de l'attendre. Il pouvait être vingt-trois heures, je dormais depuis longtemps et son coup de sonnette impératif ne me tira pas de mes rêves.

En réalité, j'ai peut-être ouvert un œil, réveillé par les gueulements de mon père. Une réunion autour de la table de salle à manger où ma mère avait disposé, à la mode de l'époque, porto et petits fours. Le Général grignotait sec en sirotant son verre. Je vois sa bouche former des mots, j'entends sa voix, les phrases claquer dans la pièce, pénétrer les oreilles de ma mère, rester aux portes de celles de mon père et tomber mortes sur les tomettes, mais j'ignore ce qu'il pouvait leur dire et ce que lui répondaient respectueusement mes parents.

Se déroula peut-être une remise de décorations.

Sous la faible lumière jaunâtre des ampoules d'alors, le grand homme de se baisser pour épingler les médailles sur les poitrines de cet humble couple. Accolades, larmes dans les yeux des décorés. Bref discours rappelant leurs mérites respectifs dont je ne connaîtrai jamais l'ampleur. Le Général resta-t-il jusqu'à une heure avancée de la nuit pour user avec eux sa coutumière insomnie. Partit-il aussitôt après pour aller se coucher, conduit par son préfet de chauffeur. Qui le saura jamais. Aucun de mes parents n'a cru utile de me raconter cette entrevue dont au fond rien ne prouve qu'elle a eu lieu.

Alors, tu m'as tout dit ?

J'en ai trop dit.

Elle refuse de me révéler la nature de cet excès de paroles.

Laisse-moi, maintenant.

J'ai le temps, mon train part à dix-huit heures.

Elle grimace.

Laisse le train partir sans toi.

Demain, je déjeune avec le président de la République.

Allons donc.

Le bougre aurait dit la même chose s'il m'avait entendu.

Je dois voir les enfants.

Pour ce qu'ils en ont à faire de te voir.

Une méchanceté au passage dont elle ne pense pas un mot. En tout cas, elle refuse que je m'en aille. Sa façon de prétendre avoir exagéré attise ma curiosité. Je me dis que la vérité finira par sortir de tout ce fatras. Je quitte la chambre sans un au revoir.

Ni Uber ni taxi. Je me déplace jusqu'à l'arrêt de bus. Je l'attends un quart d'heure sans conviction. Je marche vers la plage. Je m'avance vers le bord de l'eau. Une envie irrépressible de me jeter en costume à la flotte. Je me baigne en caleçon. Elle est glaciale, je fonce vers le large pour tenter de me réchauffer. Un malaise serait le bienvenu. Un de ceux trop rapides pour qu'on s'en aperçoive. Une délivrance, la vie toujours ressentie comme un fardeau et la mère par-dessus qui alourdit encore le chargement. Elle qui se vantait de son poids plume. L'air de dire, *tu vois je ne pèse rien, même la terre aurait mauvaise grâce de se plaindre de moi.*

Je grelotte en sortant.

Pas de serviette, le vent qui se lève, le gravillon qui fouette. Je sacrifie mon écharpe mais la laine gratte sans vraiment sécher. Je cours sous le soleil encore vif. Je finis par être à peu près sec. La peau couverte de sel, je me rhabille en regrettant ma baignade. Je rentre à pied rue Marius-Jauffret. Traversant la ville, je passe devant l'emplacement du siège de la Gestapo. Après-guerre, on a rétréci la rue pour construire des immeubles qui dissimulent soigneusement le bâtiment. J'entre dans la pâtisserie où je m'arrêtais souvent en sortant du collège jésuite, du temps où ils ne m'avaient pas encore renvoyé. Sous les millefeuilles, les caves de l'horreur. On a dû en murer les issues sans les réhabiliter. Demeurent intactes les éclaboussures de sang sur les murs, les inscriptions gravées dans le plâtre du bout de l'ongle. Il faudrait envoyer une équipe de spéléologues visiter les lieux. Peut-être même des plongeurs si on a cru bon d'immerger ces caves maudites.

Je divague.

En parlant d'eau, mon cerveau me semble flotter dans mon vaste crâne telle une île grisâtre et tiède. La métaphore, ce vice dont je suis atteint depuis que j'ai acquis le langage. Un roman, c'est une métaphore qui suit son chemin, cavalcade, vogue, s'envole et s'abîme à chaque fin de chapitre sur le plancher des vaches. En voilà une autre de métaphore et, de fil en aiguille, la réalité s'éloigne. On ne peut pourtant la creuser comme un bout de terrain, on glisse à sa surface, on en est réduit à la décrire, à l'énoncer, à la répéter. Mais quelle idée de vouloir investiguer la réalité.

À propos du plancher des vaches, je me rappelle une amie de ma mère à laquelle cette dernière me confiait souvent. Lorsqu'elle emmenait à la plage le petit enfant que j'étais, elle avait la manie de me serrer à toute force dans ses bras et de marcher d'un pas précipité vers le large pour, qu'effrayé, j'éclate en sanglots. Elle me ramenait ensuite à sa villa, corps séché, visage toujours trempé de larmes. Devant l'aréopage familial, elle racontait ma performance.

Maintenant, te voilà revenu sur le plancher des vaches.

Une moquerie qui n'amusait personne. Je pensais qu'elle sous-entendait de la sorte que les bovins étaient mes parents éloignés. J'avais honte, d'autant qu'elle avait soin de m'enlever mon maillot après le bain pour la santé de mon angelot qui, de la sorte, bénéficiait des bienfaits du soleil couchant sur ma peau nue. M'exhiber de la sorte lui plaisait bien. En ce temps-là, les adultes vicieux bénéficiaient d'une grande liberté pour assouvir leur poisseux penchant avant d'être vaguement soupçonnés.

Pour dire le vrai, ce n'était pas une amie de ma mère.

Retour dans la grotte familiale. Manquent sur les parois les dessins au charbon de bois d'animaux sauvages tracés par les préhistoriques ainsi que les graffitis des torturés du siège de la Gestapo. Les souvenirs n'adhèrent pas, ne laissent pas leur marque comme les meubles déménagés. Je pourrais voir mon père s'écraser dans le même fauteuil qu'après sa mort ma mère utiliserait en s'effondrant littéralement à chaque fois et en se relevant plus tard aussi promptement qu'un bouchon de vin mousseux.

Décider que mon enfance est une barre d'habitation.

Illuminer un maximum d'étages. Les étages de bonheur. S'imposer le souvenir des joies, des instants d'émerveillement, des périodes paisibles que j'ai vécues jusqu'à l'adolescence. Il serait trop difficile de supporter le souvenir d'une enfance morne. Il me faut la reconstruire en sélectionnant des éléments flamboyants dont je me servirai de briques pour l'ériger. Décider que c'est simplement une façon d'accéder au vrai. J'ai pu à l'occasion, comme tous les titulaires d'une enfance heureuse, connaître des moments déplaisants mais le solde des jours qui la composent est largement positif. Une enfance triste jetterait le discrédit sur tout le reste de ma vie.

J'étais heureux, aucune raison d'en douter. Un jour j'enquêterai peut-être sur cette période de ma vie. Je rassemblerai les témoignages de camarades d'école et des rares enseignants encore de ce monde. Je suis certain que je serai étonné de constater à quel point tout se passait comme dans un rêve. En définitive, nous connaissons bien mal l'être lointain que nous fûmes. Un souvenir tant suscité, tant exposé, tant fantasmé surtout, qu'il ne peut que nous induire en erreur.

Je ne fus pas un enfant martyr, zéro violence à mon endroit.

La culpabilisation est un instrument beaucoup plus efficace que les coups.

En tout cas, la place Edgar-Quinet est ensoleillée de l'autre côté de la baie vitrée du café où je me suis installé pour écrire. Je suis guilleret.

Une mère dévouée à sa famille sans qu'on puisse lui reprocher le moindre manquement. Il a suffi d'une minuscule coupure de presse pour la faire s'effondrer. Un vieil horoscope de l'année de ma naissance découvert après son décès au fond d'un carton parmi quelques vieilles lettres et la voilà par terre en mille morceaux. Je ne révèlerai la nature de l'article que plus tard dans ce récit, afin de tenir le lecteur en haleine – à l'heure où j'écris ces lignes, je ne sais pas encore si la photo dudit figure sur la couverture de l'ouvrage. Dans ce cas, faites en sorte de n'avoir pas lu la phrase précédente.

Le lecteur en haleine.

Comme disent les gougnafiers.

Malgré cette révélation, elle demeurera un personnage de plus en plus flou à mesure que je m'escrimerai à la dessiner. Vous verrez à quel point elle était une femme d'une immoralité particulière dont je ne trouve aucun exemple dans la littérature tant médicale que romanesque.

Un archétype singulier.

Une découverte qui m'a explosé à la gueule. Désormais, que faire de Mado. Un livre m'a semblé la seule solution dont je disposais pour l'extraire de sa gangue. En tout cas, j'en suis persuadé. Je ne suis pas à la recherche de sujets de livres. Bon ou mauvais, mon cerveau en déborde et l'écriture de ce livre est aussi difficile à vivre qu'une maladie. Pas de quoi plaindre non plus cet imbécile qui, au lieu de se faire du bien en écrivant ses *Microfictions*, s'administre sa maman comme une médecine d'autrefois.

Après la découverte de ce maudit horoscope, elle n'était plus la femme que j'avais cru connaître jusqu'à la soixantaine dépassée mais une autre, malveillante, dégueulasse dont je suis aujourd'hui aussi embarrassé que d'une poubelle. Je blâme pourtant ma dureté envers cette maman. Elle demeure à jamais incapable de me donner la réplique dans son cercueil bien rangé dans le caveau familial du cimetière Saint-Pierre. J'ai envie de la pleurer. Une crise de larmes nettoie un chagrin à grande eau.

Une mère se raccommode comme un vase brisé.

Les cicatrices de la céramique soulignées à la japonaise par un élégant filet d'or. Toute cassée mais resplendissante, scintillante. Débarrassez-moi des sentiments filiaux. S'arracher à ses origines auxquelles on est attaché par une corde de nerfs tressés. Nœud coulant, tes bras autour de mon cou, tes baisers, des clous, tes paroles tendres, les baffes que tu ne m'as jamais données. L'amour désinvolte du fils, son cœur sec, un rongeur mort, un poing de ronces, le vent à travers les épines, cœur à l'état de squelette. Fils dégénéré, casseur de mère, réparateur de maman. Dire l'enfance, l'aveu. Je déroule une pelote de langage. Le lourd train de la parole errante sans rail dans le paysage désolé.

Désolé moi-même d'en être réduit à vous imposer ce fatras. La malhonnêteté de maquiller la vacuité en la décorant. Cependant, d'un nuage de phrases apparemment décousues émane à l'occasion une idée de ce qu'on n'arrive pas à exprimer. Du fait de sa clarté, de sa précision, parfois la langue française ne voit pas plus loin que le bout de son nez.

Avant la mort de mon père, Magdalena semblait un personnage limpide. Une femme méritante, on se demande pourquoi, mais elle savait dégager une impression de souffrance à tout instant surmontée, à force de volonté, d'efforts quotidiens et le fils présenté comme seul but de sa vie. Un fils que, façon basse continue, elle se vantait d'aimer, comme si aimer son enfant était une performance olympique.

J'étais en train d'acheter une bouteille de champagne au supermarché en prévision de ma visite à l'Ehpad. Je me dirigeais vers la caisse quand je reçus un message.

Votre maman vient de faire un AVC. Elle a été transportée à l'hôpital Sainte-Marguerite.

Arrivé là-bas, elle était morte. Voilà un de ces événements soudain dont on émaille les narrations pour leur donner du nerf. Un événement fastidieux à raconter. Toujours les mêmes péripéties déjà narrées dans ce livre et ailleurs depuis l'origine du langage.

Je me permets de m'immiscer dans le chapitre précédent, même si celui-ci se situe quelques mois plus tard au moment du décès de Madeleine. D'abord, je n'aime pas ces clowneries, en outre je n'ai jamais aimé cette manière de faire d'un roman un millefeuille en inventant successivement de supposées réalités pour les mettre en concurrence les unes avec les autres. Je n'ai jamais cru aux vérités relatives dont la vie serait émaillée ni trouvé intéressante cette littérature joueuse où le lecteur est invité à admirer les sauts et les entrechats d'un auteur hilare qui jongle avec faits et menteries comme avec des balles, même si je demeure admiratif de l'invention du concept de vérité alternative qui donne au récit du réel la fragilité d'une fiction – admiration qui n'est pas contradictoire avec mon aversion pour ceux qui ont inventé cette idée absurde. Mais le démontrer serait long.

Le lecteur sagace a déjà remarqué que la mort de Madeleine à la suite d'un AVC est en absolue contradiction avec celle qui a cours depuis le début de ce livre. De même, le récit de la vie d'Alfred sous l'Occupation, développé dans ce chapitre, rend caduc le début dudit débité par Madeleine elle-même deux chapitres plus haut. Or, leur première rencontre dans le hall d'entrée de l'immeuble qu'elle occupait avec sa mère pendant l'Occupation me plaît davantage. Je refuse d'ajouter foi à cette thèse selon laquelle Alfred aurait été un résistant lamentable brièvement torturé avant d'être libéré contre une somme d'argent. Mieux vaut garder le souvenir d'un père aussi digne de gloire que je l'aurais souhaité dans mon enfance et d'une mère généreuse au point de mettre sa vie en danger pour sauver des proies.

Cette façon de secourir autrui sans affectation me rappelle notre ancienne bergerie située à la périphérie des Vans où, jusqu'à mes sept ans, existait encore sur la place du village la maison de famille qui serait bientôt rasée et remplacée par un dispensaire. Je passais le mois d'août là-bas avec ma grand-mère et mon grand-oncle Émile qu'on surnommait Mimine. Cette bergerie était une longère flanquée d'une étable. Plusieurs familles avaient vécu là de la générosité familiale jusqu'à l'immédiat après-guerre.

Dans mon enfance, ne restait plus qu'un vieux couple à la femme aussi barbue que le mari. Ils faisaient pousser quelques légumes dont ils nous donnaient de très rares exemplaires soigneusement roulés dans un morceau de toile de jute que nous leur rapportions la fois suivante. Ma grand-mère leur offrait du pain acheté à la boulangerie qu'elle prétendait avoir pétri, ainsi qu'une douzaine d'œufs sortis du cul de poules qu'elle n'avait jamais eues. Une manière élégante de leur laisser entendre que ces générosités ne lui coûtaient rien.

Ce devait être une de mes dernières visites à l'Ehpad avant qu'elle ne tombe dans la somnolence et qu'elle ne parle presque plus. Elle avait fini son foie gras et avait bu sa coupe de champagne. Elle voyait encore assez pour me viser de son regard bleu et flou. Une colère froide rendait sa voix encore plus jeune que d'habitude. On aurait dit qu'elle allait m'engueuler pour un zéro absolu en anglais qui aurait transformé la rue Marius-Jauffret en banquise. Un flux de paroles régulier, aucune hésitation. On aurait dit qu'elle les avait apprises par cœur, du moins qu'elle avait longuement mûri son laïus.

Tu vas profiter que j'ai le dos tourné pour écrire sur moi. Quand le chat n'est pas là, les souris dansent. Tu n'hésiteras pas. Je sais que tu m'en veux depuis longtemps. Si une mère comme moi ne t'a pas suffi, je ne vois pas quelle autre aurait pu faire ton bonheur. Je n'ai pas peur de tes mensonges. Ce qui m'indigne, c'est que tu auras beau les aligner, tu ne pourras t'empêcher de révéler la vérité. De celle-là, je m'en suis toujours méfiée. La vie est un bal costumé. Sans plumes, plus d'oiseau. Notre intimité, la nôtre, tu vas lui arracher jusqu'à son duvet. Tu vas me dénoncer aux vivants qui m'ont connue. J'aurais voulu vivre encore, attendre, pour filer à l'anglaise, que ton cerveau se soit émoussé. Tu finiras bien un jour par te retrouver un beau matin incapable d'écrire. Gros malin.

Que non, ma mère. Je ne prendrai pas la peine d'écrire sur toi, d'écrire sur moi, de plagier ma vie.

Tu mériterais un bon Alzheimer. Tu pourrais toujours essayer alors de phraser contre petite maman avec les trois neurones qui te resteraient.

Vous vous doutez qu'elle n'a jamais tenu ces propos. De la fiction, de l'air, de la fiction. Ressasser la vérité souvent me fait mal. En fin de vie, je me fais pourtant une idée récréative, une idée joyeuse de l'art.

Rien à voir avec l'Occupation, même s'il est encore question de vérité. Comme je le disais tantôt, Madeleine me mentait. Il me semble, en traçant ces lignes sur ce qui s'avérera plus tard servir de socle à ce roman, voir des mouches sortir de sa bouche en place de paroles. Si je n'avais pas fait la découverte dont je finirai par vous donner la teneur, j'aurais conservé la naïveté des gosses qui croient leur mère incapable d'avoir le moindre défaut. Les sentences des parents gravées dans le marbre. Même à l'âge adulte, elles demeurent intactes dans notre mémoire. Je suis assez indulgent envers moi-même pour penser que je n'ai jamais menti à mes enfants. Par omission, sans doute. Mais ce n'est un mensonge que pour les bigots.

Toute une partie d'elle m'était donc inconnue. Une face, une autre, une troisième, une autre encore et la quatrième en embuscade derrière un bosquet. Une mère comme un dé à jouer. Elle m'aimait sans mentir et aussi imparfaitement que je l'aimais moi-même. L'amour de chacun pareil au reflet de l'amour de l'autre. Est-ce normal qu'entre une mère et un fils se soit déroulée une histoire d'amour. Entre une mère et son fils, l'amour ne connaît ni rupture ni retour de flamme et pas davantage de péripéties.

Est-ce qu'une mère est un personnage générique comme on parle des chiens ou des moineaux. Chaque mère n'est-elle pas en réalité une création ? Un prototype qui existe pour la première fois. Sur la terre, il n'y a d'ailleurs que des êtres qui n'ont jamais existé avant d'être nés. On n'est pas assez attentifs à leurs spécificités et sous prétexte qu'ils se ressemblent, on en fait une cohorte homogène.

Depuis quelques années, je n'avais jamais envie d'aller la voir à Marseille. Je me rendais pourtant là-bas régulièrement, avec le même enthousiasme que ces libérés sur parole pointent au commissariat. Elle m'attendait gueule ouverte pour que je déverse ma vie en elle. Me raconter comme une historiette débitée à un enfant chaque soir en inventant la suite au fur et à mesure. Que je la remplisse jusqu'à plus soif des événements de mon existence. Un tonneau des Danaïdes impossible à combler.

En arrivant, je l'embrassais.

Un baiser qui planait au-dessus de son visage sans l'atteindre. J'aurais dû m'efforcer de mieux jouer mon rôle. Il ne devait pas être si difficile de me forcer un peu. Nos parents se sont obligés quand ils nous ont élevés. Il est vrai que mes parents étaient demandeurs, que je suis arrivé pour satisfaire leur besoin d'enfant. J'aurais pu lui offrir des baisers insincères, une sorte de politesse affective dont elle se serait contentée. Il n'est pas bon d'analyser ses sentiments, le fond de la citerne est toujours rempli de boue et de scories.

Je faisais mon devoir. C'est peu, c'est misérable. J'aurais fait davantage pour une vieille dame inconnue que j'aurais pris sous mon aile par charité. Je l'aurais dorlotée beaucoup plus. Je me serais montré aussi sentimentalement généreux avec elle que je me suis montré avare envers Madelon. Que cette dame n'hésite pas à me contacter, je la choierai comme elle ne le fut jamais. Il n'est jamais trop tard.

Je me réveillais parfois au milieu de la nuit. J'allumais la lampe de chevet, je regardais autour de moi, à la recherche de quelque chose dont je n'avais pas la moindre idée. Je me souviens m'être levé pour pêcher dans mon cartable le livre de français. Là-dedans, il y avait des extraits de textes, de courtes nouvelles qui me captivaient. Je ne sais quel âge je pouvais avoir quand j'ai découvert en lisant un conte de Grimm ce pouvoir des phrases de faire apparaître des images. Des images en couleur, contrairement à celles en noir et blanc de la télévision française des années 1960.

Adolescent, je découvris qu'il me suffisait de me mettre à écrire pour que surgisse une histoire. Un émerveillement semblable à celui que j'éprouvais en développant des tirages photographiques. Sous la lumière orangée, l'image apparaissait par magie dans le bain révélateur. J'éprouve encore la même impression aujourd'hui à chaque fois que j'écris.

Revenons à mes insomnies.

Madeleine me parla de sa mort dès ma neuvième année. Elle évoquait son âge avancé par rapport aux autres mères de mes camarades de classe. À coup sûr, ils garderaient leur mère plus longtemps que moi. Mado les enterra toutes avant de les rejoindre soixante ans plus tard six pieds sous terre. Elle évoquait les différents testaments qu'elle avait pu rédiger depuis ma naissance alors qu'elle était encore en début de quarantaine.

Dans un de ces testaments, elle demandait à être enterrée au son de *Negro Spirituals* comme à la Nouvelle-Orléans. Un choix parfaitement incongru dans les quartiers bourgeois de Marseille de l'époque. Elle imaginait sa mort sous forme d'apothéose, un événement qui ferait d'elle une star. Elle imaginait une agonie joyeuse, avec une petite foule envahissant tout l'appartement et moi à genoux devant elle, priant le Ciel de la garder vivante *ad vitam*. Je me demande même si, telle Iseult, elle ne se voyait pas entonner un chant d'adieu avant de succomber sous les bravos.

On leur vole leur mort.

Elle avait prononcé ces mots, outrée, un jour que, dans une émission médicale, on évoquait les aides médicamenteuses dont bénéficiaient désormais les mourants. Ces substances avaient la vertu de leur épargner douleur et angoisses mais l'inconvénient de les ensuquer. Ils somnolaient, incapables d'exprimer ces dernières paroles qui, à son avis, faisaient le charme du mourir. Pire encore, certains tombaient dans le coma ou plus prosaïquement se mettaient à ronfler tels des fêtards cuvant leur cuite.

Quant à moi, je vous supplie de me la voler, ma mort. À main armée, si cela vous est plus commode. Je n'ai aucune envie de faire sa connaissance. Plutôt être assommé à coups de gourdin. Une fieffée scélérate qui viole les vivants depuis l'apparition des premiers protozoaires. Ces temps-ci, elle fait les cent pas dans l'antichambre. Je crie à faire éclater les carreaux de la fenêtre, *non merci, la mort, non merci !*

Retour à l'orphelin que, selon notre héroïne, j'avais toutes les chances de devenir bientôt. Avec un grand sourire, elle me demandait par qui je voudrais être adopté au retour de ses glorieuses obsèques. Je séchais, ayant quelque réticence à potasser cette question. Elle évoquait mes tantes déjà surchargées d'enfants, me poussant à choisir la plus riche. Je dodelinais de la tête en souriant. Sous mon visage régnait la peur, la tristesse, le chagrin, la panique.

Tiens, c'est bizarre, elle ne doutait pas qu'une fois disparue la présence de mon père ne me permettrait en aucune façon d'éviter d'être désormais sans parent. Il était certes peu présent, bien que toujours dans les parages, mais peut-être la nécessité l'aurait-elle métamorphosé en père de compétition. Une mère sensée aurait eu la conversation qu'elle m'imposait avec son mari. Lui demandant de s'occuper de moi dès à présent en prévision de son décès magnifique. Un mari, comme elle dans la force de l'âge, qui l'aurait envoyée lanlaire.

Oui, je ne cesse de parler d'âge. Un écrivain du XIXe siècle aurait plus rarement évoqué cette notion. On ne connaissait guère à l'époque que l'enfance – dont on faisait du reste peu de cas –, l'adultat et la vieillesse. On a inventé par la suite quantité de sous-catégories dont le nombre ne cesse de croître. Aux adolescents se sont ajoutés les pré-adolescents, pas tout à fait synonymes d'enfants, quoique presque, les jeunes adultes, les trentenaires et toute la tripotée des quadras, quinquas, séniors, retraités, sans compter le troisième âge, le quatrième et compagnie. Ces états de l'existence sont parfaitement intériorisés par la population. Toute année compte et on rappelle vertement à l'ordre ceux qui l'ont oublié.

J'évite d'habitude ce genre de lourd développement sociologique. Avec l'âge – précisément – l'artiste se laisse aller et libre à vous de retrouver l'origine de cette expression.

Madeleine, qui m'avait mis au monde à l'âge de quarante et un ans, était pour l'époque une très vieille unipare. Circonstance qui lui donnait le droit d'agiter à tout instant son décès prochain comme un fanion devant le produit de ses ovaires. Un fanion de mauvais goût, je vous l'accorde.

Je ne savais pas en ce temps-là que notre mort est toujours imminente, qu'elle nous suit partout à la manière d'un ballon publicitaire siglé *Kaput, Crève, Vas-y*. Je croyais Madeleine seule à pouvoir se vanter chaque matin d'avoir héroïquement survécu à la suite d'un féroce combat mené avec toute la hargne du monde pour ne point me priver d'elle. Les autres parents, ayant reçu l'assurance que leur décès aurait lieu à une date lointaine, pouvaient quant à eux laisser dormir en paix leur maisonnée. Sans compter toutes ces mères désinvoltes qui crevaient la nuit par indifférence envers leur salopiot plus méritant que moi, sans avoir seulement pris la peine d'éloigner la Camarde d'un chasse-mouche.

Les enfants n'aiment pas que leur mère meure.

Dès lors, j'ai eu peur chaque nuit que son cœur s'arrête. Dans mon lit je scrutais le moindre de ses pas, traquant un tintement de verre, un entrechoquement de couvert avec une assiette, et les rares fois où elle se servait de sa voix pour échanger quelques paroles avec mon père. Je finissais pourtant par m'endormir.

Une alarme intérieure retentissait au milieu de la nuit.

Je me réveillais dans l'obscurité absolue de l'appartement aux lampes éteintes. Un danger imminent. D'ailleurs, il est déjà trop tard pour intervenir. Un malheur dont la responsabilité m'incombe. J'aurais dû me montrer plus vigilant. Mordre mon pouce au lieu de le sucer, au lieu de jouer les marmottes.

Le sol était froid.

Je cavalais dans le couloir. L'obscurité l'allongeait, le rendait interminable. Je m'engouffrais dans la chambre de mes parents du pas léger du secouriste débarquant sur un champ de bataille. Ils gisaient sur le grand lit. Parfois mon père ronflait mais le reste du temps, ils ressemblaient vraiment à ces asphyxiés, parents éloignés de ma mère, dont elle me racontait souvent l'agonie quand elle était d'humeur badine.

Je m'avançais.

J'avais l'ouïe fine des enfants. Je préférais pourtant m'approcher tout près de son visage pour entendre son souffle. Ce soulagement délicieux qu'on éprouve après avoir réchappé du pire. En me souciant d'elle au milieu de la nuit, je venais de la sauver. Ma respiration contre la sienne valait bien le baiser du prince charmant sortant du coma cette pauvre Belle au bois dormant. Une habitude qui s'est prolongée jusqu'à mon départ de Marseille à vingt-deux ans.

J'ai prêté cette obsession à Flaubert dans le roman que je lui ai consacré. Je jugeais ces éléments trop personnels pour les prendre à mon compte.

En réalité, jusqu'à l'âge adulte, monsieur Flau dormit du sommeil du juste. On découvrira peut-être un jour une lettre inédite dans laquelle il raconte ses expéditions nocturnes au-dessus du lit de ses parents pour s'assurer que Mme Flaubert n'est pas morte. C'est d'ailleurs probable, les romanciers communiquent entre eux au-delà de la mort. Leurs inconscients partagent renseignements, astuces et anecdotes dont ils font encre le matin venu. Quand on retrouvera ces documents, je passerai à bon droit pour un visionnaire. Par avance, je m'en réjouis.

Aujourd'hui encore, le sommeil nocturne m'effraie. J'attends pour m'endormir qu'il fasse jour, pareil aux condamnés à mort d'antan qui s'endormaient après l'aube, car c'était à l'aube qu'on venait les chercher pour les exécuter. Comparaison excessive. Cependant, à cette époque, l'angoisse de sa mort était cruelle. J'en demeure bouleversé pour le gamin que je fus.

J'allais oublier.

Je suis vraiment sans pitié, je vais terminer cette tirade dans la franche rigolade, mot tombé en désuétude qu'on utilisait couramment dans mon enfance. Figurez-vous que, lorsqu'il m'arrivait d'avoir de mauvaises notes, la Madelon me disait que ces résultats lui enlevaient dix ans de vie.

Déjà qu'il ne lui en restait pas lourd avant de me faire orphelin.

Sa longue existence laisse à penser que ma scolarité n'était pas si catastrophique. À moins que son espérance de vie à la naissance n'ait approché les deux mille ans. Ce qui, mon Dieu, est possible. Quoique improbable.

Tiens, un parent vient de me dire que j'étais le dieu de ma mère. Elle m'admirait bruyamment, me louait, me citait, criait son iconique amour pour moi – bien supérieur aux vagues sentiments que pouvaient éprouver les gens de son auditoire pour leurs mioches. Un consensus familial pour convenir qu'elle n'aimait que Régis. Conclusion épouvantable, stigmatisant une femme dépravée incapable d'aimer autre chose que sa propre chiure.

Mon épouse d'ajouter en passant, *tu étais sa chose.*

Surtout quand je n'étais pas là. Elle se faisait alors le Gepetto d'un méchant Pinocchio dont elle racontait la vie imaginaire. Quand elle me citait, il s'agissait le plus souvent d'un propos déformé, souvent inventé. Elle présentait de moi l'image de quelqu'un de suffisant, de méprisant, de peu sympathique en tout cas. Une image parfois franchement pourrie, nous en reparlerons. Je voudrais interrompre ce réquisitoire, me faire avocat de la défense. Scandaleuse idée d'intenter un procès à sa maman morte.

Poursuivons.

Elle m'appela en janvier 2015 alors qu'elle trottait encore dans son appartement comme une fillette nonagénaire. Un ancien collègue de travail d'origine italienne, rapatrié à Rome, l'avait informée que la librairie voisine de son domicile appréciait mon travail et avait manifesté son désir de m'inviter pour parler de mon roman *Sévère* dont la traduction venait de sortir.

Il a été bien reçu.

Elle lui avait répondu que je ne me déplacerais pas pour un événement aussi minable. Le fabuleux écrivain dont elle avait la chance d'être la mère voyageait en classe affaire, descendait dans des palaces, donnait des interviews aux plus grands journaux, était reconnu dans la rue par des lectrices fanatiques et aurait dégringolé de son Olympe si on avait appris son passage dans cette sordide échoppe de quartier.

J'étais accablé. Non seulement – litote – tout cela était exagéré mais elle faisait de moi une arrogante ordure.

T'en souviens-tu, Madelon ?

Je n'arrive pas à devenir assez matérialiste pour imaginer qu'une pareille mère puisse un jour ne plus exister. Prévoyant sa fin prochaine, quelques mois avant son décès, Mado aura enrobé mon cerveau d'un filet numérique qui lui permet aujourd'hui de me piloter avec un joystick. D'ailleurs, n'appelle-t-on pas la membrane fibreuse et rigide qui entoure le cerveau, la *dure-mère*. L'anatomie vient comme par enchantement étayer ma thèse. Une mère coriace et juste qui me comprime à la moindre incartade. Elle qui, de son vivant, ne fut ni vraiment sévère ni tout à fait injuste. Elle qui, quoique je puisse écrire, m'échappe comme une poignée d'eau. Je ne pourrai jamais la dire. Personne n'a jamais dit personne – c'est vrai.

Mais, convenez que personne d'autre n'est cette passionnante femme. Un personnage important dans l'histoire des mères, je ne le soulignerai jamais assez. Ce n'est pas une insulte de vous dire que vous devez vous contenter de simples imitations, de plagiats, d'ersatz. Rassurez-vous, elle est généreuse au point de faire don de sa poussière au vent. Chaque fois que vous prenez votre mère dans vos bras, c'est un peu elle que vous étreignez.

Madelon ne fut pas pleurée. On peut toujours dire que chacun garde pour soi son chagrin sans en reverser la moindre goutte sur ses voisins. Elle était si âgée que personne ne se serait permis de se lamenter. Elle ne laissait aucun regret. Aucun arrière-goût de revenez-y.

Même la maison de retraite n'en pouvait plus.

Enfin une chambre de libre pour un de ces jeunes vieux qui tirent la langue pour obtenir une chambre particulière donnant sur la pinède. Il ne fait pas bon vivre trop longtemps. Chacune de vos journées coûte. L'État n'en peut plus de vous entretenir quand vous avez largement dépassé l'âge auquel vous êtes censé mourir. En outre, beaucoup de centenaires ont des enfants presque aussi vieux qu'eux-mêmes. Ils piaffent d'impatience pour prendre possession de l'appartement familial après toute une vie en location afin de pouvoir pour la première fois s'établir entre des murs par eux possédés et jouir nez au vent de la vie exaltante de copropriétaire.

Dire que l'assassin Pierre-François Lacenaire écrivit dans sa geôle cette phrase qui devrait faire mourir de honte un littérateur aussi tendre que monsieur Jau.

Un fils ne peut pas cesser d'aimer sa mère.

Si elle lui était échue, il aurait aimé Magdalena, même traîtresse, même plus meurtrière encore que lui, même canardeuse de continents, hérissant les capitales de missiles nucléaires acérés comme des fléchettes. Je t'aime à la folie Magdalena, Madelon et, si c'est possible, davantage encore Madona, et Mère et Maman.

D'un amour indulgent comme toutes les amours qui durent.

Finalement, l'enterrement se déroula bien le samedi suivant. On passe son existence à marcher vers l'inconnu. L'enfance, l'adolescence, la conjugalité, la paternité, le foyer écartelé, les enfants chaque semaine, les enfants adultes et à présent on perd sa mère. Désormais, dans ma conscience, Madelon m'apparaît telle que sur une photo datant du début des années 1960, époque à laquelle je dus l'observer attentivement pour la première fois. Elle va peut-être rajeunir encore, même si elle est déjà beaucoup plus jeune que moi. Elle deviendra mon enfant, comme l'est devenu pour moi, de façon fulgurante, mon père lorsque j'écrivis *Papa*. Pourvu qu'elle ne régresse pas jusqu'à devenir bébé et m'oblige à me relever la nuit pour la biberonner et la changer.

Je ferai partie d'un prochain convoi. On se dépêche d'exister. La cohue des dernières années. Mon acharnement à écrire, à avancer, à pleurer les heures perdues, à vivre sans laisser sur les pages ma trace d'escargot.

La mort subite qui d'un seul hochement de tête peut arrêter la mazurka. Je me cours après, jamais ne me rattraperai. Je laisserai des livres, un de plus, dix de moins. La chasse d'eau de la mort les emportera avec moi. Et si certains échappent à la noyade pour quelque temps, je n'en serai pas moins à jamais au fond de l'eau. Je voudrais être, non pas joyeux, mais serein, une semaine, un jour – rêvons – jusqu'à la fin de ma vie. Voir chaque journée qui s'ouvre sans crainte, en pouvoir caresser la perspective comme un chat paisible, endormi, qui ouvre à peine les yeux et les referme aussitôt en bâillant. Hélas, on ne négocie pas avec l'avenir.

Direction Marseille avec l'épouse. Suicide sur la voie. Cinq heures de retard. Le chauffeur du train nous raconte les détails de l'événement minute par minute. Le TGV lancé à pleine vitesse, le corps dispersé dans le paysage. On attend l'arrivée de la gendarmerie, du substitut du procureur, des secours, des pompes funèbres. Madame lit un roman anglais dans le texte, j'écris une petite histoire sur l'ordi. Rapidement, le bar n'a plus rien à vendre. Même l'eau manque pour faire du café avec les quelques capsules restantes.

Arrivée à Marseille. Une nuée de taxis sur le pied de guerre.

Plan Pégase.

On ramène gratuitement les clients chez eux, même ceux qui crèchent à trente lieues de là. On décide de marcher jusqu'à notre hôtel situé sur le port. On trouve en cours de route une sandwicherie, on se restaure sans commentaire avec le sérieux des animaux à la mangeoire.

Chambre avec vue. Je pense à mon grand-père paternel décédé quarante-cinq ans avant ma naissance. Un lunatique qui fit faillite pour la première fois à vingt-quatre ans. Il finit sa brève existence courtier en grain. Il passait ses journées dans la cohue du port, à la recherche de marchandises bon marché. Les jours de tempête, les bateaux s'abritaient dans la baie, et certains, de brader leur cargaison.

Elle est morte, Anne de me répondre, *oui*. Selon la formule consacrée, je ne serai plus désormais un enfant pour personne. Quand un jour j'avais fait remarquer à Madelon que j'aurais cinquante ans la semaine suivante, son visage avait soudain changé de couleur.

Tais-toi, ça m'impressionne.

Dix ans plus tard, elle aurait voulu que je me mette en ménage avec une jeunesse en pleine vingtaine et lui fasse deux enfants. Une manière sans doute de remonter le temps. Il est même arrivé une fois que, m'apprêtant à sortir avec ma fille – encore adolescente –, elle dise qu'on pourrait nous prendre pour un couple. Je reçus cette ignominie comme un coup de pied dans le ventre. Il me faut lui pardonner, l'indulgence Jauffret Régis, l'indulgence. J'ai dû lui dire pire à un autre sujet. Une amie m'a raconté qu'un soir, alors qu'elle venait de se coucher, sa mère s'était assise au pied de son lit.

Je me relèverai quand tu seras gentille.

La gamine de ne rien comprendre. Aucune conduite équivalente dans le cas de Madeleine mais, dans mon âge mûr, elle m'a dit un jour que j'avais dû lui adresser quelques phrases empreintes de sympathie, *je croyais que tu ne m'aimais pas, que j'étais une mauvaise mère.*

La capacité qu'ont les mères à vous bouleverser. Je ne me souviens plus de ce que je lui répondis, la gorge nouée. Sans doute rien du tout.

Ce que j'écris là vous intéresse ?

J'éprouve le besoin de vous le demander. Je me découvre le besoin d'être écouté. Je voudrais m'étendre à l'infini sur ces moments dont je me souviens avec émotion. J'avais besoin d'elle, de ses paroles consolantes. Je regrette son départ tout autant qu'il me soulage. On dirait que j'en fais un personnage utilitaire. Je le convoque quand j'ai soif de son amour et je le remise dans une boîte le reste du temps. Dès la naissance, les parents sont là pour servir leur môme, lui dispenser soin et affection. Le blues qui m'étreint en écrivant ce soir me pousse à mettre un genou à terre pour lui rendre hommage. Quoi qu'elle ait pu faire, j'admets du plus profond de mon cœur qu'elle l'a fait pour mon bien.

Vous verrez plus tard à quel point mon jugement actuel est controuvé.

À quel point mes sentiments envers elle sont inconstants. L'amour n'a jamais été basé sur la raison. L'incohérence est sa nature. J'ai envie d'embrasser Madona comme je l'embrassais petit môme. Je me souviens que, gamin, je la serrais de toutes mes forces dans mes bras pour lui montrer à quel point je l'aimais. Ce devrait être le *petit Régis* qui parle à ma place, pas ce pantin aigri prompt à transvaser sa mère dans un encrier pour en tirer émotion, cocasserie, plaintes dissimulées sous une écorce de glace.

Régis Jaujau, tu verras au cours du reste de tes nuits d'insomnie à quel point Mado te manque. Un trou saignant que personne ne viendra combler.

Malgré tout, elle n'est plus là.

Anne ne m'entend pas. Elle dort déjà, malgré le vacarme des nettoyeuses qui arpentent les trottoirs en grommelant. Je me réfugie devant la table, j'écris ces lignes que je modifie en les recopiant ce jour. Si seulement je faisais partie de ceux que l'alcool soulage. Je boirais toute la nuit, je continuerais le lendemain jusqu'à ce que Madelon ait rejoint le caveau. Ils ne sont pas si rares les enfants qui suivent cahin-caha le cortège en état d'ébriété. Une idée burlesque qui ne parvient pas à me sortir de ma neurasthénie.

La gaieté, que me soit donnée une année entière de gaieté.

Il doit en exister des rivières, des océans.

Un soleil éclatant quand j'ouvre les rideaux au matin. On achète en passant un bouquet de lys. Depuis une vingtaine d'années, Madelon s'était prise de passion pour les fleurs blanches. Départ en taxi vers la maison mortuaire où le corps est exposé. Dans une cour sans arbres patientent une douzaine de personnes qui finissent par s'écouler derrière une porte sur laquelle est placardé le nom de leur défunt. Sur une autre est affiché *Madeleine Jauffret*. La même dame des pompes-funèbres, avec laquelle j'avais dialogué depuis Paris, vient nous ouvrir. À l'intérieur, une petite pièce dans la pénombre qui, je ne sais pourquoi, me fait penser à une chambre de motel.

Sur une table basse, un bouquet de roses thé que je ne me souvenais plus avoir commandé. La dame nous quitte.

Je vous laisse vous recueillir.

Le corps repose derrière une paroi de bois qui forme un paravent. Seul son visage est visible, tout le reste est dissimulé sous un linceul de satin blanc. Je ne me suis pas penché pour embrasser son front comme au début du siècle j'avais déposé mes lèvres sur celles d'une amie exposée dans une cellule de l'Institut médico-légal du quai de la Rapée.

D'ailleurs, cette femme n'est pas Madona.

Je crois qu'ils se sont trompés de corps.

En arrivant ici, Anne m'avait dit qu'elle ne tenait pas à voir le corps. Elle jette pourtant un coup d'œil furtif.

Non, c'est bien elle.

Toute sa matière a été dévorée, ne reste plus qu'une peau sur un squelette. La bouche, le menton lui donnent un faciès simiesque. Quelle phrase épouvantable, mieux vaudrait la couper. Le front, les arcades, lui ressemblent davantage et je suis alors convaincu qu'il s'agit bien d'elle.

Je fais un selfie vidéo avec en fond le corps et le reste de la pièce fruste et vide.

C'est juste pour moi.

Anne acquiesce.

Une vidéo évidemment abjecte que j'ai prise pour une raison sans doute volontairement oubliée. Je me permets de dire à ma décharge que je viens de mentir. J'ai réellement filmé, cependant, je ne figurais pas à l'image et je n'ai par la suite ni visionné la vidéo ni ne l'ai montrée à personne.

Je l'ai effacée trois jours plus tard.

Filmer sa mère dans son cercueil n'est pas glorieux. On devrait se passer de rapporter pareille conduite qu'on est même incapable de comprendre soi-même. À moins de se traiter de gros salaud pour qui on devrait remettre au goût du jour le supplice de la roue.

À la réflexion c'était un geste d'amour. Il me faudrait trois volumes pour me le démontrer à moi-même.

Mon téléphone de retour dans la poche intérieure de ma veste, je m'aperçois que le cercueil n'est pas celui que j'ai commandé quatre ans plus tôt. La dame me dit que ce modèle n'existe plus. Pour compenser, elle a amélioré l'intérieur de la caisse. Un cercueil assez ordinaire pour que j'en aie entendu parler de façon fort péjorative au cimetière par plusieurs personnes. Plus tard, je constaterais que la facture est inférieure à la somme que j'avais versée à la commande. La dame de me dire qu'entre-temps les prix avaient baissé.

Si vous avez un problème, je peux vous mettre en contact avec notre service juridique.

Je ne me suis pas senti de faire un pas de plus dans le sordide.

Deux hommes débarquent pour fermer le couvercle. L'un d'eux remonte une fermeture à glissière qui ferme le linceul. Ma mère à présent enfermée dans ce sac de satin blanc. Le couvercle est vissé. Ils portent le cercueil dans le fourgon qui patiente, hayon levé, dans la cour. Il y a une place à côté du chauffeur. Point d'autre, Anne me dit qu'elle va nous suivre en taxi. Elle sait que Madeleine aurait voulu que le fils ne la laisse pas seul pendant son transfert. Madeleine m'en avait parlé plusieurs fois.

Le fourgon est bloqué dans une petite rue par un camion de déménagement. Le chauffeur vitupère à voix basse pour ne pas réveiller la morte. Il finit par rouler sur le trottoir.

Arrivée devant l'église du Sacré-Cœur. Deux autres employés nous attendent pour porter la bière. Ils trottent, et avec le curé nous courons derrière pour ne pas nous laisser distancer. Je les double au dernier moment pour aller, comme nous en sommes convenu avec la dame des pompes funèbres, faire démarrer le *Requiem* de Mozart sur mon célèbre téléphone.

Retentit alors le son grêle des haut-parleurs de l'appareil car je n'arrive pas à me connecter aux enceintes.

Le cercueil repose sur des tréteaux devant l'autel.

Le prêtre prêche rapidement avant la bénédiction. On dirait qu'il est occupé à mâcher sa langue avec appétit, on ne comprend pas tout ce qu'il raconte. Je crois qu'il évoque pompeusement sa carrière de secrétaire comme si elle avait été secrétaire à l'ONU. Il prononce une phrase étrange, *que tous ceux qui ont connu Madeleine poursuivent son idéal*. Son idéal était probablement *Régis le Jauffret* mais en quoi consistait-il exactement, ce *jauffretrégismauriceclaudemarie,* elle n'en a probablement jamais rien su et, du reste, moi non plus. Sottises, je ne sais pourquoi je me montre aussi sceptique dans ce livre. Nous risquons même de voir sortir bientôt le *Malin, génie* du trou du souffleur.

Un scepticisme de fiction.

Il clôt son éloge funèbre en mentionnant le passé résistant de Mado qu'il sublime.

Mon fils est venu par le train, ma fille a pris l'avion. Pourtant, ils font leur apparition ensemble dans l'église. Il était temps. Chacun lit un court texte en souvenir de Mado. Je ne les ai pas consignés dans le cahier, ils n'en ont pas gardé la trace et personne ne s'en souvient.

La beauté des paroles à tout jamais évanouies.

L'ancienne femme de ménage de Madeleine qui l'a accompagnée jusqu'à sa mort, chante un psaume. Puis, c'est l'entrée en scène du vieil enfant de la morte.

Je ne suis pas capable d'assez de cruauté envers moi-même pour reproduire ici l'intégralité du pauvre texte dont je fis offrande à Madeleine ce matin-là. Je vous jette quand même une phrase en pâture afin de m'infliger une pénitence.

Madeleine vient de naître une deuxième fois et cette naissance-là ne donne pas la mort mais l'éternité.

J'enchaîne avec la fin du *Dies Irae* dont j'oublie toujours le sens des paroles mais qui me bouleverse à chaque lecture.

> *Lacrimosa dies illa, qua resurget ex favilla iudicandus homo reus. Huic ergo parce, Deus. Pie Iesu Domine, dona eis requiem.*

Je suis si ému que je sens une larme rouler sur ma joue. Pardon, maman, mais c'est à ces paroles latines que je devais cette goutte. Du reste, une vidéo aurait peut-être montré que mon visage était resté sec. À notre époque, on se vante d'être ému, on montre ses larmes comme des pépites. Concours tacite entre les humains qui jouent à celui qui pleure le plus loin.

Je crois qu'ensuite le curé a lu un extrait de l'évangile selon saint Jean. Une voix dans un coin de mon cerveau prétend qu'il s'agissait en réalité de celui de Paul qui n'en a jamais écrit. Une autre, qu'il a réellement lu saint Jean mais juste avant ma glorieuse intervention. Vous choisirez, si vous avez le temps, entre ces hypothèses.

En tout cas, voilà que débute à présent la *Cérémonie des lumières*. Chacun se lève, prend une bougie dont il y a une provision dans le chœur sur une petite table, l'allume avec le briquet prévu à cet effet. On pique sa bougie sur un des clous du plateau placé devant le cercueil. Je viens de voir que cette cérémonie est réservée aux mariages et ne se déroule pas du tout de cette façon. Pourtant, je l'ai décrite ainsi dans le cahier sur lequel s'appuie ce récit. Un peu de confusion mentale met toujours les rieurs de son côté.

Ce cahier tout couvert d'une écriture régulière sans la moindre rature. Fierté d'un des derniers artisans sachant manier la plume. Chez moi, sur la cheminée, sur les tables, dans les tiroirs et les placards sont disséminés d'autres cahiers, des carnets où j'ai griffonné des sentences, des aphorismes, des fragments d'histoires, des considérations sur le monde, des projets de romans. En réalité, j'oublie la substance de ces notes après les avoir prises. Je renâcle à faire des recherches. Tous ces écrits constitueraient peut-être une œuvre à part, disparate, étendue sur toute une vie, si j'avais un jour la patience de les lire et d'en faire un patchwork.

L'assemblée est composée de trois poignées de gens, mûrs à mourir bientôt, qui, dans l'ensemble, sont encore plus vieux que moi. Tout un cousinage que, malgré ma sympathie, je n'ai pas pris la peine de visiter depuis une quarantaine d'années. Je fixe certains visages jusqu'à voir affleurer celui qu'ils portaient au début des années 1980. La vieillesse comme un de ces masques qu'enfilent les enfants pour avoir la tête d'un canard, d'un cochon ou du Président des États-Unis.

Abandonnant ses rêves *New-Orleans*, Magdalena rabâchait qu'elle désirait de modestes obsèques et la voilà servie au-delà de ses espérances. Elle n'imaginait pas cette église vide. En 1988, elle était pleine à craquer pour l'enterrement d'Alfred. À la sortie, s'était déroulé le rite des serrements de mains. Avec Madelon, nous étions postés debout à la sortie de l'église. Des parents inconnus, des relations, d'anciens collègues, un ami de collège ont défilé l'un après l'autre devant nous. On échangeait parfois quelques paroles, à moins que nous serrions simplement en hâte la main du fan d'Alfred afin que la queue avance d'un cran. Faute de figurants, pas de quoi aujourd'hui organiser ce genre de mise en scène. La tristesse de mourir si vieux quand tous ceux qui sont nés à la même époque que vous sont morts.

Contrairement au phénomène décrit par Proust dans la matinée des Guermantes du *Temps retrouvé*, je ne pouvais pas prendre les filles pour leur mère ni les fils pour leur papa, car leurs descendants – plus si jeunes, du reste – ne s'étaient pas déplacés. En revanche, je trouvai qu'un cadet aurait mérité d'être le jumeau de son frère aîné et réciproquement, tant avec le temps leurs visages s'étaient mélangés comme deux fluides. En voyant tant de monde dans cet état, j'ai pris conscience une fois encore que j'étais moi aussi amoché par le temps.

J'évoque la vieillesse de façon aussi obsessionnelle qu'un maniaque des chaussures de femmes les talons de sa patronne. Un fameux désaxé sans aucun respect pour la chefferie et qui rêve à chaque engueulade d'être gratifié par cette sévère élégante d'un coup d'escarpin.

Soudain, c'est la cavalcade. Les croquemorts soulèvent le cercueil, le portent à bras jusqu'au fourgon où ils disparaissent aussitôt – hayon fermé sans bruit. Je m'aperçois que j'ai oublié mon téléphone qui, après avoir diffusé en guise de musique de générique l'*Ave Maria* de Schubert, vient de démarrer *La Chanson des fortifs* interprétée par Fréhel, sortie des tréfonds d'une vieille playlist. Le sacristain cherche à l'éteindre, le brandit, furieux, dans ma direction. Je m'en saisis, je cours vers la sortie. J'alpague devant l'église mon fils en conversation avec un homme âgé qui lui demande des nouvelles d'un asthme dont il n'a jamais souffert.

Je grimpe à l'avant du fourgon. Départ vers le cimetière, la famille suit dans des voitures de toutes les couleurs avant de se perdre dans les encombrements. Le fourgon s'arrête devant la grille. Je descends rejoindre femme et enfants.

Il redémarre.

Nous le suivons, marchant tous les quatre de front comme des chars d'assaut. Derrière nous, la famille dispersée cause. L'arrivée devant le caveau ouvert, la dalle déposée non loin. Un employé est déjà au fond de la tombe, devant la lucarne, attendant le cercueil de pied ferme.

Je ne sais plus si je prononce un dernier discours. Une cousine fait écouter sur son téléphone la voix de son frère qui fut jadis soliste d'une chorale. Une voix très aiguë, rendue lointaine par la médiocre qualité de la diffusion. Une voix d'enfant enregistrée en 1950, dans une chapelle madrilène au cours d'une tournée. Il a maintenant quatre-vingts ans, il mourra dans quelques jours à Londres où il réside avec femme et enfant depuis une quarantaine d'années.

Le solo terminé, on laisse durer un peu le silence. Après celui de l'enfant, on entend le chant des oiseaux, les cimetières urbains sont des morceaux de campagne au cœur des villes. Puis, je fais signe à un des employés de procéder à l'inhumation. L'homme sous terre est rejoint par un autre. La lucarne est étroite, malgré tout le cercueil est descendu sans encombre. Je me rappelle qu'un demi-siècle plus tôt celui de ma grand-mère paternelle était trop large pour passer l'obstacle. Les employés avaient dû enlever les moulures à coups de marteau.

Voilà maman disparue. Tout à l'heure la dalle sera scellée et elle sera prisonnière. Je pense aux malheureux emprisonnés autrefois dans un *In pace*. Prison isolée cernée de murs, pourvue d'une grille par laquelle on leur jetait des bouts de nourriture comme à un singe en cage.

Trotte en moi cette idée persistante que les défunts peuvent décider parfois de redevenir vivants l'espace d'une nuit. Il ne faut pas exagérer non plus, Madeleine n'était pas vampiresse.

Tout le monde de se mettre à discuter. Un bruit de récréation dans la cour d'une école aux élèves si cancres, si redoublants, mais si opiniâtres qu'ayant largement atteint le troisième âge, ils ne désespèrent pas d'obtenir un jour leur brevet. Je cause avec un cousin que je me souviens avoir croisé plusieurs fois au cours de ces dernières décennies, sans me rappeler quand ni où. Il est en veine de confidences médicales, *quand ton père est mort, j'étais tellement bouleversé que j'ai fait le soir même une crise d'hémorroïdes*. Une phrase si abracadabrante qu'elle provient de la réalité – je le jure sur votre tête.

J'ai un ami qui a été opéré l'an dernier. Il n'a pas souffert du tout.

Je me propose de lui transmettre ses coordonnées pour qu'il lui transmette celles de son chirurgien.

J'ai été opéré depuis longtemps.

Tu as l'air de t'en être très bien remis.

Il me parle du livre que j'ai consacré à mon père. Il n'a pas retrouvé dans l'ouvrage l'oncle qu'il avait connu. Il était né quinze ans avant moi, mon père n'avait pas encore perdu tout à fait son ouïe et ne consommait pas encore de neuroleptiques. Je me garde de le lui dire, mon père n'a pas eu beaucoup de chance dans sa vie et je n'ai pas le cœur de ternir le souvenir qu'il a gardé de lui.

Une femme se joint à nous tandis qu'après avoir sans doute installé avec soin le cercueil sur quelque étagère, les croquemorts sautent hors du caveau.

Quelle chance, ce soleil.

Elle hésite toujours à honorer de sa présence les enterrements quand il pleut.

J'aperçois le fourgon qui démarre. Je le course, il s'arrête et je donne au chauffeur un pourboire à partager avec ses collègues. Je rejoins Anne qui répond à des questions sur sa vie. On lui demande pourquoi elle m'a suivi jusqu'ici alors que nous sommes officiellement séparés depuis plus de vingt ans. Pour rassurer l'assistance, je jure sur la tête de Lucifer que, du moins, nous n'avons eu aucune relation sexuelle avant la cérémonie. Toute cette morale qui rôde depuis vingt siècles autour des organes génitaux m'exaspère.

Une réception est prévue chez un cousin qui a commandé de ma part à un traiteur un cocktail déjeunatoire. Nous avons dîné avec lui la veille dans un restaurant de fruits de mer sur l'avenue du Prado. Il a été transporté dans la nuit à l'hôpital. Il va mieux mais par précaution, il ne rentrera chez lui que le lendemain.

Tiens, donc.

Ce dîner prouve que nous ne sommes pas arrivés à Marseille la veille, mais plus probablement l'avant-veille. À moins que le TGV nous ait déposés une semaine plus tôt à la gare Saint-Charles. En tout cas, notre présence à l'enterrement ne fait aucun doute. Je suis vraiment désolé que la réalité sautille dans cet ouvrage. Il serait malhonnête de procéder a posteriori à des modifications pour replâtrer mes souvenirs. Je tiens à entretenir avec vous un rapport intime pendant cette lecture. Je suis lassé de toute cette littérature distante qui joue au chef-d'œuvre tombé du ciel tout cousu. J'ai péché tout au long de l'écriture de mon œuvre mais au soir de ma vie, je me repens.

Pardonnez-moi de vous infliger ces obsèques. Un poncif littéraire qui passe pour une facilité. D'autant que, plus loin dans ce roman, je raconte l'inhumation de quelqu'un d'autre dans le même caveau. Je vous préviendrai en temps voulu afin que vous puissiez sauter ce passage dont je fournirai le résumé en fin de narration.

D'ailleurs, nous sommes déjà chez ledit cousin qui vaut son hospitalisation aux cigarettes qui ne lui valent rien. Dans notre enfance, nous avons dû fumer en douce sur le toit de l'immeuble de la rue Marius-Jauffret notre poids en tabac. Sa maison est située en dessous de la route qui mène à Cassis. Un jardin silencieux. La famille déboule peu à peu. Je reconnais beaucoup de monde dans cette atmosphère paisible. Malgré quarante années de vieillissement, je commence à donner à chacun son nom.

Des jeunes gens des deux sexes font irruption. Ils sont nés trop tard pour que je les aie jamais rencontrés. Ce sont des arrière-petits-cousins du même âge que mes gosses.

C'est le sort des enfants uniques de n'avoir ni neveux, ni petits-neveux, ni arrière-petits-neveux dont on est d'habitude plus proches.

Oui, vous avez raison, je m'en passe fort bien.

Durant cette garden-party post-obsèques, on me parla peu de Mado. Ce fut la mémoire de mon père qui tint le haut du pavé. On aurait dit que c'était elle l'ancienne décédée et lui le nouveau. Je crois pourtant que Madeleine était aimée par tous les convives qui l'avaient connue. Comme me l'avait écrit dans un courriel une cousine issue de germain, *elle était affectueuse, elle était singulière*. Oui, le but de sa vie était peut-être de se singulariser à travers moi dont elle exigeait une sorte d'excellence. Elle ne l'exigeait pas, du reste.

Elle en rêvait. Elle est infinie, l'excellence. On s'en rapproche sans l'atteindre jamais.

Pauvre Régis que cette Mado a aimé comme un petit dieu sans apôtres.

Retour à l'hôtel.

Nous avions réglé la note le matin avant de partir. Nous avons pris nos bagages à la réception. Notre train partait en fin d'après-midi. Nous avons fait un tour dans la ville comme des touristes qui ne l'auraient jamais vue auparavant. J'avais tendance à oublier ma valise à roulette à chaque feu rouge. Une attitude enfantine, lorsque je suis avec un adulte, je ne me sens plus responsable de rien. Quand je me suis trouvé en danger dans les terres islamistes proches de Labé, Guinée-Conakry, j'étais prêt à prendre tous les risques sans éprouver crainte ni peur car je me sentais protégé par les adultes qui m'accompagnaient. Un sentiment presque conscient.

Un voyage sur les traces de l'enfance de Nafissatou Diallo, femme de chambre issue de cette ancienne colonie française, en vue d'un livre qui sera définitivement condamné en mai 2017 pour diffamation à l'endroit de son agresseur.

Couple sans imagination, nous prenons un café sur le port. Anne a vécu à Marseille chez ses grands-parents pendant toute une année scolaire quand elle avait dix ans. Elle se souvient des pins qui entouraient le modeste immeuble du Roy d'Espagne où ils habitaient. Je voudrais rassembler tout le bonheur, pouvoir en nommer les instants, écrire comme Pagnol ou même comme un de ses épigones plus sincères que talentueux.

Nous sommes en retard. Nous nous carapatons. Le grand escalier, la gare, le train, le wagon au bout du quai. Réservant l'écriture du cahier pour mon insomnie, je confectionne artisanalement sur l'ordi une *Microfiction* comme une meringue aux blancs montés à la main par un pâtissier d'autrefois. Quand j'aurai publié les deux mille histoires qui formeront l'œuvre complète, le corpus sera assez étendu pour permettre aux algorithmes de le perpétuer à la demande. Nouvelles historiettes, d'autres personnages, d'autres lieux, d'autres problématiques et d'autres idées dont personne ne peut avoir la moindre idée aujourd'hui.

Tiens, je viens de m'étaler dans le corridor en allant faire un café à la cuisine. Un de ces évanouissements dont je suis devenu coutumier qui obligea encore une fois Anne à déranger les pompiers. Ils arrivèrent promptement malgré le petit incendie qui venait de se déclencher dans les réserves d'un des derniers commerces du centre commercial agonisant de la Tour Montparnasse. Un lieu désormais désert qui doit sa désuétude à son éclairage blafard.

Je vis dans cette location depuis une dizaine d'années. C'est ma douzième résidence depuis mon arrivée à Paris au printemps 1978. Je l'ai presque toujours habitée en célibataire. Je rejoindrai Anne quand les combles de son appartement vincennois seront enfin aménagés. Ils me serviront de tanière. Elle pourra me renvoyer là-haut quand elle n'en pourra plus de mon babil.

Sans l'avoir en aucune façon voulu, je m'aperçois que cet ouvrage ressemble à un film pris par une caméra à l'objectif coiffé d'un filtre tramé qui flouterait l'arrière-plan du réel. À peine soupçonnables dans le brouillard, des personnages secondaires réduits à leur fonctionnalité dans le récit dont on ne donne ni le nom ni le moindre indice pour qu'ils puissent être reconnus, même par leurs proches, leur conjoint, leur mère encore jeune ou leur père chenu. Ma métaphore fait allusion au cinéma analogique de ma jeunesse mais le même résultat serait obtenu sans coup férir au montage avec un matériel numérique.

Alors que l'insomnie me retenait loin du lit, je me suis fait un dernier reproche. Mado m'avait un jour parlé avec lyrisme d'un de mes oncles paternels décédé nonagénaire et tout à fait ratatiné par le temps. Elle était revenue de chez lui émerveillée. Son visage était reposé, repeint de couleurs qui mettaient en valeur son genre de beauté et les produits de conservation, dont son corps était cafi, dégageaient cette odeur de rose, qui règne autour du lit de mort des futurs canonisés.

Parfaitement, j'aurais dû faire embaumer maman.

Bousculant ses dernières volontés, je lui aurais fait une ultime surprise qui l'aurait flattée. À force d'enduits, elle aurait été aussi resplendissante qu'à trente ans. Une jeune première parée de bijoux, pomponnée, à rendre jalouse bien des vivantes venues lui rendre un dernier hommage.

En réalité, ç'aurait été là lui faire offense.

Elle ne m'avait que trop répété, *out of the blue*, alors que nous parlions de tout autre chose, qu'elle refusait formellement d'être exposée après son décès.

Quand je serai morte, cache mon visage en remontant le drap sur ma tête.

Personne d'autre que moi ne devait la voir morte. Ce fut le cas, si j'excepte le regard furtif de mon épouse et celui des croquemorts. Vous comprenez, elle voulait que je dompte la foule de ses fans qui ne manqueraient pas de se bousculer devant la maison funéraire.

Ne t'inquiète pas, je ne préviendrai pas CNN. Du reste, ils sont tellement occupés par les guerres et les tremblements de terre que tout aussi bien ils ne dépêcheraient une équipe qu'après tes obsèques.

Tu te moques toujours de moi.

Elle faisait tous ses efforts pour blêmir. Elle finissait par devenir réellement blanche comme une chemise de smoking. Une mère aux pouvoirs quasi ésotériques. J'aurais dû la prêter aux voisins un week-end sur deux au lieu de la garder égoïstement pour moi.

Je ne saurai jamais dire exactement Mado. L'œil ne peut se voir sans miroir. Mon cerveau est fait d'elle, chair et sang. Elle l'a irrigué dans son ventre, neuf mois durant ses pensées ont circulé d'un neurone à l'autre. Ma pensée dès l'origine teintée par la sienne. Une idée de l'amour, de la vie même déposés au plus profond des cellules. Cerveau frotté du souvenir de ses peurs, de ses bonheurs.

Non, je n'ai pas été à la hauteur de son amour. Un amour pareil méritait qu'on le fuie. Je suis resté à sa portée comme un soumis volontaire, une proie.

Voilà des paroles qui m'impressionnent. Malgré leur grandiloquence, j'ai peur qu'elles aient un fond de vérité. Mais fuir l'amour n'est pas compatible avec le câblage actuel de notre cerveau. Pourtant nous ne doutons pas un instant que dans la solitude le sage trouve le bonheur. Cette idée est présente dans nos données de base. Il suffit de l'évoquer pour que plusieurs circuits neuronaux aussitôt scintillent.

Madelon hante l'ordi sur lequel j'écris. En appuyant sur les touches, j'ai l'impression de la frapper en plein visage, de la défigurer cruellement au fil des pages. Si elle avait su qu'elle abritait en son sein pareil monstre, malgré les risques d'un avortement dans les années 1950, elle se serait précipitée chez la faiseuse d'anges du coin de la rue pour se débarrasser de cet odieux paquet. La femme aurait été en courses ce jour-là. Refusant d'attendre le lendemain, Mado aurait même demandé à Fredo de l'opérer avec quelque aiguille, quelque queue de persil, quelque porteplume tout maculé d'encre violette dont il m'aurait barbouillé la gueule avant de m'en crever le crâne.

Je reconstruirai ma mère, après l'avoir soigneusement démontée. Poncer toutes ses pièces, les repeindre, les graisser, améliorer ses performances. Une mère rénovée, gaie, apte à vous aimer merveilleusement. Une mère qui n'est que joie, que plaisir, une mère éternelle dans le giron de laquelle on mourra aussi sereinement que dans les bras de Dieu. Je dois la retrouver telle qu'elle ne fut jamais, telle qu'elle aurait pu être, elle qui ne désirait rien tant que progresser dans la méritude aurait atteint des sommets si seulement elle avait croisé dans sa jeunesse un expert en mèrerie.

Mérer est une science exacte qui pourtant n'est nulle part enseignée. L'autodidaxie est la seule école des mamans, certaines plus ambitieuses entendent pourtant bénéficier d'une formation supérieure afin d'obtenir une licence, un doctorat, une agrégation. Madona était gonflée du désir de devenir une mère immense. Une Marie Curie, une Teresa, une Virginia Woolf, une Serena Williams de la mérateerie.

Tu ne peux résister aux extravagances.

Il y en a plein les méninges des romanciers. Les autres ont toutefois la bienséance de les garder pour un cercle restreint d'amis.

Même si les plus studieux d'entre vous se souviennent de certains éléments biographiques dont j'ai parsemé le livre sur mon père, permettez-moi de vous fournir un court CV de Mado.

Madeleine Mahistre naquit le 21 janvier 1914. La guerre ne débuterait qu'au mois d'août. Son père fut réformé pour des raisons qui me sont inconnues car apparemment il ne souffrait d'aucun handicap. Le frère de cet homme mourut héroïquement après quatre ans de combat à quelques jours de l'armistice. Mon arrière-grand-mère en conçut un chagrin dont elle ne guérit jamais. Ma mère avait un frère et une sœur aînés.

La révolution russe de 1917 entraîna l'annulation par les soviets de l'emprunt russe. La petite fortune des Mahistre s'évapora. Le reliquat fut claqué par la mère du grand-père paternel qui fit construire une sorte de petit manoir pompeusement nommé Château des Conchettes, dont l'image a disparu du Net où elle se trouvait encore il y a cinq ans. L'ancêtre jeta les dernières piécettes de son patrimoine par la fenêtre comme par mégarde, se retrouva tout à fait ruinée et se proclama *nouvelle pauvre*, ce qu'elle trouvait plus élégant que d'être une de ces rastaquouères de *nouvelles riches* sur lesquelles elle aurait volontiers craché si elle n'avait pas reçu dans sa jeunesse un rudiment d'éducation.

Mon oncle obtint un diplôme d'ingénieur.

Ma tante devint infirmière, ma mère abandonna tôt ses études, apprit la dactylographie et la sténo et, dès l'âge de dix-sept ans, travailla chez un avocat du cours Belsunce. Aucune carrière sportive, contrairement à ce que j'ai écrit au début de cette histoire. Un bout de femme pas laid si j'en juge par les photos. Elle se faisait appeler *Mademoiselle* par ses jeunes collègues de bureau et les vouvoyait. Elle était si fière de ce ridicule qu'elle m'en parla des décennies plus tard comme d'un fait d'arme. Elle se sentait déchue par la mythique ruine de ses parents et cherchait toujours à se parer des plumes du paon.

Elle refusa plusieurs hommes qui se proposaient de l'épouser. Des gens d'un bon milieu, pourvus de situation, jeunes et pleins d'avenir mais dont elle n'était pas amoureuse, car non seulement elle les voulait conformes à ses aspirations sociales, mais elle exigeait en outre d'éprouver envers eux de l'amour. Autant résoudre la quadrature du cercle.

Trois ou quatre mois à Paris durant l'hiver 1943.

Au ministère de la Marine. Petite main, pas plus collabo que les femmes de service. Son supérieur est un aristocrate de cinquante ans. Il la sort dans des restaurants envahis d'uniformes verts de gris qui vendent des produits du marché noir. Un mondain, antibolchevique, persuadé que, lorsque l'Armée rouge débarquerait en France, on pendrait ses enfants à des crocs de boucher. Un extrémiste tête brûlée qui s'engagera dans la division Charlemagne. Avant même de combattre, il tombe raide de froid en février 1945 sur le front de Poméranie orientale.

Il est arrêté de retour à Paris et condamné à mort. Il doit la vie aux alliés qui confirment les prétentions de cet homme complexe à avoir renseigné Londres tout au long de la guerre. Il troque le peloton d'exécution contre un cancer de la gorge qui mettra plus de six ans à l'emporter.

Longue correspondance avec ma mère.

Clandestine, car l'épouse du résistant nazillon voit d'un mauvais œil cette liaison épistolaire. Des centaines de lettres que ma mère stocka pendant trente ans dans une grosse enveloppe de papier kraft portant la mention *À détruire après ma mort*. Le jour où je lui dis que je les lirai avant de les poubelliser, elles disparurent. Après sa mort n'en restait plus qu'une seule assez anodine dans laquelle le monsieur regrettait son retour à Marseille et lui transmettait sa nostalgie de l'époque où ils se croisaient chaque jour. Il décrit une jeune femme au regard parfois vague.

Tandis qu'elle vivait à Paris, sa mère continuait à s'occuper des réfugiés. Madeleine ne trouvait pas contradictoire son travail. Il en était de même pour beaucoup de ses contemporains. L'ambiguïté permettait de survivre.

Ah oui, j'allais oublier de vous parler de ma possible fratrie abandonnée. Figurez-vous que l'analyse de mon ADN me permit de découvrir nombre de potentiels collatéraux. Des petits cousins, dont par conséquent j'étais cousin d'un des deux parents. Beaucoup sont disséminés dans le reste de l'Europe mais il y a un foyer de Mahistre en Finlande. Or, d'après Mado, l'aristocrate avait un temps occupé là-bas les fonctions de consul.

Engrossa-t-il Madeleine.

L'envoya-t-il accoucher dans les neiges et abandonner l'enfant à un couple stérile de sa connaissance.

Madeleine a-t-elle cru que cet abandon lui vaudrait l'enfer.

Hypothèse peu probable. Laisser son enfant entre de bonnes mains ne constitue même pas un péché. Dieu son père a bien laissé le Christ aux bons soins de ce charpentier de Joseph, peut-être ivrogne ou malotru.

Encore un mystère.

Je ne désespère pas de rencontrer un jour les petits-enfants de Madeleine. Nous n'aurons rien à nous dire puisqu'ils n'auront même jamais rencontré la vedette de ce bouquin.

Silence total dans l'immeuble dont je suis locataire à Montparnasse. Je tiens à le souligner, ne pas être propriétaire de nos jours est un profond signe d'humilité. Rumeur lointaine du boulevard, légers acouphènes que je perçois seulement quand j'y prête attention. Oui, je suis désormais sur la short-list des nominés du festival de la mort. Drôle d'effet quand j'ai dit à ma femme, *voilà, eh bien maintenant le prochain enterrement sera le mien.*

Tu pourrais au moins protester.

Je proteste, ne t'inquiète pas.

Je me souviens du frère de Madeleine, aîné de la famille, prononçant cette phrase en revenant de l'enterrement de ma grand-mère.

Je suis un apprenti mort apeuré. Me vient à l'esprit de me suicider pour ne plus ressentir cette douleur. Si un jour vous l'éprouvez, vous comprendrez cet oxymore mais si je saute par la fenêtre, je vais rebondir sur la marquise du restaurant Hippopotamus situé sous le salon. Anne sera veuve plus tôt que prévu.

Pour en revenir à ma mirobolante mère.

Elle a arpenté la vie un siècle et six années durant sans avoir beaucoup à se plaindre de son corps. La fraîcheur de son visage lui a même permis longtemps de paraître dix années de moins. Cependant, passé cent ans, la décrépitude survint. Elle était furieuse contre le médecin de l'Ehpad qui aurait dû la remplumer à force de potions et d'injections d'élixirs. Elle ne demandait pas que lui soient rendus ses vingt ans, mais une peau, une chevelure, une ouïe de septuagénaire n'auraient pas été de refus.

Tu ne peux donc rien faire pour moi ?

Je ne suis pas sûr qu'elle m'ait jamais posé cette question. En revanche, je pense qu'elle m'en a voulu jusqu'à la fin de n'avoir plus jamais marché après son opération censée lui redonner des ailes dès le surlendemain. Je n'avais pas prononcé les paroles magiques qui auraient permis ce sortilège. J'aurais dû l'appeler à chaque heure de la journée pour la supplier de se lever de son siège, de se tenir droite et de consentir à faire un pas en avant. Pour me punir de ma méchanceté, elle s'est employée à devenir grabataire. Je crois en d'autres termes vous l'avoir déjà dit, mais je crois la répétition créatrice.

Je regrette évidemment aujourd'hui de m'être si mal comporté.

J'ai fait bien pis, comme disent les fats. Depuis son hospitalisation, j'espérais qu'elle devienne gâteuse au point de ne pas me reconnaître.

Il n'y a pas de Régis.

C'est par cette phrase aiguisée comme un couperet que je fus accueilli un jour que je l'appelais.

Ah, je me suis trompé.

Telle fut ma réponse de fils joyeux à la pensée qu'il pourrait désormais se dispenser de téléphoner ou de visiter cette femme qui avait oublié jusqu'à son prénom. Lorsque je l'ai rappelée le lendemain, elle a nié de toutes ses forces avoir prononcé la veille pareille ineptie. Quand quelqu'un ment effrontément, c'est en vain qu'on le contredit. D'ailleurs, j'avais vite compris qu'elle avait monté ce plan dérisoire pour, une fois encore, tenter de susciter mon intérêt en me plongeant dans l'angoisse.

Quelques années plus tôt, elle avait quasiment appris par cœur un article sur le voyage interstellaire d'une sonde spatiale pour retenir mon attention et prolonger notre conversation téléphonique. J'eus la cruauté de lui dire que l'infini du ciel m'angoissait pour couper court à son récit. J'aurais pu mettre le téléphone à faible volume sur haut-parleur et la laisser aller jusqu'au bout de son histoire.

Méchant homme, que je conchie aujourd'hui.

Madelon pourrait devenir provisoirement un petit tas de phrases en vrac.

Elle était brune à l'état naturel mais je l'ai toujours connue blonde. Elle avait le verbe haut. Elle montait le ton au téléphone comme on le faisait dans sa jeunesse quand les appareils étaient presque aussi sourds que mon père. Elle disait de certaines personnes qu'elles étaient *désaxées*. Un mot dont je ne faisais que soupçonner la signification et qui m'effrayait. Comme elle était petite, elle avait tendance à porter des talons-aiguilles. En fait de boissons alcoolisées, elle n'aimait que le champagne. Elle devait avoir plus de quatre-vingt-cinq ans lorsque je découvris dans sa cuisine une demi-bouteille de bordeaux à moitié bue. On disait à cette époque que consommer du vin rouge prolongeait la vie, elle s'obligeait à en boire un fond de verre avant de se coucher.

Allez, encore.

Elle buvait énormément de cafés-crème comme sa mère qui y mouillait du pain frais. Depuis le début du mois, j'arrose tous mes cafés d'une rasade de lait. Ce doit être sa main qui sort du réfrigérateur pour les blanchir. Elle prenait soigneusement chaque matin son petit déjeuner. Elle prêchait *urbi et orbi* la nécessité de cette collation, assurant de sa voix de stentor qu'elle ne faisait pas grossir. Malgré son passé de joueuse de tennis dont j'ai beaucoup exagéré l'ampleur au début de ce livre, je ne l'ai jamais connue pratiquant le moindre exercice.

Mais si.

Elle décida un matin de 1966 que mon père et moi-même allions nous mettre à ce sport tandis qu'elle retrouverait sa passion de jeunesse. Alfred s'installait en fond de court, attendant que les balles tombent sur sa raquette et Mado devait viser juste afin de ne pas tuer l'échange dans l'œuf. Elle m'avait fait donner quelques leçons. Je n'ai pas persévéré pour des raisons oubliées. La pratique familiale tomba vite en désuétude. J'ai pourtant regretté adolescent de ne pouvoir gagner le moindre tournois Roland Garros, le plus humble Flushing Meadows Quand on est jeune, on est assoiffé de gloriole. Avec l'âge, les artistes en sont toujours affamés pareillement.

Il est étrange d'imaginer sa mère dans les glandes de ses parents. Sa mère en train d'être conçue, de croître, de naître. Entendre son premier cri, préécho de celui que je pousserai après lui avoir infligé une nuit et une matinée de douleurs obstétricales. Le cordon de Madeleine une fois tranché, on la pose sur la poitrine de ma grand-mère, Henriette, que j'ai connue trop âgée pour pouvoir l'imaginer bonne à téter. Les langes, les cris, les rototos, les cris, les langes et les rots. C'est une nurse qui en prend soin. En réalité, une petite bonne de quatorze ans pas nurse pour deux sous mais pleine d'amour. Elle s'occupe de cette enfant aussi tendrement que, s'il était encore là, le bébé qu'elle a perdu un mois plus tôt. Un bâtard décédé au troisième jour, que ses parents n'ont pas aidé à survivre.

Ma grand-mère apparaît à l'heure des tétées. On ne sait pas ce qu'elle fait le reste du temps. La famille n'est pas encore ruinée, elle s'amuse comme une petite folle avec Jules, mon grand-père qui n'en est pas réduit à travailler pour gagner la vie des siens. Un vieil adolescent qui vit comme on se saoule, se divertit de tout, de rien, qui dépense. Des chapeaux, des costumes, des bottes en quantité, des montres en or qu'il vendit sitôt ruiné, une canne-fusil, de beaux fusils de chasse à queue d'argent et puis un enregistreur de voix à rouleaux de cire, un gramophone pour le salon, un autre pour la chambre, un pour la salle de bains qui lui sert d'auditorium durant ses interminables baignades. Début avril 1913, en fin d'après-midi, il précipita dans l'eau Henriette venue le supplier de sortir enfin de la baignoire.

On va arriver en retard, on dîne tôt chez les Plumards.

Une étreinte fumante et la robe en soie d'Henriette tout à fait fichue. On oublie les robes, pas les orgasmes historiques, et les murs se souviendront longtemps des hurlements de celle que plus tard j'appellerai mamie.

Le jeune couple calmé frissonne dans l'eau tiédie. Jules appelle au secours et une vieille domestique finit par arriver. Elle manque tomber évanouie devant le couple trempé, protégeant sa pudeur tant bien que mal avec la chemise d'Henriette. Un beau tableau dont elle ne parvenait pourtant pas à jouir. À force de gonfler d'épouvante, ses yeux, alourdis par un afflux de sang noir, tombèrent de ses orbites et roulèrent sur le carreau comme des calots.

Ce fut ce jour-là que ce couple libertin conçut ma mère.

Pour honorer Madelon – dont six mois plus tard les poilus chanteraient les vertus en montant à l'assaut – je dirais qu'elle fut un fœtus, un nouveau-né adorable et une petite fille dont je n'ai jamais entendu dire le moindre mal. Sa sœur aînée n'avait pas encore eu le temps de mettre au monde ce fils abandonné pour cause d'homosexualité, ni Petite-Maman de généreusement le récupérer.

L'oncle Émile, dont j'ai déjà signalé plus haut l'existence, lui offrit une poupée lors de son premier anniversaire. Une poupée de chiffon. Il attendit sa troisième année pour lui acheter une adorable ballerine en bakélite tout de rose vêtue dont Mado me narra jadis les aventures à chaque fois renouvelées. Une danseuse somnambule qui attendait la nuit pour vaguer dans la maison, renversant les bibelots, remuant les couverts en vermeil dans le grand argentier de la salle à manger, fourrageant dans sa chevelure, celle de sa mère et à toquer comme à une porte contre le crâne déplumé de mon grand-père.

Elle sautait assez haut pour ouvrir la porte-fenêtre de la salle à manger. Sarabande dans le jardinet, escalade du marronnier, saut périlleux jusqu'au clocher de l'église pourtant distante d'un bon kilomètre. Elle progressait en tournoyant au-dessus du sol, laissant derrière elle l'ombre de la trace de ses pointes.

Auteur menteur !

Madona ne m'a jamais parlé de poupées.

Assez de récits dilatoires, retrouvons le cœur de ce livre. Il bat la chamade d'impatience. Je ne voudrais pas qu'il périsse d'un coup de sang.

Arrête, arrête d'instruire à charge le dossier de Madame-Mère. Cela va à l'encontre du droit des gens que d'intenter un procès *in absentia* à un prévenu qui n'est plus là pour se défendre. Tu pourrais au moins la faire bénéficier d'un avocat. Tu as l'embarras du choix, la cohorte de ceux qui l'aimaient tiendrait à peine dans ta chambre à coucher, et certains feraient la queue dans le corridor.

Des gens dont elle n'était pas la mère.

Peut-être que cet hypothétique défenseur déroulerait une bouleversante plaidoirie. Et puis, méthodiquement, il m'accablerait. *Certes*, dirait-il, dirait-elle, dirait-iel, il existe des mères et des fils mal assortis, mais ils doivent se supporter l'un l'autre jusqu'à ce que la mort les sépare, car pour ce genre de couple, pas de divorce. Je serais arrêté en pleine audience et hospitalisé de force à l'hôpital

Sainte-Anne où on me ferait passer le goût de souiller l'image de Madona.

De Madona, ne restait plus que le noyau. Elle avait consommé tout ce qui pouvait l'être, le temps, sa chair et moi. Elle avait existé à profusion. Il n'en restait plus que ce trognon d'humain. Elle avait subi, joui et pressuré l'existence.

Bien sûr, je te dois entre autres la vie. Mais tu as joui de moi si longtemps. Je t'ai honorée comme dit la Bible.

Je t'ai apporté un sérieux retour sur investissement.

Madeleine, maman, Petite-Mère, Mado, Madelon, Madona, je peux vous dire à toutes les six que vous avez chacune été comblées par moi. Je vous ai donné ce que vous vouliez depuis l'aube. J'étais destiné à me singulariser pour vous permettre de remplir vos caves de fierté tel oncle Picsou de pièces d'or. Je vous ai donné bien davantage que vous ne l'espériez.

Je vous offris près de trente ans d'articles, de passages à la radio, à la télévision et votre table basse était submergée de toutes les éditions de mes livres – grand format, poche, version originale ou étrangères. Vos invités, obligés de poser leur verre à terre. Les plus âgés, souples comme le pied du lampadaire, faisant le lendemain la fortune des kinés et des rebouteux de la Porte d'Aix.

Je ne pouvais plus rien faire pour combler vos vanités immenses, à part mourir avant toi afin que tu puisses jouir quelque temps de l'exceptionnel statut de veuve du fils. La veuve de ton Régis décédé par amour filial pour te combler une dernière fois avant la cabriole.

Un cercueil à deux places, c'est ce dont tu rêvais peut-être dans le boudoir de ton cerveau. On nous eut enterrés en chœur, berceuse à l'église, *Marseillaise* au cimetière et nous aurions séché de concert dans cet espace confiné, intime comme un lit à baldaquin. Et puis une envolée au paradis avec la grâce de deux colombes. À moins que ce ne fût une chute vers les abysses et nous n'aurions pas été trop de deux pour négocier avec Lucifer un aménagement de peine.

Un bracelet, votre honneur.

Une chambre un peu fraîche afin d'échapper à la canicule qui règne dans vos locaux.

Pour sanctionner notre insolence, nous serions précipités dans un poêle étroit où – bûches immortelles – nous nous consumerions à jamais.

Non, elle voulait que je lui survive. J'étais sa création, son tableau, son roman, son $E = Mc^2$ destinés à perdurer avec hargne. Longtemps plus tard, à l'heure où le globe aurait éclaté, demeureraient quelque part dans le cosmos nos boîtes intactes encore luisantes comme un œil de coyote. Gonflant nos âmes, nous en ferions sauter les couvercles. Un fécond couple de squelettes qui, en un tournemain, repeuplerait les planètes dévastées, le système solaire, les galaxies.

Je fus parfois cloué au pilori pour ma prétendue accointance avec les pompes funèbres qu'on soupçonnait de me sponsoriser. J'aimerais renchérir, car ce serait cocasse et cela égayerait un peu notre histoire. Les choses sont plus prosaïques. En réalité, les circonstances firent que je fus très tôt confronté au macabre. Je devais avoir six ans quand un grand-oncle fut renversé par un taxi. Au lieu de le laisser mourir en paix, la famille prit la décision de prolonger son agonie dans l'espoir imaginaire du rétablissement de cet homme de quatre-vingt-cinq ans. À tour de rôle ma mère et sa sœur passaient les nuits à son chevet. Je ne pouvais faire autrement qu'entendre le récit de son calvaire jour après jour.

Puis, il mourut.

Un matin, nous partîmes en voiture jusqu'aux Vans, Ardèche, berceau des Mahistre dont ma mère était un surgeon et dont je vous rebats les oreilles depuis le début.

Nous arrivâmes en fin de matinée à la maison familiale. Depuis quelques années elle n'était plus habitée que l'été. Le mort nous avait précédés. Le cercueil fermé posé sur une paire de tréteaux, tout le monde de discuter en lui tournant le dos.

C'est quoi cette commode ?

Une parole qui me valut un quart d'heure de gloire dans la famille. Une première incursion, rigolote, certes, dans l'univers des cadavres. Quelques années plus tard, ma grand-mère maternelle, fort gâteuse, s'en vint habiter chez nous. L'appartement qui jouxtait le nôtre et qui lui était relié par une porte donnant dans ma chambre était occupé par la paternelle, fort patraque, d'avoir été fauchée dix ans plus tôt par une moto. En ces temps, les véhicules freinaient à peine, les *écrasés* étaient nombreux.

Cette dernière mourut la première.

La famille allait et venait. Moi aussi, côtoyant la morte, assistant à la livraison du cercueil. Il n'était pas prévu que j'assiste à la levée du corps. Ce fut pourtant le cas. Cette vivante d'avant-hier étendue raide sur son lit que deux croquemorts soulèvent et installent dans cette boîte dont elle ne sortira que le jour de la réduction des corps pour mêler ses os à ceux d'autres parents. Ce genre de spectacle, même un adulte ne s'en remet jamais.

Oui, ce fut ensuite le tour de l'autre.

Elle occupait une alcôve qui donnait dans le salon. Elle était séparée de la pièce par un rideau qu'on ne cessait d'ouvrir à chaque visite. Je ne me souviens pas avoir été témoin cette fois de la levée du corps, en revanche je le fus de cette opération consistant à souder une feuille de zinc à l'intérieur du cercueil pour le rendre étanche. Une précaution en cas de transfert. Et on transféra bel et bien ma grand-mère jusqu'aux Vans.

J'ai fait hier soir une lecture de *Papa* à la Maison de la poésie. J'ai fini en larmes et, le dernier mot prononcé, j'ai quitté la scène. J'ai sangloté dans la loge. J'entendais les applaudissements. J'ai continué à pleurer quelques minutes. Je pleurais, étrangement, mon père décédé trente-quatre ans plus tôt. Pourquoi je n'ai pas plutôt pleuré Magdalena encore à la morgue. Pourquoi penser à elle m'effraie. J'en ai peur comme d'un ange déchu qui aurait perdu son auréole mais gardé son pouvoir de nuisance. Peut-être une facétie de ma mémoire. Elle est une substance diabolique qui génère des spectres à foison.

Je la ressens comme un personnage venimeux qui me hait autant qu'il m'a aimé. Une maîtresse outragée, abandonnée, prête à passer le reste de son existence à nuire à l'amant perfide.

Plus de huit cents kilomètres nous séparaient, et cette distance même était une source de culpabilité. J'allais d'autant moins souvent la voir que je me sentais coupable de ne pas y aller. Je retardais le moment de l'appeler, car à chaque fois elle me faisait mal.

Mal, maman, mal. J'ai mal, maman.

Désolé pour cette phrase mélodramatique à laquelle je n'ai pas résisté. Au cours de la conversation, tombait toujours la douce parole qui savait s'enfoncer dans la plaie. Savais-tu que tu me faisais à ce point souffrir. Combien de fois ai-je hurlé au téléphone, pour que tu cesses de parler. Ne plus t'entendre, en ta présence devenir sourd comme papa. Tu parlais sans hargne et je criais.

Il faut parfois se préserver de l'amour d'autrui comme d'une volée de coups. Baisser la tête, esquiver, faire un masque de ses mains pour protéger son visage. Plus elle était affaiblie, plus elle était puissante. Du temps de sa jeunesse, quand elle n'avait encore que quatre-vingts ans, elle était moins redoutable. Elle a peu à peu gagné en force, en détermination, en lucidité. Une terrible lucidité qui ne laissait rien dans l'ombre. Des yeux qui ne voyaient plus grand-chose mais équipés d'un rayon laser qui me découpait en petits morceaux qu'elle me renvoyait à la gueule, avec amour – eh oui –, et c'était justement cette duplicité qui faisait sa force. J'étais coupable de ne pas l'aimer au point de Tristan, Iseult.

Tu me fais peur, maman. Toi, qui autrefois m'apaisait, qui était un refuge, un nid et qui me consolait. Console-moi, Mado. Ou tais-toi à jamais.

Tiens, en passant, un jour m'aborda dans le couloir de l'Ehpad le jeune psychiatre qui s'occupait de la santé mentale des pensionnaires. Quand ma mère prétendait être vieille et manifestait son désir de ne plus traîner ici-bas, il la mettait sous antidépresseurs. Le produit la faisait délirer et elle m'appelait pour que je la délivre de la cave où elle disait que le médecin la torturait. Je ne sais plus ce que le praticien me dit mais je me souviens de ma réponse.

Docteur, elle est beaucoup plus forte que vous.

Il ne prit pas la peine de soupirer. Il me salua en trombe et déguerpit.

Trente minutes de méditation, comme la nuit au terme de laquelle on a retrouvé Madona morte dans son lit, afin d'essayer de me réconcilier avec elle par la pensée. Au moins, me concilier sa bienveillance. Les êtres morts tombent dans le néant, pas Petite-Madelon-chérie. La force incommensurable des mères qui ont eu le pouvoir de nous fabriquer, nous bricoler, nous boutiquer.

Que dire.

Nous mettre au monde, faire qu'il y ait là quelque chose, plutôt que rien.

Les pères et les mères disparus, l'apaisement. On ne doit plus rien à des personnes dont on n'était pas responsable de la naissance. Une forme de solitude apaisante. On a le droit avant de mourir à son tour de jouir enfin du bonheur d'être un vieil orphelin. Le voilà de retour, Régis, l'ourson fragile, apparu plus haut dans ce roman au tournant d'une phrase. La liberté, c'est le mot, voilà la perspective du bonheur. Désir de vivre longtemps encore pour l'explorer. Je la connais mal. J'ai toujours eu l'impression d'être un compte à rendre. J'exagère sa faculté de nuisance, la littérature déforme et maman n'est plus ici qu'une ombre portée sur le mur de ma caverne.

Cette mère, à jamais exagérée.

J'aurais dû lui donner une place minuscule, la tenir à distance, m'en méfier comme d'une épidémie. Elle était puissante, souveraine, reine de moi. Qu'elle laisse un trou derrière elle, un cratère d'obus, une mère effondrée, vitrifiée et puis je t'en supplie, n'essaie pas d'entrer en moi par effraction pour me dérober la cassette où je remise les souvenirs de toi dont je ne pourrai jamais me passer à moins de devenir un autre, frigide et incapable d'écrire. Qu'aurais-je bien pu écrire si je ne t'avais pas connue. J'ai commencé à écrire pour te séduire et pendant plusieurs années, je t'ai lu ma prose au quotidien. Tu étais aussi émerveillée que moi par ces histoires montant du texte comme la buée de la piscine de Morzine quand tombait la nuit glacée.

Ma première tentative de roman racontait la réincarnation d'une vieille dame dans le ventre d'une jeune femme. Elle évoquait les bruits qui lui parvenaient, la lumière rouge qui filtrait au travers du derme quand la femme se déshabillait pour observer son ventre dans la psyché de sa chambre et essayait de se contorsionner pour voir quel était son sexe. Elle était surtout hantée de n'avoir pas assez profité de sa vie, de n'avoir pas eu le courage de devenir libre et heureuse.

Ce pouvait être un soir de mai 1971. Je ne sais pourquoi, avant de me coucher, j'ai attrapé un bloc de papier grand format à petits carreaux, un stylo à bille et j'ai commencé à écrire. Une phrase est apparue, une deuxième et une cohorte d'autres.

J'étais émerveillé.

Je pratiquais depuis deux ans la photo argentique. Les prises de vues m'ennuyaient. Je photographiais pour la joie de pouvoir ensuite développer la pellicule, projeter les clichés sur une feuille de papier photosensible et voir apparaître peu à peu l'image dans le bain révélateur. Les plus âgés qui ont vécu cette expérience ont comme moi une idée de la magie.

Le même phénomène se déroulait en écrivant.

Au fil des phrases apparaissaient des lieux, des personnages et il suffisait de promener son regard pour les voir avec un piqué extraordinaire qu'aucun appareil de l'époque n'aurait pu restituer. Le moindre petit morceau de dialogue permettait de les entendre parler. Il suffisait d'écrire Musique, Chaleur, Neige, Envolé pour concurrencer la réalité qui rechigne trop souvent à actualiser nos désirs.

Août de cette année-là, vers dix-huit heures trente. J'avais travaillé toute l'après-midi. J'entendais la porte d'entrée de l'immeuble se refermer. Je suivais le bruit des pas de Madeleine dans l'escalier. Quand elle ouvrait la porte palière, j'avais déjà disposé les feuillets sur mes genoux. Ce cliquetis de la clé pénétrant la serrure, je le guettais tout petit, anticipant la joie de me jeter dans ses bras ou ceux de Freddy.

Je lisais de ma voix forte de fils de sourd habitué dès son jeune âge à gueuler dans l'espoir vain d'être entendu par ce dernier, peu à peu cloîtré dans le silence absolu qui régnait en lui.

Au passé, je préférerai toujours aujourd'hui et demain.

Si j'étais né plus tard, mes relations avec mon père auraient été sans doute complices et merveilleuses. Nous aurions dialogué dès le réveil, nous envoyant des messages, des textes, des articles, des photos, des vidéos sous-titrées. Ces échanges contribuent à la douceur de vivre au XXIe siècle. Nous aurions ri sous cape en échangeant des signaux de fumée pendant qu'une quelconque relation en visite aurait déchargé son pesant de sornettes sur le paludisme, les frites, les jeunes ou le cabillaud. J'aurais eu en sa personne le frère, la sœur qui me manquaient.

On te donne un père, tu en fais une fratrie.

D'ailleurs, on l'aurait opéré et désormais il aurait entendu. Oui, il vaut toujours mieux naître au siècle suivant. Ceux qui nous ont précédés ont connu deux guerres mondiales, la peste noire, le Grand Hiver de 1709 quand les pigeons de Paris tombaient du ciel, surgelés en vol. Vous me direz que nous sommes en guerre à l'heure où j'écris. Ne le répétez pas trop, vous ne saurez plus quoi dire quand la France sera bombardée et que le ciel nous tombera sur la tête. *Guillot*, *Guillot*, Magdalena avait raison, elle ne se trompait jamais, Madelon.

Madeleine fermait les yeux durant la lecture. Un air sérieux, une gravité, symptôme d'admiration et peut-être aussi rêvasserie à l'idée qu'un jour je serais au pinacle grâce à ce petit don de conteur qu'elle m'avait offert avec la vie.

Quant à moi, je pensais ma fortune faite. L'idée d'écrire m'était venue en lisant *Bonjour tristesse*. Depuis l'âge de quatorze ans, je me gavais de Proust, de Dostoïevski et d'autres auteurs aux ouvrages longs comme la Bible. Je n'aurais pas imaginé pouvoir me mesurer à ces géants. En revanche, je me sentais capable d'écrire un livre aussi maigre.

Après un mois de labeur, début septembre, l'affaire était dans le sac. J'étais allé jusqu'à compter les caractères un à un pour être certain d'atteindre la taille de mon ouvrage de référence. Je l'envoyai à un éditeur, puis à tous ceux de la création. Des lettres de refus méritées qui me semblaient autant d'injustices.

Je me souviens qu'au lycée, la salle de classe donnait sur le portail d'entrée. Combien de fois ai-je imaginé que l'adulte inconnu qui sonnait n'était autre que l'émissaire d'un éditeur chargé de m'annoncer de vive voix la publication de mon ouvrage.

Je fus publié quinze ans plus tard. Je n'en suis pas mort.

Je voudrais pour sauver notre héroïne des vilenies dont je la soupçonnerai bientôt, clamer haut et fort mon égocentrisme. Je me dis – je n'en suis pas certain –, que tant qu'elle fut une vaillante vieille et qu'elle pouvait m'être d'une quelconque utilité, je lui vouais malgré tout un amour sincère, quoique modéré.

Si elle avait vécu dans une grande villa au bord de l'eau avec des domestiques pour alléger l'existence, sûr qu'avec les enfants nous aurions passé l'été là-bas et les week-ends dès le printemps. Je n'aurais pas distingué mon amour de la *dolce vita* de mon affection pour elle. Surtout si, à chaque visite, elle m'avait fait un chèque conséquent pour mes menus plaisirs. Je dois reconnaître que sur le plan pécuniaire elle était d'une absolue générosité. Pourquoi ne pas mettre en avant cette qualité alors que tant de parents fortunés se montrent parcimonieux. C'est criminel de ne pas l'avoir fait plus tôt.

Je dirais pour ma défense que j'imagine toujours des situations où je pourrais me montrer lamentable. Même si elle avait été riche, je ne vois aucun élément dans ma vie pour donner à penser que je me sois conduit de façon aussi sordide. Seuls les autres devraient avoir le droit de penser du mal de nous.

Il faudrait oublier ma mère d'hier, remonter la pente du temps jusqu'à la délicieuse époque où je ne m'étais pas encore détaché d'elle et où elle était ma seule ipséité. Jadis, elle m'appelait ma biquette. Je ne sais d'où venait cette façon d'appeler un fils. Je crois qu'elle disait aussi mon biquet. Je me rappelle d'elle debout devant le lavabo en train de se coiffer. Elle revenait souvent à cet endroit pour se donner un coup d'œil, retoucher son maquillage, surveiller en passant son visage de peur qu'il se soit égaillé dans le paysage comme un troupeau de biquettes. Elle brossait sa chevelure, se remaquillait plusieurs fois par jour, le vernissait tel un tableau dont elle aurait été la restauratrice attentive.

Elle vernissait ses ongles. Je me souviens de l'odeur du dissolvant.

Elle portait des robes, des jupes puis vers la cinquantaine elle n'a plus porté que des pantalons. Autrefois, elle allait chez le coiffeur une fois par semaine. La boutique était rectangulaire, il y régnait une atmosphère sérieuse, presque studieuse. Le coiffeur et sa femme accomplissaient leur tâche sans jamais plaisanter ni rire. Ma mère disait qu'ils avaient la rigueur protestante.

Un employé chauve s'occupait des hommes.

C'était lui qui me coupait les cheveux. Quand il avait fini, il m'aspergeait la tête d'une lotion et il ébouriffait mes cheveux en me disant qu'il allait me laisser partir sans le moindre coup de peigne. Cette plaisanterie m'amusait à chaque fois. Au début des années 1980, ce salon a fermé boutique. Madeleine a essayé d'autres adresses, mais comme aucun autre coiffeur ne lui convenait, elle a fini par se teindre et se couper les cheveux elle-même.

La mémoire, boule de cristal embuée, trouble. Et si le passé était aussi imprévisible que l'avenir. Des petits éclats qui remontent à la conscience au petit bonheur, inextricablement mêlés aux fantasmes, aux désirs inexaucés, aux terreurs inventées. Il faut croire au passé comme aux prémonitions. Pas davantage, je vous assure que le comparer à notre intuition n'est pas abusif. Je me souviens – à tort peut-être – qu'enfant, je disais souvent, *si je vous le dis, c'est que vous pouvez me croire*. Un phraseur, ce Régis, un futur acrobate de la syntaxe, de ceux qui prennent les pages pour des pistes de cirque.

Merci encore, Madona, d'avoir existé pour me permettre quarante et une années plus tard d'exister à mon tour. Tu m'as tant porté, tant tenu dans tes bras, tant choyé, tant consolé les soirs de chagrin. Comment serait-il possible que je ne t'aime plus. Je ne suis que ta prolongation. Je te dois chaque respiration, chaque phrase, chaque lettre tracée à la plume dans ce cahier. Je ne suis que toi étirée dans le temps, un projet dont tu as tracé les plans avec minutie qui se déploie depuis bientôt sept dizaines d'années. C'est toi qui m'as offert ma descendance et cette petite fille qui me tombe du ciel dans laquelle avec papa vous êtes présents autant que moi. Il ne s'agit pas là de mièvrerie, la biologie ne l'est pas, l'émerveillement d'un grand-père non plus.

Même si, en définitive, ce paragraphe est assez mièvre malgré tout.

Ton amour de travers, vêtement mal ajusté, amour truffé de petits trous et par endroits rapetassé. Et le mien, bordel. Si vous croyez que les générations nouvelles font mieux que celles qui les ont précédés. Mon amour pour les miens sans doute ne leur va pas comme un gant. Des déchirures peut-être, des aveuglements, des oublis et l'indifférence dont par désinvolture les parents les plus ardents se rendent parfois coupables.

Ton regard sur moi qui me donna l'impression d'exister, d'espérer être un jour peut-être celui dont, de guerre lasse, je commençais à rêver autant que toi. Je me suis rêvé moi-même, tu n'as fait que soutenir mes choix. Tu fus mon soutien, ma canne, ma béquille et quand j'étais au fond du gouffre, c'est toi qui me remontais, femme-grenouille avec ta lourde bombonne d'oxygène sur le dos. C'est absurde, mais il me semble que le moment venu tu seras mon déambulateur, ma morphine et que tu me tiendras la main à l'instant où je partirai.

Maman, cinq ans plus tard, ta mort me chagrine encore.

Les soirs de désespoir, j'appuie ma joue sur l'oreiller comme s'il était la tienne. J'ai regretté atrocement le jour de la naissance de ma petite-fille de ne pouvoir t'appeler pour te l'annoncer. De ne pouvoir débarquer à Marseille pour te hurler la nouvelle, te jeter dans un cabriolet Panhard & Levassor pour t'emmener à la maternité à la vitesse de l'amour – moins rapide que celle de la lumière mais assez décorative dans un roman. Je voudrais la voir grandir avec toi, je voudrais la voir grandir jusqu'à pousser le landau de l'enfant dont elle accouchera en 2053, mais je serai depuis longtemps devenu comme toi une abstraction.

Mado et moi, nous nous sommes aimés. Puis nous nous sommes séparés. En devenant parent, j'ai compris la bizarrerie de son affection envers moi. Les anciens amants n'oublient jamais d'être tendres. Si, ils oublient souvent et du reste je vais bientôt aller me coucher avec la peur au ventre que cette vertigineuse maman surgisse dans ma chambre pour se venger de m'avoir eu pour fils. Je n'ai jamais été à la hauteur de son amour. Un amour qu'elle brandissait comme un étendard, dont la bannière claquait au vent. Elle m'achetait des bonbons et du sucre candi quand elle venait me chercher, le samedi, à la sortie de l'école.

En semaine, retenue par son travail, c'était une jeune fille qui venait. Pour Madeleine, le travail était une condamnation aux travaux forcés et je me sentais malgré tout responsable de son sort. Elle disait souvent à la cantonade, *en somme, je fais deux journées.*

Pendant de longues périodes, elle fut secondée par une femme de ménage, mais, sans que la situation financière du ménage puisse l'expliquer, il arrivait qu'elle s'en passe pendant plusieurs années. Selon l'usage du temps, mon père n'accomplissait aucune besogne ménagère et sans doute par machisme, elle n'exigea jamais que j'en accomplisse la moindre. Je ne me souviens même pas avoir un jour fait mon lit.

Elle devait se démener.

Sitôt revenue de son bureau, elle s'agitait dans la salle de bains, étendant le linge, repassant avant de filer à la cuisine, épluchant des pommes de terre, les faisant rissoler et les steaks dans une autre poêle de passer un mauvais quart d'heure dans une flaque d'huile bouillante. Ensuite, d'apporter à table les victuailles, de s'asseoir en vitesse pour avaler sa portion et de débarrasser, de faire la vaisselle et de la ranger bruyamment dans le buffet.

L'enfance, quelle emprise encore accrue chaque jour par l'expansion de son culte. À titre prophylactique, je prendrais volontiers sur moi de dévaluer son importance pour permettre aux prochains humains d'avancer sans se croire marqués à vie, tel un bagnard tatoué au fer rouge, mais il me faudrait jeter ce livre qui donne la preuve du contraire avant même de l'avoir terminé.

Du temps où j'étais écolier, quand il m'arrivait de me rendre coupable de quelque étourderie, je répondais toujours au maître, *je l'ai pas fait exprès*. Ce à quoi le brave homme – en réalité, le plus souvent, une brave femme – de m'asséner, *si tu l'avais fait exprès, tu serais fou.*

Maman l'a fait exprès.

Le bonheur était partout. Les retours de l'école, cartable à l'épaule comme une besace, en traînant avec des camarades. Jouer en rentrant et attendre le moment où le programme de la télévision redémarrera en fin d'après-midi. Il s'interrompait jusqu'au lendemain midi à une heure tardive à laquelle j'étais couché depuis longtemps.

L'été qui pointe son museau dès le mois de mai. L'exaltation des premiers bains de mer et pendant les cours j'imaginais la plage et le murmure des maîtres se faisait discret comme le bruissement des vagues. La joie de Noël, les innombrables jouets au pied du sapin. La fièvre, début juillet, le matin du départ à la montagne. Réveil à cinq heures, ma mère redoutant d'arriver là-bas à la nuit. La voiture de location au toit chargé de grosses valises, le coffre plein et dans l'habitacle, outre mes parents et moi-même, ma grand-mère paternelle cacochyme, qui craint les courants d'air. Malgré la chaleur de juillet, les vitres restent closes durant le trajet.

Oui, la clarté, le soleil.

Cette météo enthousiaste tout au long de l'année. Les rares jours de pluie, Marseille est affolée par ces torrents qui dévalent des hauteurs de la ville. Les jeudis à vélo, à essayer de battre sans chronomètre des records de vitesse autour du pâté de maison. L'enfance, cet éblouissement et la lumière après laquelle on court le reste de sa vie.

Désolé pour ces lignes compassées. Il est plus commode de rapporter des malheurs, des injustices que de rendre hommage à la vie. *Rendre hommage à la vie*, une expression, pour le coup, lavée et repassée dont vous pouvez vous servir de nappe.

Plus de soixante années plus tard, quelqu'un de ma famille se souvient que notre foyer semblait un cocon, un écrin. Je n'étais pas un papillon, pas un bijou mais un petit enfant souriant, radieux, toujours vêtu de neuf, choyé, dorloté et, pour tout dire, aimé. Un de ces enfants tardifs, un de ces cadeaux, un simple petit humain que mes parents avaient longtemps attendu chacun de son côté. J'espère me tromper, car c'est une triste nouvelle, mais avant de rencontrer Madeleine, Alfred n'avait jamais connu d'autre femme. Quelques rapports coupables avec des prostituées, mais la religion le corsetait et s'ils ont existé, ils furent rares. Quant à Madelon.

Mais au fait, je n'en sais rien.

Je ne sais rien non plus d'Alfred. Peut-être un indécrottable amoureux, un obsédé de sexe, de sentiments, collectionnant les conquêtes, allant jusqu'à s'accoupler avec des créatures fabuleuses que de Gaulle avait construites exprès pour lui et dont il ne reste aucune trace. Peut-être avaient-ils eu tous deux des enfants avant moi – j'ai évoqué plus haut le cas douteux de Madelon –, avec des partenaires inconnus, des petits restés dans l'ombre, donnés à des musées, exportés comme des fruits, vendus à un fabriquant de jouets qui en avait fait les marionnettes que j'avais reçues pour cadeau de Noël en 1964.

Une cousine me dit qu'elle se souvient de moi vêtu d'un pyjama bleu roi et de pantoufles de cuir rouge, descendant, radieux, l'escalier de la rue Marius-Jauffret. Il suffisait de me regarder pour savoir que j'étais un enfant aimé. Par papa, maman, mes grands-mères, les dizaines de parents, d'enfants, de petits-enfants qui constituaient l'ensemble de la famille, et peut-être par beaucoup d'inconnus qui, ayant aperçu furtivement l'œuvre ambulante de mon immense mère, me préférèrent aussitôt au menu fretin de leur progéniture.

Parmi les nounous qui ont pu s'occuper de moi pendant que mes parents travaillaient, je me rappelle Magnolia en particulier – un des rares prénoms de ce livre mais ce n'était pas le sien. À dix-sept ans, cette fille blonde était presque aussi potelée que le minot de deux ans et demi dont elle s'occupait avec délicatesse et amour. Souvenir sensuel du 24 décembre 1957 – j'ai retrouvé la date exacte grâce à Madelon à qui j'en avais causé avant sa mort. J'ai passé ce jour-là une après-midi éternelle sur ses genoux à jouer avec les boutons de son corsage tandis qu'elle me frisait les cheveux au fer. Je me souviens de leur couleur canari, de l'échancrure, de sa peau tendue, blanche sur laquelle ma main glissait quand un bouton m'échappait. Mes parents ravis de ma métamorphose à leur retour du bureau. Un réveillon chez ma grand-mère avec tantes, oncles et cousins. On s'amusait de mes bouclettes et moi, sans rien comprendre, je riais avec eux.

Le souvenir d'un premier *french kiss* échangé à la fin des années 1960 avec une fille du même âge que moi dans une roulotte abandonnée dans une clairière par des bandits déguerpis en soucoupe volante et qui trace toujours la voie lactée à l'heure où j'écris. Le plus merveilleux instant de ma vie. Impossible de le ressusciter avec du langage. Il suffit au lecteur de prendre la peine de le retrouver dans sa mémoire. Un instant qui circule d'un gamin à l'autre depuis le premier baiser de l'humanité. Nous nous l'étions partagé en croyant que la vie venait de l'inventer pour nous.

Madona était secrétaire de son frère qui jouissait d'un appartement de fonction à l'étage supérieur. Quand je passais une journée là-haut avec ma tante, je descendais fréquemment la voir. D'après ce qu'on disait, elle tapait à la machine chaque matin le courrier de mon oncle. En ce qui me concerne, je ne l'ai jamais vue travailler. Elle avait l'art de tergiverser, de remuer des dossiers dont elle se gardait de seulement lire l'intitulé, à moins qu'elle passe une demi-heure au téléphone avec sa sœur. Le plus souvent, je trouvais un cadrillon de la boîte assis en face d'elle. Une conversation erratique sur la vie privée de collègues, sur le président Pompidou, sur l'air du temps.

En réalité, il n'y avait pas de dossier sur son bureau. Elle devait simplement titiller des crayons ou compter ses doigts en guise d'exercice de calcul mental.

Mon oncle occupait un grand bureau contigu. Je me le rappelle, attablé devant une feuille de papier dont il suivait les lignes crayon en main. Il m'accueillait en souriant, visiblement content de voir quelqu'un. Il arrivait qu'il soit en grande discussion avec des inspecteurs du réseau de magasins qui vendaient les produits Thomson dont il dirigeait l'agence régionale. Tout le monde d'évoquer la politique, les derniers modèles de téléviseurs, la vie de famille et les vacances à La Ciotat. Parfois, danseurs portant souliers habillés en pingouin, ils tournaient tous en silence sur le parquet, cherchant en fronçant les narines un sujet de conversation.

Existait aussi un sous-directeur, recroquevillé dans une pièce si petite qu'elle semblait recroquevillée elle aussi. Il maniait une cigarette, tripotait le combiné de son téléphone qui ne sonnait jamais et pour tout dire, il semblait gêné d'être à ce point désœuvré.

Aujourd'hui, une pareille troupe serait remplacée par trois lignes de code dans la base de données du siège de l'entreprise. Dommage.

Pour Madeleine, le samedi était un jour fabuleux.

Le seul de la semaine à la fois chômé pour elle et ouvrable pour les magasins. Elle passait la matinée et le début de l'après-midi à soupeser les vêtements, à dévorer des yeux les vitrines, à acheter un article parfois infime après avoir mûrement réfléchi.

Elle revenait avec des friandises. J'éprouvais une joie sans mélange en ouvrant le paquet, en dépiautant les bonbons de leur papier et leur goût ne m'a jamais déçu. Elle me rapportait aussi de ces petits joujoux de rien du tout qui ravissent les mômes le temps de les casser et de les oublier.

Depuis mes cinq ans, je déjeunais à la cantine. Madona apparaissait rituellement à treize heures devant la grille. Elle me faisait passer au travers un pain au chocolat, une sucette à la framboise ou trois galettes. Une mère douce, de la crème à la vanille. Jamais une parole injuste, acerbe, et puisque j'étais enfant unique, je ne peux l'accuser de m'en avoir préféré un autre.

À certains moments, tu réapparais. La même figure que la nuit de ta mort. J'arrive parfois à te voir souriante, mais je dois faire un effort. Ces souvenirs heureux, on dirait des photos sur papier dont je distingue les dentelures tout autour. Des images plates dont tu es absente. Tandis que le visage de cette nuit-là semble incarné.

Quand j'ai quitté Marseille, tu as cru que c'était toi que je quittais.

Je suis perdu dans tes méandres, Madona, Madeleine, Mère, Petite-Maman. Je redoute tes apparitions. Comme tout petit enfant, la nuit j'avais peur des clowns, personnages comiques qui attendaient l'obscurité pour accomplir leur destin de loup-garou.

Dis-moi, sérieusement, tu pourrais me gracier.

Dans certaines civilisations, on brûlait la reine avec le corps du roi. Aujourd'hui, le fils devrait-il brûler avec la mère. Coupable de te survivre. Coupable de ne pas être mort de chagrin en apprenant la nouvelle de ton décès. Questions redondantes dans ce cénotaphe de ma maman. Sautez donc ces phrases comme troupeau de moutons.

Ai-je le droit de vivre sans toi.

Me reconnais-tu ce droit. M'accordes-tu cette faveur. Ou me condamnes-tu à la peine de mort. La mort, avant d'être mort je pourrais penser à autre chose qu'à la mort. Ta mort, c'était le pouvoir que tu avais sur moi depuis l'âge de huit ou neuf ans en m'en menaçant sans pitié – plus probablement étais-tu inconsciente du mal que tu me faisais.

Non seulement, je dois exagérer mes douleurs.

Mais je suis injuste envers toi car tu flirtais avec la psychopathie. Famille zinzin, le père bipolaire, la mère épisodiquement cinglée et, en définitive, j'ai l'indulgence de prétendre que le fils ne s'en est pas si mal sorti. Les psychiatres à qui j'ai parlé, après sa mort, du cas de Mado, m'ont dit que les femmes de cette trempe ne venaient jamais les consulter. Il m'aurait fallu voir un expert judiciaire. Je ne l'ai pas fait.

De toute façon, elle est innocente.

Comment continuer à vivre en sachant que sa mère est coupable. Elle est coupable, peut-être, mais elle n'a jamais franchi le rubicond du crime. C'est moi qui suis coupable d'avoir envisagé le contraire.

Je suis rempli de mère à ras-bord.

Toutes mes pensées en sont teintées. Une mère généralisée que sa mort n'a fait qu'aggraver.

Non. Tout va bien.

C'est comme si on m'avait retiré quinze kilos du sac à dos. Que j'avais même jeté le sac dans le caveau par-dessus le cercueil. J'ai eu trop de mère, trop longtemps. Il y a des mères légères, faciles à digérer, d'autres sont consistantes – soupe aux choux, tripes, cassoulet – elles vous tiennent au ventre et refusent obstinément de se laisser attaquer par les sucs gastriques. Quant à l'expulser un jour comme des fèces, c'est un rêve absurde. Une mère pareille, on meurt avec. Si ce n'est pas elle en vous qui finit par vous emporter. Il est vrai que j'ai eu peu de père, ce fut facile pour elle d'occuper tout cet espace vide. Je voudrais *faire la paix* avec elle pour imiter les gosses après une dispute. C'est sûrement plus facile de se rabibocher avec les morts qu'avec certains vivants.

On va s'aimer Madeleine, Mado, Magdalena et les autres.

Une mer de mères. Des vagues, des rouleaux, des déferlantes. La bourrasque m'en apporte des relents. Elle est là parfois, tristement, muette, apaisée, aimante, à côté de moi assise sur le canapé où je suis en train d'écrire. Parfois elle est froide, une congère. La peine, le chagrin, c'est pire refroidi. Il donne la chair de poule, impression de porter un vêtement mouillé. Je me dis que je pourrais, Madeleine, t'apprivoiser.

Petite-Mère sauterait de meuble en meuble tel un animal d'agrément.

Une mère devrait être un plaisir, un loisir tel le gâteau au chocolat, les rapports bucco-génitaux, le champagne.

Le temps soudain traversé comme un corridor. Je rentre dans mes souvenirs, je les bouscule, je la cherche, je la trouve, je la pousse jusqu'à l'avant-scène. Elle a toujours cherché la lumière. Elle voulait qu'on prenne en compte son personnage. Une image d'elle de plus en plus maquillée. Elle s'inventait chaque année davantage. Je l'ignorais, il est naïf, le fils. Ça gobe, l'enfant, ça avale, ça se laisse nourrir de mots.

Ma mère douloureuse, plaintive, toujours souffrante.

Une vie de malheur, sans qu'on puisse vraiment savoir pourquoi. À moins qu'on l'imagine née reine de Saba, impératrice, tsarine, un jour déchue, traînée dans la fange et violée, par une bande de bolcheviques qui avait ruiné les siens.

Dès l'enfance, elle m'a terrifiée par le récit épouvantable de la fièvre typhoïde qu'elle avait eu à onze ans. Et puis l'effrayante mastoïdite qu'elle avait dû avoir à peu près à la même époque. Je suis encore terrifié aujourd'hui par le changement journalier de pansement auquel on la soumettait. Ce grand trou percé dans l'os qu'on remplissait de coton qu'on arrachait ensuite tout chargé de caillots de sang séché. Un coton adhérent, qu'on lui arrachait dans les cris.

Son agonie lors de la typhoïde.

On avait fait recouvrir la chaussée de paille pour qu'elle ne soit pas perturbée par le bruit des roulements. On était allé chercher le curé. Il était en pleine extrême-onction quand soudain, dans la pénombre des bougies, elle était revenue à la vie. Elle avait ouvert les yeux et elle avait dit, *mais c'est bien lugubre*.

Une longue convalescence. Elle avait perdu ses cheveux qui avaient dans un premier temps repoussés blonds et légers avant de redevenir noirs et drus. Une souffrance bien réelle, sans doute, mais qui par la suite lui avait fait profit, tant sa jouissance était grande chaque fois qu' elle me la racontait.

Je sais, je suis sévère.

Tout cela, parce qu'il ne m'est jamais venu à l'esprit d'étaler mes douleurs à mes petits. Je n'ai aucun mérite, je n'y ai pas pensé. Ce n'était pas de sa part de la méchanceté, elle me parlait comme à un mari à qui on n'a aucune raison d'épargner le récit de ses déconvenues.

Du reste, pareille à la pluie sur les plumes d'un canard sur d'autres gosses son récit aurait glissé. D'ailleurs, de nos jours, ce problème aurait pu être éradiqué avant même d'apparaître. Il aurait suffi de trier ses embryons et de choisir le plus solide. Un de ces êtres que rien n'affecte. Vous pouvez toujours essayer de l'angoisser, de l'attrister, non seulement vous n'y parviendrez pas mais il restera serviable et affectueux envers sa mèrerie. Les robots font l'affaire, cependant, pour l'instant leur tendresse de métal et de matériaux composites, ne satisfait pas toutes les mamans. Bientôt, on insèrera ledit robot dans une peau humaine et les clients seront heureux.

Bref, je n'ai éprouvé qu'une douleur dont ma sensibilité excessive était la cause. On exagère toujours sa souffrance.

Il y a une dizaine d'années, j'avais lu à la radio un court texte à la première personne où un homme racontait une rupture douloureuse avec une femme. Il faisait part de sa grande tristesse et jurait à cette ingrate qu'il l'aurait aimée même vieille et ridée comme au premier jour de leur histoire. Je reçus quelques jours plus tard, une courte lettre compassionnelle de Madona m'assurant qu'une mère sentait quand son fils souffrait. Il est exact que ce texte était absolument autobiographique mais il faisait allusion à une rupture qui m'avait accablé au milieu des années 1980. Mon cœur avait eu le temps de cicatriser depuis.

Elle m'écrivait que, rentrant chez elle après son accouchement, tandis qu'elle me changeait sur la table à langer, elle avait retrouvé en moi ce jeune amant décédé avant ma naissance. Un sentiment de dégoût me prit à la gorge. J'ai bondi de la chaise où j'étais assis, déchirant la lettre en petits morceaux au-dessus de la cuvette des toilettes.

Après sa mort, je retrouvai plusieurs cartes de visite comportant des trous d'épingle qui laissaient supposer qu'elles accompagnaient des bouquets de fleurs. Il s'appelait Yves Bailleux. J'ai changé un peu son nom, comme c'est la coutume dans ces cas-là. Elles comportaient la mention, imprimée en relief, *Élève officier dans la marine marchande*. Pas de date, peut-être avaient-ils le même âge en ce temps-là.

Aucune lettre, juste ces quelques cartes. L'une d'entre elles était une carte de deuil bordée de noir, elle avait inscrit au dos d'icelle *Yves, mon amour*. On aurait dit qu'elle avait attendu qu'il meure pour l'aimer. Les précédentes cartes qu'il lui avait adressées semblaient celles d'un soupirant à qui elle n'avait encore jamais accordé le moindre rendez-vous.

On ne connaît la vie de ses parents avant sa naissance que par ouï-dire. Grâce à une analyse ADN, je peux seulement affirmer que Fredo a bien fécondé Madeleine. Un de mes arrière-cousins du côté paternel s'est livré au même examen et un indubitable lien de parenté nous relie. Je suis donc son fils, à moins bien sûr qu'un de ses frères ait besogné Madona à sa place. Mais, évoquant cette possibilité sordide, je passe les bornes de l'indignité.

Oui-da.

À l'envers d'une des rares photos de mon père qu'elle a laissées derrière, elle a écrit *Alfred, celui que j'attendais*. Si j'en juge par la lettre qu'elle m'envoya près d'un demi-siècle plus tard, celui qu'elle attendait n'était autre que moi. J'étais la réincarnation de ce Bailleux. Je ne sais s'il était beau, quant à son intelligence, la brièveté de ses cartes ne permet pas de trancher la question.

Elle avait eu la délicatesse de ne pas me donner son prénom.

Elle voulait m'appeler *Jérôme*, mon père n'aimait pas et *Régis* fit l'affaire. Elle avait eu aussi une relation avec ce monsieur bizarre beaucoup plus âgé qu'elle, évoqué plus haut dans cet ouvrage, il s'appelait Edmond et, à ma connaissance, elle n'a jamais proposé ce prénom à mon père. Toutefois, s'il était encore vivant, je lui poserais quand même la question par acquit de conscience.

Une mère délicate.

Je ne peux lui en vouloir de m'avoir pris pour la réincarnation de cet Yves. Elle ne m'a pas fait cet aveu pour me blesser mais – pardon pour ce mot scatologique –, comme un enfant qui, triomphant, brandit son caca pour l'offrir à sa mère. Fable psychanalytique dont je n'ai jamais entendu parler dans la réalité. On peut en inventer à foison, c'est bien le charme de cette discipline si décriée depuis une trentaine d'années. En tout cas, sa lettre, je ne l'ai brandie au nez de personne et je l'ai traitée avec les égards qu'on doit à la merde.

Une fable, alors fabulons pour donner un côté littéraire et plaisant à notre coriace Madelon. Une mère aussi bizarre que la grand-mère du narrateur d'*À la recherche du temps perdu*, qui stationne sous les averses pour montrer qu'elle aime la pluie, qui écrit à sa fille des lettres remplies de ragots d'une écriture illisible afin de ne blesser personne. Une mère baroque qui, dans votre enfance, vous fait un peu honte mais dont, à l'âge adulte, vous vous vantez avec orgueil.

Si ce n'était que cela, Madeleine, il ne serait pas si difficile de t'aimer encore.

Je répète à nouveau qu'elle fut toujours envers moi d'une absolue générosité. Qu'elle ne m'abandonna jamais quand j'étais dans la peine, le chagrin. Que je suis d'un tempérament excessif, amplifiant la réalité comme si ma vue était mauvaise et que sans l'agrandir à l'extrême je ne la voyais pas.

Mère, maman, Petite-Mado, je vous demande pardon.

Et puis, marre de m'agenouiller devant un trio de dégénérées. La psychopathie n'est pas une excuse. Le fils n'est pas un expert auprès du tribunal. Ce roman commence à lanterner, il est temps de lui ouvrir le ventre. Par où commencer.

Allez, remettons en scène le cousin Joachim, amant de Marc, qui a fait une apparition dans ce roman il y a bien des pages.

Joachim resta chez ses parents jusqu'à l'âge de vingt-sept ans. Ceux-ci acceptèrent par la suite – il est vrai sans aucun enthousiasme – de côtoyer Marc qui fut toujours invité avec leur fils dans leur maison de campagne ainsi qu'à toutes les fêtes de famille. Pour ce qui nous occupe, je ne vois rien d'autre à dire de leur histoire.

L'année de la mort de Magdalena et de la sienne, j'ai appris d'une cousine et de son mari – gens dignes de foi – qu'elle prétendait avoir recueilli Joachim abandonné par sa mère à l'âge de quatorze ans pour cause d'homosexualité.

Madona nous a dit qu'elle était homophobe.

Au début des années 1960, le mot homophobie n'existait pas, il n'apparaîtra qu'à la fin desdites. Il aurait d'ailleurs été trop généraliste pour servir à grand-chose puisque l'écrasante majorité de la population l'était – homophobe. Un gamin de cet âge qu'on aurait surpris aurait écopé d'une mémorable réprimande et parfois pire encore mais, persuadé de venir à bout de cette peccadille par quelques mesures coercitives, aucun parent ne s'en serait débarrassé pour autant. D'ailleurs, n'ayant jamais entendu parler du moindre incident, je leur ai demandé comment, d'après Mado, sa sœur avait pu soupçonner ses penchants.

Il le leur avait dit.

Un gosse de ce temps-là ne connaissait ni le nom de cette préférence sexuelle ni même la notion d'icelle qu'il était incapable d'isoler de la sexualité générale dont, du reste, il n'avait qu'une idée vague.

Elle disait aussi que tu en avais toujours été jaloux.

Un cousin qui n'avait dormi à la maison qu'une dizaine de jours en 1965 car pendant les vacances de ses parents il était resté à Marseille pour suivre des cours d'anglais. Je leur ai demandé pourquoi ils ne s'étaient pas étonnés de ne jamais le voir quand ils venaient à la maison.

On croyait que vous le cachiez.

Comme pendant l'Occupation, quand les homosexuels étaient pourchassés par la Gestapo. Un couple de gens fort intelligents et, pourtant, Madona de parvenir à les convaincre de cette invraisemblable ignominie. Une fois informé, j'ai compris que désormais sa statuette était irrémédiablement brisée et que serait une ordure celui qui tenterait de la raccommoder.

Voilà au moins un événement qui fait avancer notre intrigue. Il met aussi Madeleine à sa place, pas très haut – je pratique, à l'occasion, la litote. J'ai du mal à être indulgent face aux saloperies continues, celles qui s'étalent sur des décennies. Elle fut coupable de cette dégoûtante calomnie une trentaine d'années durant. Chaque instant, elle la perpétuait. À tout moment, elle aurait pu revenir en arrière, relativiser, avouer à ces cousins qu'elle avait exagéré ou même prétendre avoir été victime de son âge.

Souvent, ma mémoire me joue des tours.

Mon Dieu, le couple en question ne voulait pas la mort de la pécheresse. Personne n'en aurait jamais entendu parler. Mais cela ne l'a pas dérangée de continuer à démolir sa sœur jusqu'à son dernier souffle.

Elle prétendait en outre que cette dernière était folle. Pourquoi pas montgolfière, pivert, casserole, musaraigne. Peut-être puis-je passer l'éponge en décidant encore une fois que la folie était de son côté. Mado, ma mère, je voudrais tant que tu me reviennes. J'accueillerais à bras ouverts les miettes de ta figurine d'albâtre. Si tu revenais, tu n'aurais pas à ouvrir la bouche, je ne douterais pas un instant de ton innocence.

Cette couillonnerie avait contribué à la faire passer pour une femme exceptionnelle aux oreilles de ceux à qui elle l'avait racontée. Qu'avait-elle inventé d'autre pour se sanctifier. Le mensonge devait l'exalter comme une drogue. Cette ivresse de transformer la réalité, de modifier son image afin de la rendre conforme à ses fantasmes. Peut-être était-elle folle au point de se croire assez experte pour plonger au cœur de ses cellules et bricoler son ADN. Quelle merveille de constater à quel point ses mensonges étaient crus.

Madeleine, Petite-Mère, pourquoi mentais-tu.

En passant, deux petites inventions de notre coquinette de Madelon. Je me demande si je n'aurais pas mieux fait de situer ce passage lors de l'apparition de Marc dans ce livre. Un roman déconstruit, un genre moderne, surtout si on prend la peine d'ajouter, *déconstruit comme notre cœur si souvent brisé, nos amours, notre vie.*

Baste, quand Joachim tomba malade, il se fit tester et il s'avéra négatif au virus du sida. Deux ans après sa mort, Madona m'informa qu'il était positif à présent et se rendait chaque semaine à l'hôpital pour recevoir les comprimés constituant sa trithérapie hebdomadaire. Je n'osai en parler à Marc. J'appris quelque temps avant sa mort qu'en réalité il n'avait jamais été infecté.

Je l'ai su par un homme dont il avait été longtemps inséparable. Mado ne l'aimait pas, en était jalouse, usant de perfidies avait essayé à plusieurs reprises de l'évincer. Sans doute pour en minimiser l'importance dans la vie de son subrogé-neveu, elle m'avait toujours assuré qu'ils n'avaient jamais eu de relations sexuelles.

Marc déteste son physique.

J'avais beau lui faire remarquer qu'à Morzine ils dormaient dans une chambre pourvue d'un unique lit, elle maintenait ses propos. Le fils naïf crut Mado. Elle me fit par ailleurs un tableau dantesque de la famille de cet homme. D'après elle, il était le cadet d'une fratrie de six garçons.

Tous homosexuels.

Incestueux de surcroît – cette troupe partouzant de concert en totale autarcie. Le fils crédule crut maman. En réalité, il était enfant unique comme Régis.

À partir de l'âge de quatre-vingt-dix ans, Mado ne sortait plus que pour de rares parties de bridge avec des survivantes – entre autres, une femme de cent ans qui avait renversé deux piétons et continuait malgré tout à conduire après que le tribunal lui avait retiré son permis.

Ils n'étaient que très légèrement blessés. Ils n'avaient même pas perdu connaissance. De toute façon, sans ma voiture je ne pourrais plus rien faire.

Pourquoi me revient si souvent la peur de l'enfer qui obsédait Madeleine. Elle se réveillait peut-être la nuit pour réciter des actes de contrition. Son manque d'appétence pour la nourriture de la maison de vieux cachait peut-être la volonté de réduire sa ration journalière afin de s'infliger un jeûne intermittent. Il lui arrivait la nuit de se mordre cruellement la langue afin que les soignants ne découvrent pas sur son corps les stigmates de sa mortification. Si elle s'accordait de temps en temps une coupe de champagne, une tartine de foie gras, c'était pour mieux souffrir du contraste avec l'exécrable soupe du soir qu'elle s'obligeait, les jours où je la visitais, à avaler jusqu'à la dernière goutte après l'avoir salée démesurément pour faire de sa consommation un supplice.

Bien que depuis longtemps peu friande de messe, elle se confessait peut-être en cachette. Un curé devait faire sa tournée pour absoudre à tours de bras cette population terrifiée par l'au-delà.

Elle lui répétait toujours le même péché. Un vieux péché avoué à chaque fois dont le curé avait par-dessus la tête. Il finissait par se sentir offensé qu'elle semble de la sorte mettre en doute l'efficacité de son absolution.

Madame Jauffret, si vous continuez, je vais me voir dans l'obligation de vous planter là.

Avant le sacrement, elle avait soin d'enlever sa prothèse auditive car, de son côté, elle était exaspérée par son manque de compassion. Autant elle admettait qu'un péché véniel soit facilement nettoyé en une seule fois, autant un péché aussi coriace, aussi dangereux pour le salut de la fautive, réclamait des lavages répétés pour disparaître. Du reste, avec le peu de temps qui lui restait à vivre, elle pouvait compter au mieux sur une atténuation de cette tache dont elle espérait que, dans sa grande mansuétude, Dieu se contenterait.

Sans doute exagérait-elle sa culpabilité. Ce mensonge à propos de mon cousin abandonné par sa monstre de mère est accablant, point n'est besoin de soupçonner en plus Madeleine d'un crime qui aurait mérité un douloureux séjour loin du Club Méditerranée fondé avant la lettre par cet entreprenant Jésus, mais il ne justifie pas cette peine. Elle n'avait, en somme, nui à personne. L'intéressée et son fils n'en ont jamais rien su. Par ailleurs, je n'étais pas censé être informé de cette broutille. Me qualifier de jaloux était peut-être justifié. Je ne l'étais certes pas de son neveu mais pourquoi pas d'un camarade de classe dont le grand nez laissait supposer une virilité de porno-star. Je plaisante, bien entendu, mon nez est immense.

Je l'ai beaucoup accablée dans cet ouvrage. J'ai omis de signaler son absolu dévouement envers sa mère. Dès que cette Henriette, citée plus haut, commença à perdre la tête, elle l'installa à la maison. Sa déchéance progressive s'étendit sur quatre années. Les derniers temps, elle la prenait pour sa propre mère. Elle lui réclamait chaque soir des baisers. Auparavant, elle s'était occupée aussi de ma grand-mère paternelle qui, comme vous le savez fort bien, occupait l'appartement mitoyen du nôtre. Elle leur avait témoigné à toutes deux amour et affection.

À la suite de la publication de ce livre, des parents m'insulteront d'avoir divulgué certaines vérités désobligeantes à son encontre et on me lynchera. Je serai endommagé. Non seulement la littérature m'envoya au tribunal pour avoir dans un roman dénoncé un violeur autrefois adulé, mais elle fera de moi un défiguré. Voilà qui me rabattra mon caquet.

Reprenons notre récit. Une mère coupable de calomnier sa sœur de la sorte, semble n'être pas digne d'être aimée. Ce serait pourtant une erreur de le croire, il faut prendre les mères telles qu'elles sont. Madeleine vient certes de s'avérer dégueulasse après la révélation de son mensonge – comment peut-on employer pareil mot pour qualifier celle qui vous a porté – mais un enfant se doit d'aimer sa génitrice pour ses vices, tout autant que pour ses qualités. Un amour sans tache pour un être parfait ne demande aucun effort, n'apporte aucun mérite, tandis qu'aimer quelqu'un en dépit du dégoût qu'il inspire, c'est lui donner la preuve tangible de l'authenticité de son amour.

Une mère a si souvent pardonné à son enfant, a fait preuve de tant d'indulgence, de tendresse. Si j'avais volé, assassiné, jamais elle ne m'aurait abandonné. Elle aurait assisté chaque jour à mon procès malgré les huées des proches de la victime et le harcèlement médiatique. Sans jamais flancher, elle aurait répondu aux interviews en affirmant son intime conviction de mon innocence.

Jusqu'à sa mort elle aurait fait la queue devant la centrale les jours de visite. Un échange de lettres quotidien, des coups de téléphone chaque fois que l'administration pénitentiaire le permettrait, et puis ces visites hebdomadaires où elle serait arrivée chargée de cadeaux, de mets fins, de romanée-conti – mais si –, et puis un épais paquet de selfies préhistoriques, et ma cellule d'être tapissée peu à peu d'un dense archipel de clichés de cette mère-courage qui servit de modèle à Bertolt Brecht, images pieuses d'une sainte dont on est fan comme un ado d'un footballeur du Milan AC.

Des nuits à les illuminer l'une après l'autre à la bougie. Un réveil pataud et lourd quand, au matin, retentirait la sirène après m'être gavé d'elle le plus clair de la nuit.

Elle se serait déplacée même moribonde – mère coupable d'avoir pondu l'infâme, abandonné de tous. La veille de sa mort, elle aurait trouvé la force de sortir de l'abrutissement dans lequel elle se trouvait depuis plusieurs mois pour persuader l'Ehpad de lui appeler une ambulance. Son corps à l'agonie supportant les cahots du chemin, les brancardiers poussant son fauteuil roulant jusqu'au portail de sécurité. Des gardiens l'auraient prise en charge, l'auraient placée en face de moi. Elle m'aurait dit, *mon chéri, mon chéri* et des mots inconnus qu'elle aurait inventés pour moi – ultimes présents d'une mère sur le point de disparaître, le cœur gros d'abandonner son enfant à qui elle ne pourra plus jamais rien donner.

Une magicienne – dans les situations extrêmes les mères se métamorphosent – qui pour m'épargner son visage tout à fait rongé par le temps aurait troqué en passant sa tête pour celle d'une jeune femme venue visiter son dealer de mari, afin de me laisser d'elle une image rafraîchissante. On viendrait la lui reprendre au beau milieu de la visite, lui réamanchant sans ménagement la pauvre sienne. Elle parviendrait cependant au travers de ses yeux vitreux à me transmettre les rayons de son amour en voie d'extinction. Qu'importe si ce n'était encore et toujours que la resucée de celui qu'elle vouait avant son mariage à Yves Bailleux. Du vrai amour, quand même, doux comme la queue d'un tigre.

Je saurais que je la vois pour la dernière fois.

Dès le lendemain, je découvrirais ce qu'est la solitude. L'indulgence envers moi désormais n'existerait plus nulle part dans le monde. Cela ne me donnerait pas pour autant le courage de me suicider. Les criminels font rarement preuve de bravoure quand il s'agit de s'occire. Ils font de vieux os dans les prisons qui leur permettent de s'épanouir au milieu de leurs semblables dont ils ne tardent pas à faire leurs obligés, leurs tout dévoués soumis. En réalité, les pervers ne sont jamais seuls.

Au fond, il s'agissait d'une bien petite chose que cet abandon inventé. Si vous aviez commis cette faute, vous n'en n'éprouveriez ni regret ni honte. Une sœur n'est pas un fils, on peut la trahir sans scrupule. On a bien le droit de se comporter en ordure pour épater des gens qu'on estime et dont on entend tirer tout le respect possible. Pour des raisons éducatives, elle n'a pas résisté non plus à ternir mon image. Elle devait penser que ma conduite de salopiot gueulant, souillant ses couches, bavant même à l'occasion comme un boxer méritait ce dénigrement. Il est vrai que la nouvelle de cette impossible jalousie avait dû se répandre salement dans la famille et sa périphérie, mais seul un vaniteux de mon espèce pourrait en tirer ombrage.

Pardonner.

Les blessures d'orgueil ne sèchent pourtant jamais. Rien ne les cautérise, les aiguilles cassent sans parvenir à les recoudre. Raison de plus pour faire un effort, tel un haltérophile, accomplir la performance d'élever ma petite Madona à bout de bras au-dessus de la fange. Petite-Mado, légère feuille morte. Une performance dérisoire si on la compare à ce qu'elle a souffert par moi en m'accouchant. Toutes ces heures pendant lesquelles je m'accrochais bec et ongles aux parois de l'utérus. Ce bébé encore à l'état de fœtus qui tortura sa mère avant de voir le jour. La guillotine aurait dû l'attendre à l'orée du vagin pour lui trancher la tête. Voilà comme on rendait justice en France au mitan des années 1950, du temps où la peine de mort plaisait encore.

Madeleine, si je ne t'accorde pas mon pardon, je te perds à jamais.

J'ai besoin de toi, même abîmée, fendue, cabossée, en morceaux coupants comme les éclats d'une bouteille brisée.

Régis, ferme ta gueule.

Ce besoin du littérateur de s'étaler, de tout dire alors que personne ne lui a rien demandé et que tout le monde s'en fout. Quel est donc le but de ce roman, changer de perspective, de style et vogue l'esthétique à cheval sur une tragédie intime. Espérer séduire, émouvoir, lassé d'être considéré par d'aucuns aussi méchant homme que certains de mes personnages. J'aurais aussi bien fait de devenir compositeur, j'aurais pu évoquer ma mère dans toute sa complexité sans jamais la trahir. Les mélodies ne sont pas des mouchardes.

Quelle importance, le temps à présent cavale, cavale.

Bon, arrête la comédie du centenaire en devenir.

Mais la centaine me paraît si proche. Trente ans m'en séparent, ce n'est pas grand-chose. Il y a trente ans je fêtais en catimini mes quarante ans – oui, je n'aime pas vieillir et j'assimile les vœux d'anniversaire à des insultes. Ma mère était inflexible. Pour fêter la décade, elle m'offrit cette année-là deux chemises au lieu d'une. Je sais que cette révélation passionne le lecteur. Mais, je reviendrai sur ma garde-robe dans un autre volume afin de ne pas abattre tous mes carrés d'as à la fois.

Parler de Petite-Maman n'est peut-être qu'un procédé pour me dissimuler. Je la rends responsable de tout ce qu'en moi-même je déteste. Les parents sont utiles quand ils ne sont plus là. Ils deviennent malléables, plastiques, on peut les fondre pour les rendre conformes à notre désir de dénigrement.

Les parents n'écrivent que sur leurs enfants morts. Souvent, les enfants n'attendent pas leur disparition pour parler d'eux. Bousculant les usages, Madelon presque aveugle aurait pu dicter un rapport sur moi. Des révélations dont je n'ai pas la moindre idée. De petits verres de liqueur diffamatoire versés ici et là dans l'opus, noyés dans son amour pégueux. Elle aurait confié l'œuvre à son notaire avec consigne d'en faire hériter mes enfants. Beaucoup d'éléments qu'ils sauraient inexacts, d'autres qui sèmeraient le doute dans leur tête.

Elle aurait écrit, *entendez ma voix, pas la sienne prompte à me vilipender. Il s'est toujours montré injuste, alors que j'ai sacrifié ma vie à son bonheur. J'entendais le festonner, le décorer, le rendre désirable au monde. Les événements ne se sont pas du tout passés comme il l'a prétendu. Inversez donc toutes les paroles désobligeantes à mon endroit qu'il a pu prononcer dans mon dos pour vous faire une idée juste de ma personnalité car je me doute bien, qu'en mal d'inspiration, il a dû publier sitôt le couvercle de mon cercueil vissé, un pamphlet dont je suis le dindon. Un viol en série de ma vie privée dont seuls sont capables les enfants dégénérés. Méprisez-le de l'avoir perpétré.*

C'est ma faute, j'aurais dû moins l'aimer. L'aimer modérément comme la plupart des mères. J'ai été trop bonne, je l'ai adoré excessivement au lieu de le juger à sa juste valeur et de décider de fermer le robinet de mon affection pour lui, non sans laisser par mansuétude s'écouler une goutte par décennie pour que de désespoir il n'attente pas à sa vie qui me coûta tant de souffrances à lui donner. Il aura fait de moi une criminelle de fiction. C'est la chose la plus terrible qui puisse arriver à une décédée.

Oui, il est bien pourri de noircir à ce point le cœur de sa maman pour lui sacrifiée. Si au moins tu avais déchiré cet horoscope, je te présenterais sur un autre jour. Tu te montras cruelle en laissant derrière toi la preuve de ta trahison. En manière de dommages et intérêts, je te remercie – comme je te les accorde moi-même avec acharnement dans ce livre – de m'accorder circonstances atténuantes et pardon. Tu es trop morte pour le faire. Surtout ne ressuscite pas pour autant. J'ai tendance à me passer de toi ces derniers temps sans me défenestrer de chagrin. Bien que je t'aime encore, obsédante mère chérie et révérée Mado.

Ah, oui. Je ne vous ai pas encore parlé de l'horoscope. Ça ne saurait tarder.

Il faut lutter pour se souvenir gaiement. Ma mémoire diffuse peu de moments de joie, de périodes de bonheur, même si mon enfance en était parsemée. Une bouillotte en forme de Mickey me revient à l'esprit. Il ne faisait pas froid chez nous, mais elle me rassurait mieux qu'une peluche. Échaudé, je la jetais par terre dans la nuit. Dans ma tête, j'assiste souvent ces derniers temps à une projection de ce bref souvenir qui tourne en moi sans me lasser. Une sorte de mantra visuel que fait tourner ma mémoire.

Madeleine m'apportait cette bouillotte en venant me dire au revoir pour la nuit. Elle devait m'embrasser, et il est si simple de dire que nous faisions des câlins. Ces instants privilégiés, ainsi qu'on est accoutumés de les nommer, ont dû perdurer jusqu'à mes douze ans.

Elle me paraît aimante, affectueuse, bienveillante, Madona, à cette époque, et elle méritait bien ce nom de maman que j'ai du mal à lui donner sans sarcasme en écrivant ce livre. Je l'aimais de cet amour simple qui, parce qu'il n'a jamais commencé, ne semble pas devoir se terminer. C'est d'ailleurs l'usage quand on évoque celui qui lie un enfant à sa mère. Au-delà de mon adolescence, notre histoire a continué sans heurts son bonhomme de chemin. Je ne me souviens d'aucune circonstance où il ait faibli avant, peut-être, ses quatre-vingt-quinze ans. Comment une idée aussi absurde aurait-elle pu germer dans mon esprit.

Les années passaient.

Elle jouait le premier rôle dans notre trio familial par rapport à mon père qui pouvait passer pour un troisième couteau. Elle gérait les finances, rapportait le plus clair de l'argent du foyer, supervisait mes études, s'occupait de me vêtir et du reste. Il me semblait tout lui devoir, alors que mon père me paraissait une sorte d'inconvénient bien qu'on puisse à juste titre le dire absent. Un inconvénient car il me faisait honte quand il criait pour parler, se mettait soudain à chanter à tue-tête – plus que d'eux-mêmes, les enfants ont peur qu'on se moque de leurs parents.

Je pourrais passer en revue le restant de ma vie. Si notre relation ne s'était pas achevée de façon aussi triste, je ne mentionnerais aucun nuage et ce livre n'aurait pas été écrit.

Il me faut du bonheur.

Son affection pour mes gosses. Les gâteaux qu'elle les emmenait manger à la sortie de l'école quand l'espace de quelques jours elle séjournait à Paris. Même si elle avait toujours clamé *urbi et orbi* qu'elle ne serait jamais de ces mères dévoyées qui en arrivent à aimer autant leurs petits-enfants que leurs enfants. Elle le disait sans aucune méchanceté, sans imaginer que sa position aurait pu paraître désobligeante à leur endroit. Étant donné la nature de son amour pour moi, il ne pouvait en être autrement. Un sentiment moral lui interdisait de commettre avec eux le moindre adultère. Elle faisait partie de ces femmes qui une fois rencontré l'homme de leur vie, jamais ne le tromperont. Même pas en rêve.

Je n'aime les enfants qu'à partir du moment où ils se mettent à parler.

Voilà une autre déclaration, récurrente et saugrenue que notre Madelon aimait à répéter avec une jouissance non contenue. Sa sœur, quant à elle, n'aimait que les bébés. Voilà des femmes complémentaires, quoique à mon avis un peu malsaines.

C'est étrange, quand mon père est mort, il ne m'est pas venu à l'esprit d'écrire la moindre phrase sur lui. J'ai pourtant souffert de son décès. S'en est suivie une longue et profonde dépression. Je me demande si ce n'est pas par peur de ton opinion que je m'en suis gardé. Tu n'aurais pas aimé que je donne à son décès assez d'importance pour jeter dans un livre une part de notre vie privée.

Pourquoi après sa mort ne l'as-tu plus jamais évoqué ?

On aurait dit que tu l'avais volontairement rayé de ta mémoire comme le font de leur mari les veuves d'assassins d'enfants. C'est compliqué, une famille, dès qu'on soulève le capot, et une mère donc. Les femmes maltraitées agissent de même à l'occasion. Tu évitais à tel point toute allusion à votre couple que, lorsque j'allais en Italie, tu n'évoquais jamais ton voyage de noces à Florence alors que tu le faisais avant. Aucune photo de lui dans l'appartement. Tu ne l'évoquais vraiment devant personne. Alors qu'il t'arrivait souvent de parler de notre chatte morte des années plus tôt.

Peu après le décès de notre héroïne, j'ai entendu murmurer quelqu'un à mon oreille – je ne cite pas mes sources mais, bien que romancier je me déclare incapable d'avoir inventé une phrase pareille – qu'un élément de la famille s'était enhardi jusqu'à dire, sans la moindre intention de nuire, *elle n'aime que Régis*. Ces mots me furent répétés avec aménité comme on offre à quelqu'un des douceurs. Cette sentence me glaça le sang, tant, que je n'ai pas le cœur à trouver de métaphore plus originale

Ce qui me donnait envie de m'allonger par terre et de pleurer, c'est qu'il n'y avait aucun doute quant à l'exactitude de ce jugement. Je l'avais toujours su, une connaissance enfouie dans les couches basses de mon logiciel. Un piège qui s'était refermé sur moi, gentiment, sans aucune animosité et ç'aurait été ingratitude de s'en offusquer.

Le fils cherche à illuminer ce roman, il l'obscurcit davantage. Il va trouver une voie, percer le béton des nuages pour éclairer cette enfance heureuse dont il ne dira jamais assez à quel point il fut privilégié de l'avoir eue en partage. L'obscurité monte du sol, comme la vapeur des trottoirs de New York. J'aurais dû écrire une première version de ce livre il y a une dizaine d'années quand je ne savais encore rien. Je me serais senti alors trop coupable pour oser lui adresser la moindre critique profonde. Coupable, je me sentais coupable d'avoir bénéficié de cette mère en soi, cette maman extrême, cet archétype alors que les autres devaient se contenter de mauvaises copies.

Je n'ai pas à raconter le bonheur d'autrefois.

Ce livre commence après sa mort, rien n'oblige le récit à remonter le courant. Je dois m'accorder le droit de venger l'enfant trahi sans m'incliner à perpétuité devant Madona pour la remercier de l'avoir amené jusqu'à l'âge adulte. Que peut donner une mère perverse à son enfant. Les apparences sont belles, tout scintille, mais comment peut-on aimer un gosse qu'on trahit à chaque instant ? Il mange du pain sale sous la croûte dorée.

Je me sens assez seul depuis le début de ce livre. Je voudrais la comparer, lui trouver des semblables. Ce mélange de dévouement, de bonté, de tendresse, de générosité allié à ce dont je vous parlerai bientôt me la rend presque irréelle. En outre, je ne connaîtrai jamais qu'une partie de sa nuit. Il peut s'en accumuler des saloperies sur la face cachée d'une mère.

Évoquons cet horoscope, sans plus jouer la comédie de l'intrigue que je pratique pour la première fois dans ce livre.

Voilà, à partir de l'âge de cinq ans, peut-être auparavant, mais j'étais trop jeune alors pour comprendre le sens de ces paroles, cette passionnante maman évoqua en ma présence un horoscope soi-disant établi par un mage de cour – en Europe, les familles régnantes n'emploient plus cette engeance depuis le Moyen Âge –, promettant *un destin hors-série* à une princesse nouvelle-née apparue comme moi un 5 juin à midi, ainsi qu'aux bienheureux mortels de toute extraction débarqués à la même heure.

Il faut que je vous dise que la fantasque Madeleine s'enorgueillit toujours de m'avoir dépoté un dimanche à midi. Un signe du destin, puisque sitôt le derrière à l'air – je suis arrivé par le siège –, les cloches de Notre-Dame-de-la-Garde retentirent à toute volée. Elles auraient peut-être sonné sans moi, mais sûr que le chanoine des lieux se réjouit de ma ponctualité pour n'être pas contraint d'avancer ou de retarder la sonnerie de quelques minutes, ou, dans le cas où j'aurais lambiné, d'être obligé de recommencer, cassant derechef les oreilles de la population phocéenne déjà ivre de Ricard et occupée à dévorer la bouillabaisse dominicale.

Un poncif. D'ailleurs, jamais chez nous n'entra la moindre bouteille de pastis et la bouillabaisse ne figura pas une seule fois au menu.

Convenons qu'une future reine aura, à coup sûr, un destin peu ordinaire.

Mais, le petit Régis, quelles performances devra-t-il accomplir pour sortir du lot ? Devenir Rockefeller, Christophe Colomb, champion du monde de mèrerie. Tu abusais, Madona, toi qui étais secrétaire – de direction, certes –, mariée à un sourd bipolaire, écrasé de neuroleptiques, travaillant à mi-temps dans la seule librairie du quartier du Panier, d'exiger de ton fils de grimper jusqu'à son faîte l'échelle sociale. Je devais accomplir un exploit que tu n'avais jamais tenté. J'étais censé naître avec un cerveau de qualité supérieure, aux neurones gonflés d'orgueil. À moins de grandir dans un corps si beau qu'il m'aurait suffi de l'exhiber dans un square pour attirer les foules et atteindre la célébrité d'Adonis.

En réalité, j'étais perdu. La solution la plus simple aurait été d'épouser la princesse. Un mariage peu probable et de toute façon catastrophique, étant donné la suite de l'horoscope.

Ils seront malheureux en amour.

Elle m'assenait ce verdict distraitement. C'était à ses yeux un détail dépourvu d'intérêt qu'elle aurait pu passer sous silence et d'ailleurs – convenons-en – elle aurait pu. Elle ajoutait *mais ça*, et ne finissait pas la phrase entamée comme pour souligner son insignifiance. Une parole instillée dans l'oreille de son enfant sitôt qu'il est en âge de la comprendre. Il en faut du temps pour douter de la parole maternelle. Il faut une circonstance exceptionnelle pour la remettre en cause. Même après la découverte dont je vais vous parler, j'entends encore le souffle de cette malédiction.

Un verdict sans possibilité d'appel.

Un oracle, Marseille-sur-Delphes où officie Madeleine, la sphynxette. Durant tout le reste de ma vie cette sentence m'a hanté. J'en ai laissé capoter des histoires avec, dans la tête, cette phrase perpétuelle qui faisait la nouba.

Certains d'entre vous jugent sans doute qu'elle n'a fait que me dire une vérité à laquelle elle croyait. Pourquoi élever son fils dans la ouate alors que le devoir d'un parent est de lui donner les clés de la réalité. Et puis, les parents sont les patrons de leur gosse, lui donner des objectifs et le prévenir des embuches fait partie de leurs attributions. Elle entendait dans un premier temps signifier à Régis son devoir de réussite. Il était légitime de le prévenir afin qu'il ne pleurniche pas ensuite, devenu rien du tout, si tant est qu'on puisse devenir si peu, quand elle lui enverrait un faire-part pour lui annoncer qu'à force de déceptions leur relation était définitivement terminée.

Malheureux en amour.

Un avertissement pour lui éviter de se laisser aller à la passion et au chagrin, deux imbécillités susceptibles de ralentir la progression d'une carrière. Pas le genre de femelle à abandonner son petit aux griffes de consœurs qui ne l'auraient ni porté, ni langé et, d'une manière générale, ne seraient pour rien dans sa fabrication ni dans son rodage. Pour résumer la chose, on pouvait la comparer à une mère clairvoyante et sans pitié qui ne cache pas à son enfant qu'il est laid afin de l'orienter vers un fier et courageux célibat.

Dommage qu'elle n'ait pas détruit l'horoscope avant son décès.

Je l'ai retrouvé au fond d'un carton de déménagement qu'on avait rempli à ma place. Un petit bout de journal qui après toutes ces années n'avait pas jauni. On ne précisait pas qui était la princesse dont je ne sais toujours rien aujourd'hui, mais il était écrit que tous les vivants nés comme elle à midi auraient un destin *hors-norme* – ce serait chipoter de signaler qu'elle avait préféré dire *hors-série*. Madeleine avait souligné en rouge cette prédiction et de la même encre avait inscrit en marge, *comme Régis*.

J'appelai Anne pour me vanter de ma trouvaille. Elle a aussitôt une idée que je n'aurais sûrement jamais eue. En effet, quand je crois avoir saisi la substance d'un document, j'en imagine la suite sans prendre la peine de le lire jusqu'au bout. Du début de l'articulet, j'avais donc déduit la fin.

Tu as lu la suite ?

Ah, non.

J'ai allumé une lampe car le jour tombait et j'ai lu, hélas.

Ils auront une vie sentimentale heureuse.

Madona, salaude, tu m'as trahi.

Assumer nos parents comme on revendique nos enfants. Les secourir, les nourrir, les soigner, les accompagner dans la mort, les enterrer. Nous pardonnons à nos gosses. Il n'y a pas de faute sur laquelle, au bout du compte, on ne puisse passer. Des fautes banales, sans graves conséquences, des petits mensonges, mais si on s'apercevait un jour qu'ils nous ont trahis, nous finirions par les absoudre sans attendre de leur part le moindre repenti. Et puis, au-delà de la générosité, de la mansuétude, avec les années on a compris que la rancœur est une douleur.

Nous sommes assez dévoyés pour chipoter notre indulgence à nos parents. Avec le temps, nous leur pardonnons parfois des injustices passagères, des cris, des mensonges, à condition qu'ils les aient reconnus, et par ce simple aveu aient demandé notre pardon. En revanche, nous ne leur remettrons jamais les fautes commises envers nos propres enfants, une façon commode de s'appuyer sur eux pour s'accorder le droit, le plaisir légitime – qui sait – de les haïr un peu. Mais il n'est pas dans l'ordre des choses d'être trahi par eux. Sous la torture, on n'imagine pas qu'ils nous donneraient. Même si contrairement à la légende, sous la torture tout le monde parle et que, du reste, nous doutons fort de notre héroïsme en pareille circonstance.

Une trahison dès le début de ma vie, renouvelée tacitement au long des années, à chaque rencontre, à chaque parole, mêlée à la séparation, à l'absence. Une trahison continuelle, continue, et jamais ce remords qui pousse aux aveux. Il faudrait prétendre cette Madeleine inconsciente de sa faute, de l'ébranlement du psychisme de son enfant. Il faudrait admettre que cette trahison est le symptôme d'une folie dont, par définition, elle ne serait pas responsable. Le problème, c'est que même en faisant tous mes efforts, je n'arrive pas à m'en persuader. Des parents fous se voient de loin, les proches le constatent, et on prend très tôt conscience de leur cinglerie.

D'ailleurs, mieux valait Madeleine que rien. Il est une crapule le fils qui est tombé assez bas pour le faire remarquer.

C'est par hasard que j'ai eu connaissance de ses infamies, il est logique de penser qu'il en existe beaucoup d'autres dont je ne saurai jamais rien. L'une d'entre elles pourrait justifier sa crainte de l'au-delà. Lisant ce livre, quelqu'un peut-être me contactera pour me mettre la mort dans l'âme en m'envoyant la preuve accablante de quelque horreur par elle perpétrée. Il me faudra alors m'infliger une longue rééducation pour apprendre à l'aimer une troisième fois sans lui tenir rigueur du passé.

D'autres que Madona m'ont trahi, si on ne pardonnait pas à ses parents, ses amis, ses amours, on ne pardonnerait plus à personne. Trahir est beaucoup dire. N'exagérons pas la vie. Nos avatars méritent rarement le vocabulaire grandiloquent avec lequel nous nous les racontons. Le plus souvent, rien de ce qui nous advient ne mérite le nom de malheur, de souffrance, de catastrophe. Notre tendresse envers nous-même est sans limite. Nous sommes nos bébés chéris, nous nous berçons, nous nous cajolons. La moindre contrariété est une épreuve, chaque déconvenue une humiliation.

Les fourmis ne font pas tant d'histoires.

Alors qu'elles passent leur temps à marner jusqu'à mourir d'épuisement, quand une godasse ne les écrase pas de sa féroce semelle. Que m'advienne une seconde maman, je subirai ses mordillements avec l'indifférence d'un crocodile.

Je te pardonne maman, je ne te pardonne pas, je te pardonne du fond du cœur. Je dois faire preuve envers toi de la mansuétude qu'on est en droit d'attendre d'un fils autrefois choyé. Je te pardonne tristement. Je te pardonne en désespoir de cause parce que je ne peux me passer de toi. J'ai besoin que ton image ne se corrode pas davantage, que les souvenirs de nous cessent de s'assombrir, que je puisse me dire sans réserve que tu m'as aimé autant que je l'ai toujours cru.

Il doit en falloir de la force pour abandonner sa mère. Je veux qu'elle ne cesse de se relever d'entre les morts. Je ne peux faire autrement que t'aimer. J'ai besoin de me blottir. Tu m'attends sur la rive, à tout instant tu me sauves, et jusqu'au bout tu me tiendras la main. Je suis contraint de t'aimer, j'ai peur de l'obscurité, du froid, de l'eau glacée. C'est aimer absolument que d'être obligé d'aimer.

Ce bout de papier, ces misérables mots qui avaient échappé à tous les rangements, à tous les tris.

Oui, mais l'enfant de sept ans en maillot sur une balançoire dont je tiens entre mes doigts la photo. Il s'appelait lui aussi Régis Jauffret, pourtant ce n'est plus moi. Il est un autre, il est devenu l'enfant que je fus, il est à présent mon fils tout autant que je viens de me déclarer père de Madona. Un fils trahi, un fils à qui maman a fait du mal. A-t-il souffert à la suite de la révélation de cet oracle mensonger. Il était trop petit, il était incapable de savoir exactement ce qui se tramait en lui. Il n'avait pas d'arme pour se défendre et je suis triste de le voir si gai debout sur la planchette de la balançoire.

Il ne me parlera pas.

Il ne me voit pas, il n'en reste plus rien. Il n'a pas eu le temps de savoir, pas eu le temps de lui pardonner. S'il avait eu vent de la trahison de Mado, il se serait vite senti coupable de s'être imaginé que la réalité était plus forte que sa maman.

Tu as osé comparer Maman à une preuve de rien du tout.

Maman, maman, je te demande pardon, maman.

Je lui dois peut-être quelque chose à ce gosse. Il faut bien que je le défende avec des mots, des phrases, tout ce qui me tombe sous la main. Qui lui refusera le statut de victime. Si ce livre était un corps, il en serait le sang invisible sous la peau et partout. J'ai envie de lui dire ne t'inquiète pas, petit, je t'aime.

Et si je vous le dis, c'est que vous pouvez me croire.

Quelle famille paranoïaque dont le fils est père de tous les siens. Avec toi, les autres n'existent plus qu'à titre d'affluent de ton ego.

Que pense de lui-même celui qui est persuadé d'être condamné à être malheureux en amour – à être malheureux. Si je m'en tiens à la sécheresse des faits, tout au long de ma vie je n'ai jamais cru posséder la moindre aptitude à séduire. Je pensais pouvoir divertir, amuser, mais quand je tombais amoureux, l'audace de me déclarer me manquait. Dans une société où ça n'était dans ma jeunesse pas l'usage, j'attendais l'initiative de la désirée. Pas de quoi en être réduit à la solitude, au désespoir, à une monastique chasteté. Du reste, je me demande si cette analyse n'est pas controuvée. J'essaie de déduire de cet horoscope mon passé comme d'une ombre au fond d'une tasse, une pythie l'avenir dans le marc de café.

Une sinistre prophétie qui malgré tout a étendu ses nuisances. Un manque de confiance en moi-même. Une tendance à me jeter à corps perdus dans l'humour, le cynisme, le sarcasme parfois pour me faire accepter. Mon obsession des reflets, simplement pour me rassurer, me vérifier. De même ma tendance aux propos empreints de vanité – à l'occasion. Ceux qui croient en eux-mêmes sont simplement orgueilleux et se passent de ces extravagances.

Ces deux derniers paragraphes, je les avais dans un premier temps coupés car je les soupçonnais d'hypocrisie. Je les ai rétablis. Quelle drôle d'idée.

Je suis incapable de croire Madeleine disparue. Le néant ne pourra jamais rien contre elle tant que je serai en vie. Une fois leur mère morte, les enfants l'inventent. Les souvenirs qu'on prend la peine d'échafauder. Je voudrais pouvoir choisir tes matériaux, te reconstruire, te rêver comme toute ma vie tu m'as rêvé. Tu pouvais alors espérer modifier ma trajectoire. Quant à moi, elle est si vaine cette liberté de bouleverser les phrases dont tu es faite à présent. Mère, chimère de mots.

Non, ce nuage de culpabilité, je le souffle et il se délite. Une mémoire neuve, chaque souvenir lavé, repeint, éclairé d'un nouveau jour.

Une vie d'amour. De quoi d'autre. Il faut du courage pour vivre d'indifférence. De la force pour vivre de haine. L'amour est le seul sentiment confortable et flatteur pour celui qui l'éprouve. Aimer, c'est un lourd manteau sous la neige, une brise fraîche dans le désert, une lampe de soleil quand la nuit tombe tôt. L'amour est un bon lit, vous dormirez bien sous sa couette et il n'y a pas pire misère que de ne plus aimer à force de n'être plus aimé par personne.

Pas d'autre choix qu'aimer. Son père, sa mère, ses enfants, leur maman et puis un chien qui vous le rend bien. Vous aimez les victuailles, les vidéos, la musique, jusqu'à la dernière lame de parquet de votre appartement. La pluie est digne d'être aimée, pareillement le vent, la neige dont protège le fameux manteau dont je vous parlais, et comment ne pas tomber amoureux du ciel quand il est bleu comme la layette des bébés mâles de jadis.

Comment pourrais-je me moquer de l'amour. L'envisager avec mépris. Il est l'atome de la joie. Un bonheur sans amour est absurde. Vous non plus, vous n'en voudriez pas. L'amour est le sang du bonheur. Les exploits, les victoires peuvent bien s'accumuler, à ceux qui en sont exclus, le bonheur ne sera pas accordé. Plus que Dieu, ce décrié, notre civilisation est amour. Amour les guerres, amour les chars, amour les bombes, les gens désintégrés, les enfants en bouillie, tout cela sera un jour sanctifié au nom de l'amour. L'amour des vainqueurs pour les leurs, des vaincus pour leurs victimes.

J'arrête de parler de la mort, de moi, de Madelon. J'ai toujours trouvé comique la vie. Moi-même également mais surtout les pauvres gens qui n'en savent rien. Les demeurés ne rient pas davantage que notre copain Dieu dont nous avons fait la promotion tout au long de cet ouvrage. Aimer ? Oui, j'ai pratiqué l'amour, tous les humains le font. Je ne m'en suis guère vanté jusqu'à aujourd'hui. Les professionnels de l'affection, écrivassiers, abbés, politiciens aux yeux mouillés comme vulves et pénis chatouillés, je vous crache en passant ce livre à la figure. Les mots sont des pierres, les phrases des barbelés et que Madeleine vous explose.

Je t'emmène bien loin, Madelonnette chérie. Voyage chaotique sous les bombardements que tu as connus pendant l'Occupation. Mais à partir de cette phrase, je fais serment d'aimer maman de toutes mes forces et même de celles que je pourrai chaparder à droite, à gauche, pour de gré, de force, l'aimer encore davantage. Parce que je veux continuer à vivre dans l'amour. La haine de cette personne dont je suis le dernier représentant ici-bas ne pourrait être rédimée par l'amour des miens, pourtant ils la submergent.

Il suffit d'une goutte de peinture noire pour ternir irrémédiablement toute la peinture blanche de l'univers. Je ne veux pas embrasser mes enfants en laissant sur leurs joues des particules souillées par la détestation de toi. Je ne veux pas qu'un jour ma petite-fille se croie descendante d'une arrière-grand-mère que son fils n'a pas voulu sauver.

J'ai assez ressassé les fautes de Mado. Peut-être pour me rassurer, justifier ces dernières années d'affection mesurée, d'affection tarie. Suis-je assez perfide pour t'avoir condamnée dans le seul but de pouvoir ensuite me rengorger en t'accordant ma grâce. Tu m'as donné pour prénom le génitif de *roi* et je pousse la prétention jusqu'à me prendre pour icelui.

Non.

L'appartement de Marseille n'était toujours pas vendu. Ma fille habita là-bas quelques jours avec des amis. Elle a vu sur la console du vestibule des photos d'une gamine dont on pouvait suivre l'évolution depuis la naissance jusqu'à l'âge de quatre ans. Elle crut qu'il s'agissait d'images d'elle. Je lui appris qu'il s'agissait de celles de la fillette d'une jeune femme avec laquelle j'avais vécu une histoire quelques années plus tôt et qu'à l'époque je lui avais présentée, ainsi qu'à son frère.

C'est une sorte de petite-fille cachée de mamie, voilà bien une phrase que je n'ai ni dite ni pensée.

Madeleine avait eu un coup de foudre pour sa mère, encore nullipare du temps de notre idylle. Elle lui trouvait certes des qualités esthétiques, intellectuelles, mais elle avait surtout à ses yeux le mérite d'avoir une vingtaine d'années de moins que moi.

Depuis ce demi-siècle maudit, elle me proposait de remonter les années en épousant une jeunesse à qui je ferais une paire d'enfants – une façon à son avis de brouiller les cartes, de me faire passer pour le membre d'un jeune couple qui n'aurait qu'à se teindre les cheveux et marcher en sautillant comme un godelureau pour faire illusion.

Cette jeune femme, certes, servait l'ambition qu'elle nourrissait pour moi, mais si elle avait pu découvrir dans ses archives familiales qu'elle était née en réalité une bonne décennie plus tôt, j'en aurais à son avis d'autant plus rajeuni. Une décennie, deux auraient été préférables. Trois ne lui auraient pas déplu, joli couple que cette gamine à la main d'un papi attendant fermement qu'elle atteigne ses quinze ans révolus pour pouvoir la connaître enfin charnellement sans tutoyer la loi.

Le plus avantageux aurait bien entendu été de retenir la future épouse dans le ventre de sa maman, ou même dans les couilles de son père assez débonnaire pour me la montrer à travers la peau fine – vibrionnante comme un têtard. J'aurais eu fière allure en sortant de la maternité avec ma promise dans les bras. Le curé aurait procédé à notre union juste après l'avoir aspergée d'eau bénite. Elle aurait porté ma robe de baptême tout en dentelle aux airs de robe de mariage. Nous serions sortis de l'église sous une pluie de riz, le fracas des vivats et la pétarade des applaudissements.

De fait, ma fille fut surprise de s'être un instant reconnue sous les traits d'une autre. Je ne voyais quant à moi aucun inconvénient à la relation épistolaire qu'entretinrent les deux femmes après notre rupture. Elle me servit d'argument à mon livre, *Cannibales*. Je suis encore aujourd'hui dans les meilleurs termes avec la plus jeune des deux.

Quelques mois après la mort de la plus âgée, elle me dit lors d'une conversation téléphonique qu'elle voulait me restituer le hochet en argent dont je faisais tinter le grelot lorsque j'étais bébé. Un objet sans aucune importance pour moi. Du reste, Madeleine le lui avait donné en toute lucidité et je ne vois pas pourquoi je l'aurais récupéré. Elle ajouta, *je n'en voulais pas, elle me l'a envoyé quand même*. Une sorte de pouvoir qu'elle s'octroyait d'imposer ses bienfaits.

Tu pourrais l'offrir à un de tes futurs petits-enfants.

Je ne sais pourquoi cette perspective ne m'enchantait pas. Elle convenait elle-même que cet objet n'était pas adapté aux normes actuelles de sécurité et qu'elle ne l'avait jamais laissé toucher par sa fille.

Un objet auquel Madeleine attachait une valeur symbolique. Elle aurait rêvé que la fillette soit de moi. Seul l'enfant de Régis était digne d'hériter de son hochet. Par je ne sais quel artifice, de la sorte – à défaut du sang de vierges dont je parlais plus haut – un peu de sang neuf aurait coulé dans mes veines. Il serait de retour le *jeune homme Régis* que par incurie j'avais laissé se dégrader au fil des ans.

Je me demande si Madelon n'a pas montré autour d'elle ces photos. Laissant entendre à demi-mot qu'elle était mon enfant caché. Mensonge délicieux dont elle se pourléchait comme d'un chou à la crème.

J'ai envoyé à la jeune femme en question ces lignes qui parlent d'elle afin d'obtenir son imprimatur. Si j'envoyais cet ouvrage à Madona, m'accorderait-elle le sien. Je n'en doute pas un instant. Une mère magnifique ne refuse jamais l'obstacle, toujours jeune malgré son siècle dépassé, encore pouliche même s'il lui manque des dents pour serrer fermement le mors, elle saute dignement les obstacles pour soutenir son fils. Peu importe s'il va jusqu'à en faire la matière d'une forfaiture. Bien au contraire, une façon de montrer au monde à quel point est mère une maman qui accepte d'être broyée par son enfant pour distraire le public, l'amuser d'elle, la lui faire haïr, tenter d'emporter sa sympathie à force de se poser en victime de cette créature si vile qu'un syndicat matriarcal finira par lui intenter un procès pour dégradation de l'image de marque du genre féminin.

En tout cas, cette jeune femme ne me demanda aucune modification. Elle me signala au passage qu'il ne s'agissait pas de mon ancien hochet mais de celui de Madeleine dont j'ignorais l'existence. Quant au mien, je ne l'ai pas retrouvé dans l'appartement. Elle l'a peut-être offert à une éphémère ex dont je ne me souviens plus.

Quel cynique vous faites, Jau.

Je plaisantais, parole de fils à perpétuité.

À la toute fin de la vie de Madona, un infirmier que j'avais trouvé en arrivant dans sa chambre discutant avec elle d'une douleur diffuse qu'elle ressentait parfois dans la poitrine, me dit au détour de la conversation, *au moins on pourra dire que vous en avez profité de votre maman*. Cette façon de dire *votre maman*, à un adulte inconnu comme on s'adresserait à un enfant m'exaspère.

Je lui ai répondu, *oui, oui, vous avez raison*. Une phrase prononcée sans une once d'ironie dans la voix dont aujourd'hui encore je ne sais que penser. Elle pouvait signifier qu'en réalité je ne regrettais pas notre si longue relation. Après avoir joué les arrêts de jeu, les prolongations, nous avions entamé depuis son entrée à l'Ehpad l'ultime épreuve des tirs au but. Nous tirions ces penalties dans la plus complète anarchie, ratant notre cible et souvent le ballon lui-même. N'empêche, l'infatigable Madelon défendait vaillamment sa peau, même si elle ne savait pas que de toute façon la mort sortirait bientôt de sa manche un carton rouge à son endroit.

Madeleine était lourde à porter pour un seul homme. Elle aurait mieux fait d'avoir une tripotée d'enfants afin de pouvoir se déployer au lieu de garder ses ailes serrées sur moi. Sans doute aurait-elle malgré tout réussi à les rendre tous dépressifs. Toutefois, il lui aurait été impossible de les isoler à ce point les uns des autres qu'ils ne puissent en faire le redondant sujet d'une conversation dont ils auraient connu tous intimement l'objet. À force de ressasser leur épatante mère, certains auraient demandé leur changement d'espèce, leur rétrogradation jusqu'à l'état de requin dont les mères abandonnent leurs petits à la mer sitôt accouchés.

Il fallait que je sois enfant unique pour qu'elle devienne pleinement Mado. Je ne pouvais être né d'une autre. Elle a fourni tous les matériaux nécessaires à ma construction. J'ai sans doute demandé en 1953 à mon père de la rencontrer, à elle de consentir et j'ai exigé d'être conçu. À moins que ce fût en 1943, si je m'en tiens à cette version de leur vie.

Je voulais être précisément l'enfant de ce couple.

Une conception de ma part pleinement consentie, à chaque instant de mon développement j'aurais pu m'interrompre. Tels les vieillards du quatrième âge, fœtus et enfants désespérés réussissent la performance de se laisser mourir en quelques jours. Quand un jeune vieillard a l'audace d'être encore là, il doit s'en montrer fier. Que les honteux de vivre quittent le plateau.

Depuis l'Antiquité, artistes et philosophes ont fait observer que la vie était un spectacle donné pour la jouissance des dieux ou de personne. Il importe de ne pas laisser apparaître le pauvre acteur grelotant sous le costume de papier, mais de pousser jusqu'à l'avant-scène le personnage qu'il représente. Ainsi, je ne suis pas celui qui geint dans cet ouvrage, mais le héros qui fut rêvé par Madona, ce Régis admirable qu'elle me reprocha de mal jouer toute ma vie. Ils sont rares les bons acteurs d'eux-mêmes – si on ajoute les décors dévastés, les metteurs en scène alcoolisés, les pannes de courant, la caméra qui calanche, les ampoules des projecteurs promptes à exploser et on ne s'étonne plus de la déplorable qualité du spectacle que le ciel contemple sans plaisir en clignant des étoiles.

La plainte lancinante du fils ingrat qui place en tête de cortège les fautes de cette Madelon qui fut si tendre, si généreuse, si indulgente.

J'ai peut-être dit le contraire plus haut.

Tout doit être dit. L'image monochrome de ceux dont il ne nous reste plus que l'image. Blanc et noir se répondent, jeu de lumière. Lors de sa dernière veillée d'armes, le fils invoquera sa mère en versant ce qui lui restera de larmes. Je veux vivre, vivre encore, lui criera-t-il doucement de sa voix d'épouvanté.

Vivre encore.

Comme je l'ai écrit avec désinvolture dans un texte des années 2000, alors que l'échéance me paraissait si lointaine et ma mort la plus comique des fictions.

Les souvenirs heureux avec Madeleine ne se réduisent pas au petit nombre que je vous ai exposé. Pour dire le vrai, ma mémoire polluée par sa trahison rechigne à me les livrer. Permettez-moi d'en inventer un. Même s'ils me sont inaccessibles au moment où j'écris ce roman, ceux qui ont existé sont si nombreux, si variés que ce pourrait être l'un d'entre eux et du reste, il le deviendra dans ma mémoire quand je l'aurai écrit. Et puis – souvenez-vous, en d'autres termes, je vous l'ai dit plus haut – ce n'est pas mentir quand, avant d'en tracer le premier mot, l'auteur avertit qu'il va utiliser un artifice très répandu auquel ont eu recours les moins déshonnêtes autobiographes qui jurent au début de leur ouvrage de ne jamais modifier leur passé. Le voilà ce souvenir d'un présent qui n'a pas existé.

Mado disait souvent qu'avant son mariage elle était férue de musique classique. Un gros paquet de microsillons empilés dans une armoire en témoignait. Dans sa manie du rangement, elle s'en est débarrassé un jour, car à son décès je n'en ai pas retrouvé le moindre.

Je n'ai plus la patience.

C'est par ce motif mystérieux qu'elle expliquait son désamour. Il n'est pas difficile d'imaginer qu'elle aurait pu voir ce goût pour la musique s'exacerber en m'entendant pousser mes premiers cris. Ils sont mélodieux les hurlements des bébés à l'oreille des parents mélomanes. Elle aurait alors écouté un concerto chaque jour, hanté les rares salles de concert marseillaises, traînant mon père en voie de surdité à qui ce vacarme aurait donné la nostalgie de son acuité auditive évanouie. Non, elle n'avait pas cette cruauté, les soirs où elle s'échappait, elle lui versait double dose de neuroleptique afin qu'il passe une nuit paisible.

Je grandis.

La musique ne tarda pas à devenir notre jardin secret. Afin de ne pas rendre jaloux mon père, elle avait aménagé nos dix mètres carrés de cave en petit auditorium. Il n'y avait pas de semaine où nous ne nous installions en tailleur sur le tapis afghan qui nous protégeait du contact glacé de la terre battue, pour jouir des violons, des cuivres, des pianos – et les cantates qui charmaient jusqu'aux rats sortants en troupe de leurs terriers pour s'en régaler.

Bayreuth, Salzbourg, il n'était pas question de faire l'impasse sur ces lieux saints. Mon père en était quitte pour dormir une semaine d'un si profond sommeil que, de retour à Marseille, nous devions le secouer pour le réveiller. Il ne tardait pas à constater que sept jours s'étaient écoulés pendant sa sieste. Madeleine de hausser les épaules.

C'est tout ce que tu as trouvé pour nous remercier d'être revenus ?

Il secouait la tête tristement.

Un souvenir qui massacre Fredo. De toute façon, ce petit jeu de phrases ne peut rien pour moi. Une java du dimanche qu'on danse tristement pour oublier le lundi matin. Je dois à présent reprendre ma mère par les cornes. Un élément nouveau va changer pour toujours le cours de cette histoire. Je sais en écrivant ces lignes que je devrais le passer sous silence. Il finira par s'avérer mensonger, cependant même en les frottant à l'extrême, les mensonges laissent derrière eux une auréole. Prenez la suite de ce récit pour l'auréole d'un fourvoiement.

Sentant venir la fin de ma vie, si j'étais la proie de la moindre angoisse métaphysique, j'enverrais quérir un curé.

Demande à l'église Notre-Dame-des-Champs.

Il y en a dans l'immeuble. Je passe en prendre un au deuxième étage.

Une communauté intégriste habite là depuis quelques années. Une demi-douzaine de personnages en soutane qui me toisent avec mépris quand je les rencontre dans l'entrée. Heureusement, je ne me suis jamais retrouvé coincé avec l'un d'entre eux dans l'étroit ascenseur. Je ne sais pourquoi, il me semble qu'il m'aurait violemment attrapé par ma bimbeloterie génitale et aurait tiré dessus jusqu'à l'arracher pour en cuisiner une fricassée avec ses collègues.

Mon épouse ne tarderait pas à remonter flanquée de leur supérieur. Un type jeune pourtant, visage buriné de légionnaire, mains comme des battoirs, dans les yeux toute la sainte haine de Dieu pour les salops de mon espèce. Fornicateurs, blasphémateurs, conteurs d'impiétés.

Il traverserait en trombe le corridor qui mène à ma chambre. L'épouse de lui avancer une chaise sur laquelle il déposerait distraitement son fessier à la raie en fente de tirelire. Elle nous laisserait. Il sortirait de son giron un crucifix en ébène éclaboussé de peinture écarlate.

Je voudrais me confesser, mon Père. J'ai péché.

Vous confesser.

Un ricanement sardonique s'échapperait de son bec de gargouille. Il sortirait des poches profondes de sa soutane tout un attirail d'exorcisme.

Je vais arracher une à une de votre âme damnée les ignominies que vous avez écrites.

Des plaisanteries, mon Père.

Dieu n'a jamais ri.

Il fait apparaître un encensoir de voyage. Il l'allume avec une allumette en cire qu'il frotte sur le bois de la table de chevet. Il le secoue au-dessus de mon visage pour m'enfumer comme un renard dans son gîte.

Je tousse.

De son autre main, il me menace du crucifix. J'étouffe, râcle malencontreusement ma gorge et sans l'avoir voulu j'expulse un épais crachat qui s'étale sur la figurine du Christ. La colère du curé ne connaît alors plus de bornes. Il me glisse un entonnoir dans la bouche, me verse dans l'estomac des litres d'eau bénite qu'il fabrique lui-même en faisant un signe de croix au-dessus des bouteilles de Vittel alignées sur une étagère, destinées à hydrater le malade fiévreux que je suis. Un supplice bien connu au Moyen Âge et que les inquisiteurs recommandaient.

Craignant de me noyer, j'essaie de nager en agitant les bras.

Peu après, ma femme le voit s'échapper de l'appartement. Il dévale l'escalier, claque la porte d'entrée et, par la fenêtre, elle l'aperçoit courant, gesticulant sur le boulevard comme un prêtre de comédie. Quand elle revient dans la chambre avec une assiettée de potage, elle me trouve le cœur transpercé par un pieu. Le marteau d'argent dont il s'est servi gît, tout sanglant, sur la descente de lit.

Tu es mort ?

D'un hochement de tête, je lui dis que oui.

Revenons à Maman-Roman, notre Madona adorée. Impossible de se lasser de cette fille. Amour éternel, ma doudou, ma nymphette. Telle un puceron, depuis ton décès tu te reproduis par parthénogénèse. Le cerveau me gratte, j'ai dû me faire tondre le buisson et adieu ma froufroutante barbe de prophète dont tu avais fait ton nid.

Maman, tu me démanges.

Bref, une parente fort pieuse m'a rapporté que Madeleine lui avait dit quelques mois avant la dernière échéance, *lorsque je serai morte j'irai en enfer*. Je souhaite du fond du cœur qu'elle ne mette jamais un ongle dans un endroit pareil. Mais pourquoi ne s'accordait-elle pas la moindre chance d'aller au paradis ?

Il faut que vous voyiez un prêtre.

La parente a eu beau le dire et le répéter, elle ne répondit pas. Je ne suis pas un acolyte de Dieu, mais il me semble qu'une bonne confession aurait nettoyé cette faute prétendument assez grave pour entraîner sa damnation.

Un prêtre.

La peur d'avouer. Avouer, avouer quoi. Peut-être était-elle coupable d'un crime aux yeux des hommes. Dans ces cas-là, les curés sont tenus d'exiger du coupable qu'il accomplisse sa peine sur cette terre avant de se voir accorder l'absolution. Le brave Jésus, pendant sa crucifixion, promit certes au *bon larron* qui agonisait à sa droite d'entrer le soir-même au paradis, mais seulement quand il aurait subi l'intégralité de son supplice. Sinon, il aurait fait avion de la croix du malheureux qui l'aurait emmenée là-haut où saint Pierre l'aurait accueilli en bougonnant.

Il est des phrases que même le plus vague croyant est incapable de prononcer. Cette phrase définitive m'épouvante. La faire dire par un personnage ne me serait jamais venu à l'esprit. Ce ne peut être un accident de vocabulaire, quand la langue dérape et qu'on se laisse aller à la laisser dire à notre place. Ce ne peut être qu'un aveu.

N'oublions pas qu'elle mentait. Je crois pourtant qu'elle était sincère quand elle prononça cette terrible phrase. D'une façon générale, ses mensonges n'avaient d'autre but que d'essayer de se faire passer pour meilleure qu'elle ne l'était ou de dénigrer autrui. Elle réussissait parfois la performance de faire d'une pierre deux coups. L'histoire de mon cousin abandonné par sa mère et adopté par elle en fait foi.

Et puis, vous vous souvenez, après son opération, j'avais eu la certitude qu'elle était terrorisée par l'enfer. Ironie du sort, c'était à la personne à qui elle s'était confiée trois ans plus tard que j'avais partagé mes soupçons.

Si on m'avait répété cette phrase avant son décès, je me demande si j'aurais osé lui en parler. Je ne parviens en tout cas pas à imaginer ce qu'elle m'aurait répondu. Je ne pense pas un instant qu'elle m'ait confirmé ce propos. Elle n'aurait pas supporté de ternir auprès de moi cette image de bonté qu'elle avait passé toute une vie à peindre.

Si, cependant, elle avait reconnu l'avoir dite, elle aurait réussi à m'en donner une interprétation lumineuse qui l'aurait grandie à mes yeux. Une mère qui accepte en chantant de sauter à pieds joints dans le chaudron pour sauver son fils. C'est probablement ce ragoût qu'elle m'aurait servi, m'assurant qu'on accepte couramment ce genre de marchandage là-bas.

Une mère contre un fils, on atteint quand même le chiffre fixé chaque année par Dieu désireux de ne pas surpeupler le paradis.

Ne te méprends pas Magdalena, je suis atrocement triste que tu sois partie épouvantée. Je t'aime assez pour être terrorisé à cette pensée. Tu deviens plus mystérieuse au fur et à mesure que je me penche sur toi. Comment démêler l'écheveau. Que renfermait ta caboche et comment ta folie était donc foutue.

Pourtant, l'enfer est un lieu décrié aujourd'hui. Ce n'est plus qu'une chaufferie désaffectée où diables et diablotins frigorifiés errent hagards en battant la semelle. Le pape Jean-Paul II est allé jusqu'à écrire, qu'à son avis, il n'y avait personne en enfer, *même pas Judas*. Déjà, les chrétiens les plus hédonistes doutaient de son existence. Une sorte de preuve ontologique inversée. Puisque je n'ai pas en moi l'idée d'un pareil lieu de torture, c'est bien la preuve qu'il n'existe pas. Chaque chrétien a son opinion et répond à cette question avec autant de désinvolture que si on lui demandait s'il préfère les bains de mer au ski.

Quant à moi, je ne parviens pas à m'arracher aux superstitions de mon enfance. Il est vrai que la tante de Madeleine, dont je vous parlais naguère, ne nous a jamais montré d'image du paradis. Elle n'aurait pu être que décevante. Il est si facile de représenter malheur, douleur, angoisse et les mots disponibles pour exprimer le contraire sont rares.

Revenons à madame Mado.

Durant toute ma jeunesse, elle évoquait le paradis sans jamais parler du pays de Satan. Au contraire, elle comptait fermement déposer ses valises dans ce lieu de vacances éternelles le moment venu. Elle n'était pas pieuse, encore moins bigote. Pas le genre à se lever à cinq heures pour aller entendre la première messe avant de partir travailler. C'est à peine si, comme toute la bourgeoisie du quartier, nous allions en famille, le dimanche, assister à celle de onze heures qui permettait de faire son devoir sans se priver de grasse matinée.

Cette messe dominicale à la paroisse du Sacré-Cœur était une occasion de se montrer, de saluer de loin des connaissances, d'entamer une conversation avec un parent qu'on n'avait pas vu depuis longtemps. Après l'office, nous nous arrêtions dans une pâtisserie pour acheter des gâteaux. Quand j'étais petit, j'avais droit à une pochette-surprise, sorte de cornet en carton – rose pour les filles, bleu pour les garçons –, où on trouvait selon son sexe une poupée minuscule, des billes, un soldat de plomb ou une auto en plastique noyés dans un mélange de bonbons et de papier froissé.

Il était bien rare que soient présents des invités au déjeuner. J'ai pourtant souvenir de moments agréables et plus encore. Des déjeuners lumineux puisque même en hiver le soleil éclairait toujours Marseille et transparaissait au travers des voiles des fenêtres. Il y avait un poulet au menu dont on consommait les restes le lundi avec du riz. Manger des gâteaux était un grand plaisir qui n'avait besoin d'être mélangé à aucun autre.

En sortant de l'école, je remontais la rue Paradis. Je passai devant le Moulin doré, dont j'ai déjà parlé pour signaler qu'il avait été construit au-dessus des caves de la Gestapo. Avant l'ère des supermarchés, les bonbons n'étaient pas sur des présentoirs près des caisses pour tenter les enfants.

Se trouvait au fond de la boutique une grande table où étaient exposées toutes les sucreries de la création. Nounours en chocolat, sucettes au Coca-Cola, sucres d'orge en forme de canne, et bien d'autres. Dans l'ensemble, ils étaient tous de couleurs vives et certains étaient même phosphorescents. Quand vous aviez résisté à la tentation de les consommer toute une journée durant, le soir venu, vous les étaliez sur votre lit pour le plaisir de les voir flamboyer dans l'obscurité. Les colorants chimiques ne faisaient peur ni aux industriels ni aux parents, et les enfants n'auraient pu imaginer un bonbon blême.

Votre blême est bien littéraire, monsieur Jau. Vous en faites un usage inconsidéré depuis vos dix-sept ans.

L'entièreté des dimanches comme d'un plaisir. Le matin je me levais tard, il y avait des croissants au petit déjeuner, on m'habillait de vêtements qui me semblaient élégants. La messe, certes, était une corvée et j'attendais avec impatience la communion car je savais qu'alors l'office toucherait bientôt à sa fin. L'après-midi, je jouais seul, mes cousins de l'appartement du dessous étaient dans leur maison de campagne. J'avais l'habitude de la solitude qui ne me pesait pas davantage que la colonne d'air au-dessus de ma tête. Je mens un peu, beaucoup, mais il ne faut pas assombrir son passé. Du reste, j'invente peut-être aujourd'hui cette réserve, mécontent que je fus plus tard de ma condition d'enfant unique mal loti pour résister à Madeleine devenue redoutable avec le temps.

Madeleine, redoutable.

Voilà une phrase à l'emporte-pièce pour parler d'une vieille dame impuissante dans son fauteuil d'infirme. Je ferais mieux de recommencer ce livre en remplaçant notre héroïne par une mère ordinaire, afin de nous épargner cet étalage sanglant sur la page devenue planche à découper d'un boucher. Mado ne se ressemblerait plus. Autant écrire alors sur la mère d'un autre.

Quand j'ai eu une huitaine d'années, l'emploi du temps changea. Je passai désormais le dimanche en tant que louveteau – sorte de scout de moins de quatorze ans –, dans un patronage. Une maison pourvue d'une chapelle, d'une salle de cinéma, d'une bibliothèque, d'une ludothèque au milieu d'un grand jardin avec terrain de foot, de basket, bac à sable de saut et piscine peinte en bleu dont la forme rappelait une grande baignoire.

La piscine est ouverte.

Quand on entendait ce cri, tout le monde de se précipiter, de jeter ses vêtements à hue et à dia, de sauter dedans vêtus des maillots dont nous nous servions ce jour-là de caleçon. Pour la rime, je dirais que nous n'étions que des garçons. Les autorités religieuses considéraient la mixité comme une porte grande ouverte sur le vice.

La piscine est fermée.

Regret de sortir de l'eau si vite. Je ne sais pourquoi la baignade ne durait qu'une trentaine de minutes. Une habitude immuable qui nous semblait une loi dont nous n'aurions pas osé contester le bien-fondé.

Si mes souvenirs sont bons, c'est vers l'âge de douze ans que j'ai commencé à me déplacer à vélo. Si mémorables que soient les chutes, je m'en tirais toujours sans la moindre blessure. Il n'en serait pas de même aujourd'hui. Cette façon d'encourager les personnes âgées à pédaler comme des singes de cirque en respirant la pollution est malveillante. Les séniors de mourir, d'avoir les membres brisés, d'engorger les magasins d'orthopédie.

Je vous ai plus haut parlé d'abus mais je vous épargnerai ces pages sempiternelles sur mon éveil à la sexualité consentante même si, de fait, j'ai évoqué plus haut ma *première fois* – elle est d'ailleurs purement fictionnelle – sans toutefois m'attarder sur l'organique. Je ne dirai rien de ces fameux plaisirs solitaires adolescents – ou même beaucoup plus précoces – dont, nous autres écrivains, bassinons souvent le lectorat comme si nous faisions de la sorte preuve d'audace.

Je n'évoquerai pas la sexualité de l'auteur. La sexualité des autres me dégoûte et vous aussi. Nous éviterons de la sorte la guirlande de forfanterie habituelle de l'écrivain français qui finit sa course en évoquant ses cochonneries de vieillard dont il est fier comme de son goître qu'il prend pour le testicule supplémentaire dont il rêvait depuis le visionnage de son premier porno. Un peu de pruderie dans mon œuvre impudique – dans laquelle, du reste, je n'ai jamais évoqué mes prouesses – un filet de miel sur un couscous pimenté à arracher la gueule.

Malgré tout – je fais dans ce roman un usage abusif de cette expression mais la langue française est économe en vocabulaire alors que paradoxalement elle exècre les répétitions, – je tiens à vous narrer mon souvenir de jeunesse le plus merveilleux. Un baiser. Nuit froide, limpide, ciel étoilé, hiver, pinède, Provence. Je ne l'ai plus revue depuis un demi-siècle mais j'aimerais qu'elle lise ces lignes et attrape au vol – écho du premier, à travers le temps – le baiser voluptueux que je lui envoie à travers le temps. Voilà des propos très factuels qui ne permettent pas d'imaginer la scène. En réalité, je ne m'adresse qu'à elle et point n'est besoin de m'étendre pour qu'elle s'en souvienne.

J'abuse de cet ouvrage destiné au public pour envoyer un message personnel. Je vous prie de m'en excuser. Ce souvenir nous ramène à la sensationnelle, – à l'épatante, disaient nos ancêtres – à l'éblouissante Magdalena. Mon histoire avec cette mignonne ne dura qu'une année. Quand elle commença à battre de l'aile, j'abandonnai aussitôt la partie. L'horoscope en moi faisait son œuvre.

Je vous entends murmurer que grâce à cette rupture, je connus d'autres amours. Il faut se résigner à voir toujours le bon côté des infortunes. Il le sait bien, le fils de cette légendaire maman, entrée grâce à ce livre dans le Panthéon des mères.

Je vous ai raconté la chute de Madelon, son passage par le bloc opératoire et son arrivée à la maison de vieux. Elle aurait cent deux ans quelques jours plus tard. À cet âge certain, elle vivait encore seule dans l'appartement historique qu'habita vingt-deux ans Régis Jauffret. Elle se couchait à trois ou quatre heures du matin après avoir regardé la télévision comme une sauvage. Elle ne se réveillait pas avant midi. Elle passait le reste de la journée à récidiver, absorbant des images sans jamais en être écœurée. Elle éprouvait aussi un féroce besoin de lire des livres difficiles qui lui demandaient des efforts.

Avant la mort de mon père, elle ne faisait que feuilleter des magazines et, en vacances, lire à l'occasion un roman policier. Ensuite, on aurait dit que l'inaction était devenue pour elle une torture. Il fallait toujours que son cerveau soit occupé, tourne à plein régime, dévore. Oui, un animal vorace que rien ne pouvait rassasier. Elle semblait avoir peur d'elle-même, de ce moi qui aurait pu se retourner contre elle, comme si elle redoutait dans le désœuvrement de se souvenir d'événements épouvantables qu'elle ne serait pas parvenue à se pardonner.

Deux ans avant sa mort, elle me confia qu'elle pensait intensément, sans cesse, à moi, aux enfants, au reste du monde. Il lui semblait peut-être que ce dernier avait besoin de son soutien pour continuer à tourner. En tout cas, il suffisait de s'approcher d'elle pour la sentir bouillonner sous l'os du crâne, produisant une invraisemblable énergie mentale.

Convenablement captée, elle aurait pu éclairer et chauffer l'Ehpad jusqu'au cœur de l'hiver, alimenter la climatisation poussée à plein régime dès la fin mai afin de limiter les ravages de la canicule qui emporte chaque année son contingent d'âgés. Elle pensait de façon astronomique, un haut-fourneau de la réflexion qui se serait bouché à jamais si elle l'avait laissé refroidir l'espace d'une nuit. Aussi prenait-elle soin de se réveiller entre chaque cycle de sommeil afin de faire fonctionner quelques minutes salvatrices ce cerveau bâti pour électriser l'humanité.

Depuis la mort de mon père, son cerveau devait moudre continuellement, n'importe quel grain aurait convenu. Du grain, des pommes de pin et même des cailloux s'il ne restait plus rien de vivace. Outre cette façon de regarder la télévision de manière obsessionnelle, ses lectures ardues, ses journées devaient être pleines comme un œuf de conversations, téléphoniques, principalement, et faute de ce Régis avare de lui-même, avec Marc. Ils parlaient ensemble plusieurs heures par jour. Il lui relatait toutes les secondes de sa vie, ne reculant pas devant les confessions les plus intimes que Madeleine gobait avec le même flegme que le récit détaillé de ses fuites d'eau et de ses rêves de voyage.

Sa conscience devait être submergée à tout instant. Potins, annonces de décès de proches ou de lointaines connaissances, un bombardement aurait fait l'affaire aussi. N'importe quelle catastrophe aurait été préférable au calme angoissant qui aurait pu régner un instant sur son lac intérieur. Naguère, la vie pouvait être lente, aller son train. Elle acceptait de se laisser trimballer par le tortillard du quotidien sans rêver de ces fusées, de ces soucoupes extraterrestres qui font avancer le temps à grands coups de pied dans son derrière lourd comme une interminable heure de classe. Elle pouvait rester dans un fauteuil à bayer aux corneilles, tergiverser dans l'appartement, chipoter son maquillage dans le miroir de la salle de bains, sans se plaindre, le soir venu, du téléphone qui exceptionnellement n'avait pas sonné ce jour-là, du silence qui régnait dans la rue, la ville, Dieu sait où et d'abord dans la maison dont elle n'était jamais que l'humble contenu.

Une fois qu'elle fut veuve, même l'appartement aurait dû s'envoler, pétarader, être secoué par le mistral sudiste. Mais le sadique logis était resté tel qu'en lui-même. Elle s'en plaignait amèrement.

On dirait un carmel.

Des voisins tranquilles qui possédaient des ailettes à la place des pieds et voletaient au-dessus du sol afin de ne pas faire plus de bruit que des plumes, à moins que le reste de l'immeuble soit depuis peu habité par des drones circulant à travers les pièces en émettant leur trop discret chuchotement d'insecte. Les voitures aux moteurs voilés comme des tambours de deuil, les passants chuchotant pour ne pas réveiller la pluie, le tonnerre enroué, la planète bâillonnée pour étouffer le revigorant bruit des guerres et les hurlements enchanteurs des torturés en musique par des bourreaux d'opéra.

Voilà bien du vocabulaire pour dire que le silence la terrifiait.

L'obsession de mon reflet, comme de leur conscience les moines. Cette façon de se regarder dans les vitrines, les chromes, la cuillère à dessert avant de la plonger dans la mousse au chocolat. Une peur constante de ne pas se trouver à la hauteur, de distinguer un nouveau défaut, une autre imperfection. Bien entendu, l'image est toujours sévère, elle nous présente sous notre plus mauvais angle. Elle reproduit fidèlement notre apparence et c'est bien ce que l'humanité lui reproche.

Cette obsession, je la dois à la femme dont j'inonde ce livre. Mado était dans la préoccupation permanente de son apparence, passant un temps considérable devant la glace de la salle de bains évoquée plus haut qui était vissée au-dessus du grand lavabo mafflu à pied de céramique. Elle s'enduisait la figure, la poudrait, retouchant à tout instant sa chevelure de ses doigts arrangés en peigne, étirant ses lèvres, les rétractant, se massant les joues comme un amant les fesses d'une maîtresse.

Pendant les soixante-quatre années où nous fûmes contemporains, Magdalena ne cessa de commenter mon visage, mon corps, mon habillement. Les derniers temps, sa vue basse brouillait les détails, elle ne distinguait plus que le gros œuvre, la voussure du dos, le ventre un peu rebondi. Défauts que je me suis employé après sa mort à essayer de corriger. Le laisser-aller n'est pas mon fort, la paresse non plus. Je suis *a work in progress*, pas une sieste dans un hamac.

Je fus son prolongement, une sorte d'appendice à elle relié par un cordon ombilical qui avait la faculté de s'allonger au gré de mon éloignement. Si j'avais embrassé la profession d'astronaute, il se serait frayé un chemin hors de la capsule, aurait bravé l'espace sidéral séparant la planète rouge du deuxième étage de l'immeuble marseillais où elle scrutait le ciel.

On ne crache pas sur la matrice qui vous a mitonné pendant neuf mois avec la tendresse d'une babouchka de chez Gogol une soupe au porc fumé. Nous sommes tous sortis d'une drôle de casserole, pas de quoi se plaindre ni fanfaronner.

Parler de soupe, de babouchka, de Gogol, s'accorder le droit de divaguer chemin faisant. Avaler sa mère cul-sec comme une purge pour en sentir le moins possible le goût ne serait pas respectueux. Une mère se déguste à petites gorgées. Fruits rouges, terre, sable, vent d'est, minéraux, saphirs, émeraudes, Madona est un nectar.

Je regrette amèrement de ne pas l'avoir fait incinérer. À la différence du cercueil, l'urne est éminemment portative. En outre, rien ne vous empêche d'en remplir des flacons, des sachets de toile propres à être cousus à l'envers d'une veste ou d'un sous-vêtement. Vous pouvez aussi la mêler à de l'huile d'amande douce et l'utiliser en manière de brillantine. Les usages sont multiples, je résisterai exceptionnellement à la tentation de les citer tous.

De Madeleine j'en ai plein mon cerveau dont par ailleurs, comme du reste de mon corps, elle est avec mon père l'unique autrice. J'avais vu un jour une sorte de psychanalyste dissidente qui vous décortiquait sitôt franchie la porte de son cabinet. Elle décréta que le frère de ma mère était un enfant adultérin. Quant à moi, c'était probable et, de toute façon, mon père était sans doute le rejeton biologique d'un cocher qui avait séduit ma grand-mère pendant que son mari faisait le coup de feu au Chemin-des-Dames.

Cette thérapeute s'appelait Chimène Cercueil – l'an dernier encore elle tenait boutique dans le quartier du Marais. En guise d'ordonnance, elle m'enjoignit d'arrêter de voir Madona. On aurait dit qu'elle parlait de la petite amie d'un adolescent que ses parents rendraient responsable d'une désastreuse année scolaire. L'abandonner, en somme. Pourquoi pas l'exiler en Australie comme une prostituée frondeuse de l'Angleterre victorienne. Rompant avec ma mère, je serais devenu un monstre à la haine fumante comme de la neige carbonique.

Pourquoi, aux alentours de 1982, cessa-t-elle d'aller à la messe ? Mon père venait d'être hospitalisé d'urgence à l'hôpital Saint-Joseph. Les pompiers l'avaient embarqué à moitié mort à sept heures du matin. Il avait passé là-bas trois semaines. On lui avait fait subir tous les examens possibles à cette époque. Comme on ne trouvait rien et qu'il fumait un paquet de Gauloises par jour depuis son service militaire, on rechercha un cancer du poumon avec acharnement. Pas plus de cancer que de beurre en broche. Un cœur de jeune homme, des artères itou et aucun problème au niveau du squelette et des muscles.

Un sourd en bonne santé, bon à vivre autant que Madeleine vécut. Il revint à la maison sans le moindre traitement, le plus léger régime et tout guilleret. Il avait trouvé sa chambre confortable, le personnel aimable, la nourriture parfaite. Il n'était pas fâché cependant de retrouver son fauteuil et ses habitudes.

Pour éviter sans doute de le scandaliser tout à fait, au lieu de se déplacer jusqu'à la paroisse pourtant proche, Madona commença à regarder la messe à la télévision. Il en fut choqué car il avait lu quelque part que le pape refusait de valider cette pratique pour les ingambes. En conséquence, elle était tout aussi pécheresse que si elle n'avait pas du tout assisté à l'office.

Comment donc Alfred se confessait-il. Il devait hurler ses fautes au prêtre agenouillé dans la petite cabane close dont tremblaient les planches. Ses péchés retentissaient dans l'église, effrayant les paroissiens qui attendaient leur tour devant quelque statue de saint. Quand il en avait terminé, le prêtre lui accordait l'absolution d'un signe de croix. Il rentrait à la maison en voletant avec en guise de chapeau son âme légère comme une bulle.

Ce vague manquement de Madeleine est insignifiant.

Au contraire, il est tout à fait signifiant ainsi que vous le constaterez bientôt. En effet, il arriva le 4 avril 1984 que notre pauvre Alfred mourut. À trois heures du matin, il s'était réveillé patraque. Il avait enfilé sa robe de chambre, chaussé ses pantoufles. Il avait réussi à parcourir la distance qui le séparait du salon. Il s'était laissé tomber dans son fauteuil. Il avait allumé une cigarette dont il s'était débarrassé aussitôt dans le cendrier.

Il fut pris alors d'une irrépressible envie de vomir.

Il se releva tant bien que mal. La tête lui tournait. Il ne pouvait plus tenir debout mais son éducation lui interdisait de se soulager sur place comme un goret. Aidé par Madeleine, il se traîna jusqu'aux toilettes. Il rampait, malgré tous ses efforts d'homme dur à la douleur.

Je te donne de la peine.

Mais non, mais non.

Évidemment, il n'entendit pas sa réponse. Elle l'aida à relever son buste pour vomir dans la cuvette. Il rendit son dîner, de la bile et resta haletant, s'accrochant de toutes ses forces au rebord. Il essaya en vain de vomir à nouveau. Il dut reprendre son souffle pendant une éternité avant d'accomplir le chemin en sens inverse plus lentement encore qu'à l'aller, toujours tracté par la vaillante Madelon aussi performante qu'une ânesse.

Peut-être parce que le fauteuil était trop bas, Alfred atterrit sur le canapé. Quand il eut récupéré tant soit peu, Madeleine lui proposa de lui préparer son petit déjeuner. Il murmura, *non*.

Elle téléphona au médecin de famille. Un certain Martin Camelot, vieux rondouillard qui soignait Alfred depuis ses dix-huit ans. À cette époque, les médecins avaient l'habitude d'être dérangés vingt-quatre heures sur vingt-quatre, sept jours sur sept.

Je vais à un enterrement à l'église Saint-Giniez.

Il passerait avant. Elle nota l'information sur un bout de papier qu'elle montra à mon père.

Je vais mieux.

Un vague sourire. Mais contrairement à son habitude, il était avachi. Il clignait des yeux puis les fermait comme s'il s'endormait. Il se plaignit d'avoir très mal aux reins. Il ne voulut pas prendre de cachet.

C'est supportable.

Il appartenait à une génération pour laquelle c'était une honte d'afficher sa faiblesse.

Camelot arriva. Une visite éclair. Il ne prit pas le temps d'enlever son manteau. Il avait oublié sa trousse. Mais c'était un vieux docteur, capable d'examiner un patient à mains nues. Il ne comprenait pas pourquoi mon père avait eu tant de difficultés à se déplacer. Il lui demanda d'un geste d'essayer de se lever. Avec peine, Freddy parvint même à faire quelques pas. Il le tint par le bras pour l'aider à se rasseoir car il vacillait déjà.

Qu'avez-vous comme analgésique ?

Madeleine lui apporta une ancienne corbeille à pain remplie de boîtes de médicaments. Il farfouilla, jeta son dévolu sur un antidouleur légèrement opiacé dont l'usage est de nos jours proscrit. Sans moufter, Alfred avala une gélule avec un verre d'eau. Quand elle parvint dans son estomac, le docteur était déjà dans l'escalier, le dévalant, au risque de se fracasser.

La douleur s'estompa rapidement. Il se risqua à allumer une cigarette. Il en fuma la moitié sans être incommodé. Il se souleva pour attraper *Le Méridional* sur la table basse. Un quotidien XXL qu'il lut à bout de bras comme quelqu'un qui a retrouvé force et équilibre. Madeleine vaquait dans l'appartement. Je suppose qu'elle était pensive.

Elle hésitait.

Elle disparut dans la cuisine. Elle en sortit quelques minutes plus tard avec une tasse de café. Un café dont elle précisa plus tard qu'il s'agissait, d'un *vrai café avec du vrai sucre*. D'ordinaire, il prenait de la chicorée avec un édulcorant et s'en foutait.

Il le laissa refroidir un peu puis l'avala. Il reprit son journal. Il lut quelques lignes avant de s'effondrer sans un mot sur le tapis. Madeleine descendit au premier étage chercher ma tante. Quand elle arriva, Fredo avait déjà la couleur des cadavres.

Pauvre Mado.

Elle rappela Camelot qui était rentré chez lui.

Je vais venir, mais appelez tout de suite les pompiers.

Elle obtempéra. Ils n'ont pas tardé. La caserne était proche. En arrivant, le médecin des pompiers constata le décès. À la demande de Madeleine, le corps fut transporté dans la chambre sur le grand lit. On prit la précaution de lui croiser les mains sur l'abdomen avant que la rigidité cadavérique fasse son œuvre et de l'enrubanner comme un œuf de pâques avant que pende la mâchoire.

Le médecin cocha sans hésiter la case *mort naturelle,* sur le certificat de décès. Une voix dans le talkie-walkie envoya bientôt la troupe à l'angle de la canebière et de la rue Saint-Ferréol où, heurtée par un camion, une moto s'était envolée.

Camelot les croisa dans l'escalier. Madeleine était encore en train de refermer la porte – très doucement, pour éviter de la claquer au dos des visiteurs. Il la repoussa et débarqua dans l'appartement.

Il se rendit aussitôt dans la chambre, posa machinalement sa main sur la veine jugulaire en hochant tristement la tête.

Sincères condoléances, madame Jauffret.

Il expliqua alors que sa mort était due à la rupture de l'anévrisme de l'aorte abdominale dont la calcification avait permis d'être visible à la radiographie lors de son hospitalisation, ainsi qu'on l'avait consigné sur son dossier. Il avait commencé par se fissurer dans la nuit, provoquant une lente hémorragie que, sans tensiomètre, il n'avait pu diagnostiquer lors de sa visite matinale.

Et puis, tout d'un coup, l'aorte a explosé.

Madeleine trouva l'explication à son goût. Elle aurait pu lui demander comment il avait pu établir pareil diagnostic, puisque le matin les symptômes étaient si peu évidents que l'anévrisme ne lui était pas même venu à l'esprit et que lors de sa deuxième visite, Alfred était mort.

Bon courage.

Camelot la salua bien bas.

Elle se retrouva seule avec le mort.

Elle s'assit dans le fauteuil d'ordinaire dévolu à Alfred. La pensée que son cadavre était étendu dans la pièce mitoyenne où elle dormait encore avec au début de la nuit dernière traversa peut-être son esprit. Elle appela un des frères de mon père pour lui annoncer le décès puis elle prévint sa sœur. Les uns appelant les autres, la nouvelle fut rapidement diffusée à toute la famille qui ne tarda pas à débarquer petit à petit. À chaque nouvel arrivant, Madeleine racontait la mort d'Alfred par le menu. Un récit rigoureux sans aucune variante. Contrairement à ses habitudes, on aurait dit qu'elle avait décidé de ne dire que la vérité. Elle ne manquait jamais de répéter, *je lui ai préparé une tasse de café, du vrai café avec du vrai sucre.*

Je ne livrerai pas au lecteur le prochain chapitre sans absoudre Madeleine avant même son commencement car, dedans, certains éléments semblent l'accabler. Relaxer une prévenue avant même les réquisitions est une manière de ne la point diffamer. Pourtant, ce procès dans le procès qu'est déjà cet ouvrage n'aurait jamais dû être intenté. D'aucuns me feront à juste titre remarquer plus tard que, telle la femme de César, Madona n'aurait même pas dû être une seule fois soupçonnée. Horrible fils. Bien que nous soyons la même personne et seuls auteurs de ce livre, je te maudis.

Quelle étrange maman, cette Joséphine. Un dernier pseudo pour Madeleine, Maman, Mado et *tutti quanti*. Je sais bien que ces multiples appellations vous rendent parfois la lecture exaspérante et pénible. Je le regrette infiniment. En réalité, démultiplier l'autrice de mes jours, lui donne un côté burlesque qui préserve cette histoire du pathos. Elle me semble parfois même devenue un authentique personnage de fiction dont il ne restera pas l'ombre quand on rallumera la salle. De la sorte, elle s'éloigne de la personne qui exista et mon sacrilège de l'écrire me semble moins terrible.

J'ai beau avancer, j'ai toujours scrupule à écrire ce livre. Il me semble hypothéquer le reste de ma vie. Peur de regretter à jamais d'avoir trahi Josée. Deux trahisons qui se regardent en chiens de faïence sur la table où j'ai ce matin posé mon ordi. Une réponse à l'horoscope, une réplique, mais je crie à faire trembler les murailles de mon for intérieur que ce n'est pas une vengeance. Se venger de sa mère, je ne suis pas tombé si bas. Mais quelle outrecuidance de publier ce roman pour la seule raison que les écrivassiers publient.

Du fond du cœur, grand merci d'accepter de subir cette myriade de noms qui alourdissent le récit.

Je vous embrasse.

Qui était cette femme. Je n'en aurai jamais qu'une idée lacunaire. Elle avait dû tuer mon père, l'empoisonner. Une mort bizarre. Le matin, ces présumées coliques néphrétiques et puis ce diagnostic tardif alors qu'à moins d'autopsier le corps il était impossible d'en poser le moindre. Un anévrisme de l'aorte abdominale apparu par génération spontanée dont je n'avais jamais entendu parler. Un anévrisme d'autant plus invraisemblable qu'il ne figurait pas sur le dossier médical fourni par l'hôpital Saint-Joseph après le séjour de Fredo là-bas. Je m'en serais souvenu car mon grand-père maternel est mort justement d'un tel anévrisme. Cela m'aurait d'autant plus frappé que la part héréditaire de ce genre de mal étant grande, j'aurais risqué moi-même de périr pareillement.

Un anévrisme calcifié.

On le distinguait donc nettement aux rayons X. Pendant les trois années qui ont séparé son hospitalisation de son décès, pourquoi ne l'a-t-on pas régulièrement radiographié ? Notre, en l'occurrence, franche Joséphine m'avait d'ailleurs confirmé n'avoir jamais entendu parler de *cette histoire-là*. Une décision de ne jamais mentir au sujet du jour de la mort de son mari pour la première fois de sa vie. Par respect, à moins qu'elle se soit crue insoupçonnable de ne pouvoir de la sorte être prise en flagrant délit de mensonge. Un sang-froid à toute épreuve, pas un soupir, aucun tremblement dans la voix et une sorte de calme que je ne lui avais jamais connu.

Pas une larme.

Il est vrai que je ne lui en ai jamais vu verser.

Ces gouttes d'atropine, depuis son décollement de rétine, elle en avait un usage quotidien. Vous ne trouverez trace de la toxicité léthale de ce poison violent que dans le Wikipédia consacré à Agatha Christie à l'alinéa où sont recensées toutes les formes d'assassinat dont elle s'est servi dans ses romans. Magdalena en avait lu quelques-uns à Morzine. L'écrivaine avait souvent recours à l'atropine, si facile à se procurer autrefois où toutes les substances étaient en vente libre et pareillement aujourd'hui quand vous disposez d'une ordonnance d'ophtalmo. Peu à peu, Joséphine avait dû accumuler des flacons supplémentaires obtenus chez le pharmacien par quelque subterfuge. Le deuxième étage du 4, rue Marius-Jauffret, devenu l'antre d'une empoisonneuse assez pourvue pour envoyer tout l'immeuble de l'autre côté du miroir.

J'aurais plutôt mis le poison dans du café qui est naturellement amer.

Paroles d'un légiste au cours du procès d'une stupide crapule qui versait le poison dans la carafe de ses victimes dont il avait auparavant acheté le logement en viager. Des empoisonnements qui passent presque toujours inaperçus, d'ailleurs ce criminel ne fut démasqué qu'à son deuxième forfait. On se demande même pourquoi tant de gens prennent la peine de planter un couteau, de transporter un corps dans une forêt, de le brûler, d'enterrer les cendres et de finir en taule. À partir de la soixantaine et même bien avant, les médecins considèrent que vous êtes assez vieux pour faire un mort et n'ont pas le moindre soupçon.

Arrêt cardiaque. Arrêt cardiaque. Arrêt cardiaque.

Paroles d'une absolue vacuité puisqu'un des plus sûrs diagnostics de mort est bien l'arrêt dudit cœur. J'ai personnellement demandé aux miens de faire analyser mon sang si d'aventure je m'effondrais sans coup férir. Une lubie car je ne soupçonne personne, je vous le jure sur la tête de Clémence Picot. Au fur et à mesure que j'avancerai en âge, il y aura certes plus de probabilités que je m'effondre à jeun de toute substance vénéneuse. J'en conviens.

Mado, mère en série. Elle se multiplie, bouquet de petites mamans miniaturisées avec soin par le réducteur de tête Jivaro de la rue des Saints-Pères. La soupçonner d'avoir assassiné papa est bien la plus infâme des suppositions. Elle vient à l'esprit d'un psychopathe capable de torturer à mort bêtes et gens. Je suis allé plus loin encore dans la vilenie en partageant mes divagations avec les connaissances que je pouvais croiser, avec lesquelles je conversais par téléphone ou échangeais des messages. Des gens souvent bouche bée, gênés par ma supposition. Sans voix. Cependant, j'ai été saisi à la gorge par la réaction de plusieurs personnes qui, non seulement la connaissaient, mais en étaient proches.

Je l'ai toujours trouvée assez froide, fausse. Je crois que tu as raison.

Je ne sais pas si elle l'a tué, mais elle en était capable.

D'autres étaient plus mesurées.

Elle n'aurait jamais eu les couilles de le faire.

Si elle l'avait tué, elle te l'aurait dit.

Une hypothèse pas si farfelue que j'ai déjà envisagée tout à l'heure. Si elle m'en avait parlé, loin d'attendre de moi le moindre reproche, elle se serait pavanée, m'étalant tous les supposés avantages que j'aurais été censé avoir tiré de son acte. Elle aurait souligné la fermeté inébranlable de sa décision, son courage d'avoir osé remplir la tasse d'Alfred de poison au risque d'être confondue, abandonnée par sa famille, sa belle-famille et toutes ses connaissances. En réalité, elle n'aurait pas été sérieusement inquiétée. Le procureur aurait classé sans suite cette affaire. Même l'empoisonnement établi, elle aurait eu beau jeu de prétendre que Freddy depuis des mois déprimé avait fini par se suicider. Sa bipolarité reconnue n'aurait laissé aucune place au doute.

Un crime parfait. Les proches auraient été surpris mais auraient admis son innocence. La meilleure chose à faire, d'ailleurs. Quelle épouvantable idée d'accuser Joséphine, de bouleverser le fils, d'étaler ce scandale dans la presse locale qui s'en serait gorgée. Peut-être que la façade de la rue Marius-Jauffret serait apparue aux actualités de la chaîne régionale. Une reconstitution, et Mado de ressortir ensuite de l'immeuble menottée entre deux gendarmes comme quarante ans plus tôt son mari entre deux gestapistes.

Je me serais senti coupable de ne lui être pas assez reconnaissant d'un pareil sacrifice. Une mère qui, malgré certaines peccadilles, avait libéré ma vie comme Staline, Berlin, aurait mérité tout l'amour du monde. Une femme d'exception, aimante à l'extrême. Si elle avait eu la vanité de passer aux aveux dans un quelconque commissariat, sa générosité lui aurait valu certes vingt ans de prison mais par la même occasion la médaille de commandeur de la Légion d'honneur pour son héroïsme de petite maman. Une mère coulée dans le bronze dont on aurait tiré autant de statues que la France compte de mairies. On aurait débaptisé *Marianne* pour la nommer *Madeleine*. Une figure allégorique au nom de gâteau qui aurait mis en appétit les gosses et dont la seule évocation ferait rêver les petits diabétiques qu'on prive cruellement de douceurs.

Une mère capable de modifier à son gré la réalité.

La grande scénariste, la toute puissante productrice de ma vie. Quand un personnage est sur le point de gêner la deuxième saison, on le supprime à la fin du dernier épisode de la première. Mon père, d'abord utile pour m'éviter de connaître la honte d'être orphelin, balancé sans état d'âme quand j'ai eu largement atteint l'âge où l'être n'est plus un vice, afin de ne pas m'obliger à traîner un handicapé jusqu'à la fin de ses jours.

Elle entendait en plus être la metteuse en scène de ma vie.

J'en serais l'immense acteur dont on tolère malgré tous les écarts, les sautillements passagers hors du scénario et les improvisations qui, sur le moment, paraissent incongrues, avant que des années plus tard on ne s'aperçoive qu'elles ont contribué à faire de son existence un grand film.

N'empêche, il est injuste ce Régis qui accable post-mortem sa Madona. Des accusations improbables, des sous-entendus. Qui nous donnera le trousseau de clés de cette histoire de fous. Voilà bien la dialectique du fils, la diagonale de la maman. Une géométrie en attente de son Euclide, de son Pythagore et consorts.

Encore une fois, pardon ma mère de ne pas t'édifier le temple de tes rêves.

Un fils reconnaissant aurait dû entrer en mèrerie comme d'autres en religion. Vœux de célibat, promesse de ne jamais quitter le carmel familial, de vieillir auprès de toi en te dorlotant si bien qu'à force de bons soins tu aurais fini par me survivre. Une vie pleine comme un œuf de *maman*, la vie stagnante de ce Régis adoré qui ne quitterait jamais la mare de liquide amniotique où nous barboterions tous les deux vaille que vaille tant que la mort ne nous aurait pas séparés.

Ta douleur, quand à l'âge de vingt-deux ans je me suis arraché au cocon pour m'installer à Paris. Mes enfants qui sont nés dix années plus tard. Une mère à ce point adorante aurait dû s'installer auprès du fils. Les joies du pouponnage, du baby-sitting, et plus tard, ces ados qui débarquent sans prévenir pour fumer un joint en douce et vider les bouteilles. On peut comprendre que rien de tout cela ne t'enthousiasmait.

À Marseille, tu menais une plus joyeuse vie. Ces bridges, ces sorties avec mon cousin Joachim et son Marc, tous deux férus de cette vieille dame qui les invitait à dîner chez elle, au restaurant, les recevait dans le chalet morzinois, vendu depuis. Ils l'avaient surnommée – allez donc savoir pourquoi –, la *Princesse des Neiges*. À Morzine, elle émergeait en fin de matinée d'un sommeil de plomb, descendait fièrement l'escalier de bois ciré, s'attablait à la salle à manger pour boire la tasse fumante de café-crème qu'ils avaient préparée pour elle en entendant son saut du lit à l'étage et dévorait dignement les viennoiseries dont ils étaient partis dès potron-minet en courant et en tenue de jogging faire l'emplette au bourg.

Je ne la blâme pas, débarrassée pour toujours de mon père, elle n'allait pas subir à longueur d'année un binôme adorable aussi bruyant qu'envahissant et vivre à l'étroit dans l'étriqué deux-pièces qu'elle aurait pu acheter en vendant les cent mètres carrés de la rue Marius-Jauffret.

Princesse, mère de ce gandin qui n'eut ni faim ni froid, ne travailla jamais de ses mains dans le vacarme d'une usine, dans un quelconque atelier, sur un chantier, sous la pluie, dans le froid, sous le soleil brûlant. Les amours, les fêtes, la petite gloriole chaque fois que paraissaient quelque part trois lignes de moi. D'ailleurs, toute mon existence fut heureuse, tranquille, enviable. Il est à blâmer cet humain qui se plaint de sa vie sans tragédie alors que la mort ne l'en a pas encore privé.

Voilà de verbeuses réflexions qui menacent de nous éloigner de Magdalena dont cet ouvrage est le cénotaphe.

Encore Morzine, ce mot attire à lui toute une limaille de souvenirs qui s'étendent de ma naissance jusqu'au jour de la vente de ce vieux chalet en 2017. Tous les souvenirs ne sont pas égaux dans la réminiscence. On n'éprouve pas toujours l'absurde désir de vouloir les revivre ni même simplement de les visionner à nouveau. La mémoire répandue dans le paysage, éparpillée. Certains souvenirs font mal chaque fois qu'ils surgissent.

En voilà deux dont je me sens coupable, ils se situent l'un et l'autre dans les premières années de ce siècle lorsque j'allais là-bas rejoindre Joséphine avec mes deux enfants. Quand nous déjeunions, dînions, grignotions, et, d'une façon générale, consommions la moindre nourriture solide ou liquide, Mado, après s'être sustentée en hâte, me regardait manger. Pour mettre les rieurs de mon côté – quelques-uns d'entre vous appartiennent sans doute à cette confrérie –, elle me dévorait du regard. Elle se goinfrait de mon image et me rappelait ces voyeurs perchés au-dessus de la palissade derrière laquelle officie une travailleuse du sexe, scrutant, jouissant de la vision du coït d'un autre.

Je frissonne encore quand je me revois lever les yeux de mon millefeuille et la prendre sur le fait. Aussitôt découverte, elle scrutait le vide, la télé, les gosses en train de jouer dans le jardin. J'ai fini par lui demander de regarder ailleurs.

Bientôt, tu vas faire un trou dans la porte des toilettes.

Je ne suis sans doute pas allé jusqu'à lui prononcer cette dernière phrase, mais je l'ai priée de s'abstenir dorénavant de me filmer de son regard bleu. Du reste, que faisait-elle de toutes ces images archivées dans sa tête. En tout cas, elle cessa immédiatement cette pratique.

Vous avez raison, un fils moins à fleur de peau n'aurait pas remarqué son manège. L'aurait-il à la longue découvert, il l'aurait considéré avec indulgence comme une marque d'amour dont, ému, il l'aurait sans doute remerciée d'un baiser sur le front.

Allez, derechef la limaille.

À cette même période, quand était venu le jour du départ, Madona se postait sur la terrasse de l'entresol en regardant la voiture lentement démarrer sur le sol caillouteux. Je n'ai jamais vu de toute mon existence un visage plus triste, sinistre, désespéré. Je partais la mort dans l'âme, comme si je laissais derrière moi une famille assassinée après une semaine de tortures et de mutilations. Un homme si fragile, le Jau, que même la pluie le désespère et lui donne envie de se fracasser.

Au fil de la plume, me vient aujourd'hui à l'esprit qu'elle s'installait là pour être vue. Elle s'infligeait à moi. Une bonne torgnole pour la route.

Ma récurrente manie de n'aller point au fond des choses dont je vous ai déjà parlé. Je m'aperçois aujourd'hui que ma lecture du début de cet horoscope se révèle lacunaire. Je viens de tomber par hasard en feuilletant mon téléphone sur la photo de la coupure de presse.

Voilà.

J'ai calomnié Joséphine en prétendant qu'elle m'avait parlé du désastreux pronostic de ma vie amoureuse dès l'âge de cinq ans. Ce ne fut qu'à partir de sept, je la décharge donc officiellement de deux pleines années de salauderie.

Derrière la coupure, elle avait inscrit 5 juin 1962 de la même encre rouge dont elle avait commenté l'avers et vous connaissez tous mieux que moi ma date de naissance.

La chance protégera ses entreprises, mais trop d'ambitions mal définies risquent de nuire à sa stabilité.

Voilà une prédiction dont Madeleine ne m'avait pas parlé, elle s'est pourtant réalisée. J'ai toujours rêvé d'une infinité de destins et je n'abandonnerai jamais l'espoir de les voir éclore. Quant à ma stabilité, elle fut tout au plus celle du surfer entre deux vagues.

Je vous jure sur la tête d'Emmanuel Kant que ce n'est pas volontairement que je tergiverse. Mais l'horoscope n'a pas fini de nous révéler ses replis. Je devrais le lire une fois pour toutes du début à la fin. Je m'en révèle incapable comme d'une façon générale j'éprouve beaucoup de difficulté à faire autrement que survoler les textes écrits à mon sujet.

Une orientation artistique finira par asseoir son prestige.

Il serait fat de me prétendre assis autrement que sur mes fesses si difficilement musclées à force d'exercices, cependant auprès d'aucuns je passe pour avoir une œuvre cohérente et ce n'est pas si commun. Toute une vie pour bâtir cette petite maison de langage dont aucune n'est en pierre de taille. Il suffira peut-être d'une décennie pour qu'elle s'effondre tant ses fondations s'avéreront fragiles. Si je suis décédé d'ici là, peu importe, au contraire, il est bon que les morts fassent place nette pour le confort des vivants du jour. Pourtant, l'idée de m'apercevoir pendant l'enregistrement de mon vol pour l'au-delà que le travail de ma vie était une vaste fumisterie m'attriste. Je ne parle pas tant du dénigrement d'autrui, qui j'en suis sûr me peinerait, je parle de l'impression d'avoir été un escroc.

Basta.

Quand une bicoque langagière s'effondre, ni mort ni blessé ni survivant obligé de vivre sous une tente de fortune avant d'être relogé. Comme vous dites, toute vie est un échec puisqu'elle ne peut plus mal se terminer.

La princesse sera sensible, plus artiste que savante.

Sensible, je ne le suis que trop, pleurant à l'occasion comme une Magdalena, devant les images du malheur du monde mais je ne savais rien de mon inculture. Cependant, il est vrai que je ne suis pas un érudit, un puits de science, quelqu'un capable de raisonner *ex abrupto* sur un sujet historique, littéraire ou philosophique en puisant citations et idées dans sa banque de données cérébrale. J'ai toujours privilégié l'écriture à la lecture, les travaux pratiques à la théorie.

Un horoscope, vous vous moquez. Une feuille de route. Je fus un petit soldat docile qui continue à suivre ses instructions. Qui de la poule ou de l'œuf, je ne le saurais pas mais j'en arrive à soupçonner notre sournoise Joséphine de l'avoir écrit. Quand vous avez aperçu par hasard dans un documentaire votre père menotté entre deux gestapistes, vous savez que tout est possible.

Je la vois très bien prendre l'autobus jusqu'au siège du *Méridional,* grimper l'escalier en catimini, alpaguer un journaliste sortant des toilettes en se reboutonnant, lui promettre quelque récompense dont j'ignore la nature, en échange de la publication de ces quelques gouttes de poison et disparaître comme un soupir.

Madeleine, tu ne reculas donc devant rien pour faire éclore le fils de tes rêves.

Madeleine, Madelon, Madona, Joséphine, Mado, Mère éternelle.

En moi tu continues à exister, évoluer, bouger, aller, venir et tu ne cesses de te métamorphoser. Maman mouvante, incertaine et je voudrais désormais n'éprouver que de l'amour pour toi. T'imaginer sans faille, toute puissance et bienveillance comme au temps jadis.

Quand papa est mort, je t'ai appelée. Je t'ai dit, *Papa est mort, maintenant tu es délivrée.*

Une déclaration que prononça Madeleine trois ans avant sa mort. Une déclaration de tueur à gage après l'exécution d'un contrat. En réalité, le jour de sa mort elle m'avait dit, *papa va mal, papa va très mal, les pompiers sont là, il faut que tu viennes tout de suite*. Par ce mensonge tardif, elle me signifiait qu'elle pensait m'avoir délivré d'un fardeau. Elle avait tué le père au nom du fils, commettant de la sorte un crime altruiste dont elle pouvait s'enorgueillir. Si je découvrais un jour son forfait, loin de l'en blâmer, ce fils reconnaissant devrait se couvrir la tête de cendres pour expier l'acte de sa mère dont en définitive il était la cause.

Mon père ne m'encombrait pas. Il vivait à Marseille, moi à Paris. Quand je venais voir mes parents, je disposais de l'ancien appartement de ma grand-mère, mitoyen du leur. Ils ne me rendaient jamais visite à Paris comme si le handicap paternel les empêchait de se déplacer. Elle évoquait toujours la possibilité de venir un jour mais l'assortissait d'une bizarre condition. Elle devrait trouver avant un organisme spécialisé qui se charge de faire visiter Paris à mon père.

Drôle d'idée.

Pourquoi notre athlétique Fredo n'aurait-il pu arpenter Paris sans chaperon ? À titre de promenade, il traversait bien chaque jour Marseille en trottant. Tout autant que ses jambes, son cerveau fonctionnait, il aurait pu aller voir des monuments, visiter des musées, traîner dans les grands magasins ou prendre un café à une terrasse sans l'assistance de personne. Si par hasard il s'était perdu, il aurait été dans ses possibilités de demander son chemin à un passant, de donner son adresse de résidence à un chauffeur de taxi qui l'aurait amené à bon port. Elle aurait pu aussi sortir avec lui. Tiens, c'est vrai, elle n'y avait pas pensé et moi non plus.

Les derniers temps, il m'arrivait de le regarder et de me dire, *il est insortable.*

M'avoua un jour Madeleine en évoquant Freddy. De fait, non seulement elle se privait d'un séjour parisien, mais elle n'allait pas non plus dîner au restaurant avec Joachim et Marc ni avec quiconque. Après sa mort, tout est devenu possible. Elle s'est accordé le droit de sortir, de monter régulièrement à Paris, de prendre peut-être des amants, des maîtresses dont, dans le cas improbable où ils aient existé, je n'ai jamais rien su, comme si de son vivant son homme l'avait tenue sous le joug. Après la mort d'icelui, la vie lui était désormais devenue un plaisir.

Plus de trente-trois années après les faits, pourquoi notre Madona parla-t-elle d'Alfred à mon fils en visite à la maison de vieux.

À la fin de sa vie, ton grand-père, c'était un néant.

Ce papi tombait du ciel. Elle ne l'avait jusqu'alors jamais évoqué en sa présence et pas davantage en présence de ma fille. Elle aurait pu le faire à maintes occasions, entre autres quand il avait commencé à étudier le piano.

Ton grand-père en jouait si bien.

Il n'était certes qu'un autodidacte dont je crois avoir exagéré les performances dans le livre que je lui ai consacré. Ce n'était pas vraiment mentir, lorsque je fus en âge de me souvenir, le piano dont il n'entendait plus les notes avait déjà été vendu. D'ordinaire, Joséphine savait si bien enjoliver le passé, le décorer comme un arbre de Noël.

Un néant, mais comment voulez-vous assassiner un néant.

Vous ne pouvez même pas l'attraper par la queue pour le rendre à son milieu naturel. Une telle substance ne vit ni ne meurt.

On ne peut accuser une sainte femme sans *habeas corpus*.

En l'occurrence, un corps inaccessible n'en était pas un. Les éventuels stigmates reposaient dans une boîte close pour l'éternité. Impossible de le découper en morceaux pour l'innocenter. Certes, dans le doute, Magdalena devait être relaxée malgré la sévérité de mon jury intérieur prompt à envoyer les prévenus dans un cul de basse fosse.

Désolé de parler encore de Dieu, mais me revient en mémoire une conversation datant de mes quinze ans. J'avais émis des doutes sur son existence. Madeleine m'avait répondu qu'il l'avait toujours aidée chaque fois qu'elle avait fait appel à Lui. Une entité qu'on sonnait en cas de besoin et qui ne faisait pas faux bond. À cette époque, elle ne parlait jamais de l'enfer. Elle me reprochait mon obstination à vouloir lui démontrer son inexistence, car si j'arrivais par malheur à la convaincre, elle se mettrait aussitôt à claudiquer comme une vieille dame à qui un voyou vient d'arracher sa canne. Elle n'évoquait pas devant moi l'envers du paradis avant l'hospitalisation de mon père.

Je crois vous l'avoir déjà dit.

Une coïncidence, pourquoi pas. En avançant en âge on devient froussard, on a peur des voleurs, des assassins, des maladies, de la ruine et elle qui n'avait peur de rien de tout ça, s'était mise à craindre l'au-delà. Du reste, il suffit de penser à ce double mot pour être épouvanté. En les traçant sur ce cahier à carreaux, je vois dans le reflet de la vitre mes cheveux se dresser. On devrait les bannir, une langue positive, optimiste ne doit pas effrayer celui qui la prend en bouche.

J'aurais dû oublier Joséphine rapidement. A-t-on le temps de pleurer ses parents. On vit dans une bousculade, les instants s'entrechoquent, on saute les obstacles, le passé nous efface à chaque instant, nous nous précipitons sans cesse pour survivre. Il faut avoir des loisirs pour pleurer, laisser couler ses larmes, les goûter, les savourer, en réclamer encore à ses yeux surmenés. C'est douillet le chagrin, on se roule dedans, édredon, couette, plumes d'oie. Se montrer généreux au point de gaspiller quelques mois de sa vie à l'affliction. Je ne l'étais certes pas assez. Au contraire, je refusais de m'attarder. Toujours avancer, s'agiter, compétition, challenge contre personne contre rien contre moi évidemment. Je courais pour te prouver ma hargne à réussir, enfin de devenir ton fils. Même ta mort ne pouvait me servir de prétexte à paresser pour pleurnicher à ta santé.

Tu allais jusqu'à investir ma conscience et prendre des décisions à ma place.

J'aurai été follement aimé par une folle. Une femme double, perverse, malveillante. Je n'aurai jamais tout à fait conscience du mal qu'elle m'a fait. Je blasphème, elle me donna le bonheur. Elle m'a possédé dans les deux sens du terme. Comment lui en vouloir, si elle ne l'avait pas fait, ma destinée aurait été différente mais rien ne dit qu'elle aurait été plus affriolante.

Cette peur de la voir mourir, cette obligation de devenir davantage, cette malédiction. Je les ai surmontées vaillamment. Courageux petits soldats, les enfants bousculés. Ils ne veulent pas tomber, faillir, ils se propulsent. Ils savent qu'il leur faudra lutter et que l'avenir les attend sans aménité aucune. Ils se fortifient à chaque pas, deviennent des adultes plus solides que les autres.

Monsieur Jau, vous êtes solide comme un œuf frais sortant du cul de la poule.

La branlée du réel, les événements vous cassent la gueule. Madeleine dont la rédemption tarde. Je sais pourtant depuis de nombreuses pages que ce livre ne doit pas avoir d'autre objet.

La tremper dans le Jourdain.

La purifier, effacer son passé, la baptiser une deuxième fois. Madeleine redevenue vierge de tout péché qui aurait pu avouer les fautes commises par celle qu'à présent elle n'était plus. Dis-moi, le pire vaut mieux que ton silence. Ton visage fermé, tourmenté, ta peur. Je voudrais recommencer notre histoire d'amour, t'embrasser, te prendre dans mes bras, à moins que ce soit toi qui le fasses les soirs où je serais redevenu trop petit pour t'enserrer.

À l'hôpital, tu m'avais demandé de te tenir la main.

Un contact avec ton fils, avec la vie plutôt, tandis que tu voyais la mort, la chute, la flambée. S'accrocher, ne pas lâcher prise, se tenir à moi comme à une bouée. Être reliée à un vivant, à la chaîne des vainqueurs à qui la vie terrestre paraît encore éternelle.

Ma main que je t'ai prêtée avec réticence, avarice. Une main inerte, molle, une main de salaud. Ton pouce faisait des cercles sur la paume, caresse que je supportais sans éprouver la moindre tendresse pour cette femme qui m'avait si souvent réconforté. Je regrette aujourd'hui mon absence de générosité à ton endroit. Toutefois, si le passé recommençait, ce serait sans doute le nietzschéen retour du même. Nietzschéen, quelle phrase élégante pour évoquer un épisode aussi sordide. Le philosophe aurait ajouté, *Amor fati*. Tous les subterfuges sont bons à prendre pour ne pas se haïr soi-même.

J'ai oublié de vous dire que le caveau familial étant en réfection, Alfred avait, dans un premier temps, été enterré dans celui d'un oncle. Un an plus tard, on avait procédé à son transfert auquel seule Madeleine avait assisté. Le noir Régis est allé jusqu'à imaginer qu'en réalité elle l'avait à ce moment-là fait incinérer afin de ne laisser aucune trace de son forfait. L'administration du cimetière Saint-Pierre m'a détrompé, mon père reposait bien dans notre tombeau rénové comme nous l'allons voir tout à l'heure.

Il est bien pourri, ce fils, d'avoir soupçonné d'un homicide sa maman. J'en conviens avec vous. Mais voilà qu'au fil d'un chapitre rocambolesque, le très Jauffret Régis va innocenter Madona à jamais et lui redonner tout son éclat de virtuose de la méritude. Elle a été trop longtemps maltraitée dans ce livre dont je fais parfois le cauchemar qu'il n'est rien d'autre qu'un pamphlet.

Deux mois après la mort de Madeleine, j'ai invité à déjeuner un avocat de mes amis. Il me factura fort cher le temps qu'il passa à avaler son entrecôte et ses verres de bordeaux.

Je voudrais faire exhumer le corps de mon père.

C'est trop tard.

La rapide consultation d'un site juridique lui confirma l'existence d'un délai de prescription interdisant toute exhumation au-delà de trente ans.

Tu peux éventuellement soudoyer des croquemorts.

Dans toutes les professions, on trouve toujours des malhonnêtes prêts à la plus illégale des expéditions en échange d'une enveloppe dodue.

Mais, je ne te le conseille pas.

À moins que, pour des raisons particulières, je sois tenté par un séjour romantique aux Beaumettes. Un instant tenté par cette idée rocambolesque, je l'avais déjà exclue au moment du café, peu enthousiaste à l'idée de profiter des délices de la prison phocéenne après avoir connu jadis les joies de la Santé.

Je vous raconterai cet épisode plus loin dans ce récit.

Le hasard fit qu'un mois plus tard décéda une parente éloignée. Si éloignée que je n'en avais jamais entendu parler. C'est un coup de téléphone de son fils à la recherche d'une copie du titre de propriété du tombeau qui me l'apprit.

Je suis peiné par la mort de votre maman.

Vous la connaissiez ?

Quand j'étais petit, elle visitait chaque semaine ma grand-mère et m'apportait une part de tarte aux pommes. Pauvre femme que je ne connaissais ni des lèvres ni des dents.

Je lui demandai à quelle date étaient fixées les obsèques.

Le 5 mars, quatorze heures.

Je serai là.

Ému, j'allai jusqu'à lui dire, *je vous embrasse,* avant de raccrocher.

Le jour dit, gare de Lyon, TGV, arrivée à Marseille à quinze heures sous un soleil de printemps. Le même hôtel dans lequel j'étais descendu pour les obsèques de Madeleine. Lever le lendemain en fin de matinée, déjeuner au grand air à la terrasse d'un restaurant au bord de l'eau. Arrivée trente minutes à l'avance devant le cimetière Saint-Pierre. Je vois passer plusieurs fourgons mortuaires. Après le portail, ils roulent au pas, suivis par les proches du mort dont certains en profitent pour sautiller afin d'améliorer leur bilan cardiovasculaire. Faute de connaître mon lointain parent, l'enterrement m'était peut-être déjà passé sous le nez.

Un véhicule étonnamment long, chargé de gerbes et de couronnes apparut à 14 h 09. Une petite foule venue de nulle part se forma dans son sillage. Un homme âgé s'en détacha pour venir vers moi. Il avait dû entendre dire que j'étais romancier et il avait regardé ma photo sur le net. Il avait des larmes aux yeux. Il s'approcha en titubant et tomba dans mes bras.

Je suis si touché que vous soyez venu.

Votre mère fait partie de mon enfance.

Dire qu'elle ne m'a jamais parlé de vous.

Il finit par convenir qu'elle gardait sans doute le souvenir de moi dans un de ces jardins secrets qui peuplent la mémoire des humains. Sa femme, recouverte d'un manteau de vison gris et chapeautée d'une toque de la même eau malgré la chaleur, scintillante de bijoux, nous rejoignit.

Voici mon épouse, Agathe-Marie. Ne prenez pas la peine de vous présenter, elle vous a entendu il y a quatre ans à la radio.

Nous avons trotté pour rejoindre le cortège. J'ai reconnu de loin l'affreux caveau familial. On ne sait d'où il vient, nous en possédons une part qui nous donne le droit d'y passer l'éternité mais sur son fronton figure un autre nom que le nôtre. Pourtant, aucun individu portant ce patronyme n'a désormais la moindre part dans cette affaire et personne ne sait rien de lui.

Je n'avais d'yeux que pour les croquemorts, cherchant parmi eux celui qui avait l'air le plus chafouin. J'ai opté pour un maigre brun qui portait la malhonnêteté sur sa figure. À le voir, on pouvait jurer que ce beau métier n'était qu'une couverture. Un probable détrousseur de cadavres allant jusqu'à arracher les dents en or et découper les corps à la recherche des prothèses en métal précieux. Quand il eut terminé son travail, je l'ai suivi jusqu'au fourgon.

Vous pourriez effectuer un travail pour moi ?

J'ai glissé dans la poche pectorale de sa salopette un billet de cinquante euros sur lequel j'avais collé un post-it avec mon numéro de téléphone.

J'ai un CAP de plomberie.

Appelez-moi.

Ah, oui.

Un grand sourire sordide déforma sa bouche. Je m'éloignai. Un de ces collègues semblait avoir vu la manigance, il questionna le type qui pour toute réponse extirpa d'un paquet brun une cigarette et l'alluma sans quitter son sourire dont il semblait fier comme d'une cravate Hermès. Je revins en arrière pour présenter au petit bonheur mes condoléances au public de la cérémonie. Certains qui avaient dû m'apercevoir sur un quelconque média et me prenaient sans doute pour un de ces commentateurs sempiternels des chaînes d'information – médecin ou colonel en retraite – semblaient surpris par mon apparition.

Je me suis approché du fils aux yeux écarlates, aux joues trempées de pleurs, qu'ayant sans doute épuisé sa provision de mouchoir, sa femme tapotait avec sa toque.

Je vous souhaite du courage.

À part le fils, tout le monde avait l'air de s'en foutre et discutait gaiement du cocktail de deuil qui se déroulerait en fin d'après-midi dans un salon de l'hôtel Palm-Beach. Je les ai laissés à leur joie.

Une fois dans ma chambre, la mélancolie soudain sort de son trou, se déploie. Sas, tunnel, grottes, lacs souterrains, morte vie.

De retour des abysses, j'ai une conversation téléphonique avec les correspondants qui consentent à décrocher en apercevant sur leur écran le nom de l'invétéré bavard.

Une logorrhée de solitaire au flux inextinguible dont on se lasse vite d'être aspergé. Une manière pour moi de m'enivrer quand même. Anne en fait souvent les frais. Elle tient jusqu'à cinquante minutes avant de me couper la parole pour m'avertir qu'elle va raccrocher.

Un numéro inconnu, un appel du plombier.

De son passé professionnel, lui restent quelques outils. Il me demande quel matériel spécifique il doit acheter.

Il veut cinq cents euros d'avance.

Les tuyaux coûtent cher, les robinets, ça n'a pas de prix.

J'essaie de le calmer. Il est si volubile que je ne comprends plus rien à ses paroles. Je pousse un cri qui fait sursauter le réceptionniste.

Laissez-moi parler.

Il me faut aussi du gaz pour ma lampe à souder.

Je lui donne rendez-vous le lendemain à treize heures dans un café meublé de formica jaune que j'ai repéré aux alentours de l'entrée principale du cimetière.

Quel café ?

Un café jaune.

Ah, bon.

Je vous envoie l'adresse.

Je dois apporter ma sacoche ?

J'ai raccroché. Je lui ai envoyé l'adresse. Il m'en a accusé réception par un inexplicable *Oui, Da,* venu du fond des âges.

Le lendemain, un Uber me dépose devant le bar jaune à l'heure dite. Le croquemort est déjà là, sa sacoche à outils posée à côté de lui sur une chaise. Je lui détaille sa mission.

Il s'agit du corps de mon père. Je voudrais que vous ouvriez son cercueil avec tout le respect qui lui est dû et que vous me rapportiez une mèche de ses cheveux. Il repose dans le caveau où vous avez inhumé la femme l'autre jour. Je vous donnerai mille euros.

Je les veux tout de suite et mille euros pour la mèche.

Craignant qu'il me dénonce si je brisais là, nous sommes allés en chœur jusqu'au premier distributeur de billets pour compléter la somme que je trimbalais dans ma veste. Il me servit son sourire sordide en empochant l'argent.

Il avait déjà établi son plan.

On entrera par la porte de fer du Chemin de l'armée d'Afrique.

Je ne vous accompagnerai pas.

Ne croyez pas ça.

Il est reparti joyeux, la sacoche virevoltant dans les airs semblait encore plus gaie que lui. Je me suis demandé si j'allais être assez stupide pour faire confiance à ce personnage de BD. Je me suis répondu oui. Je lui ai couru après. Faute de le rattraper, j'ai fendu d'un cri la rumeur de la ville.

À propos, il s'appelle Alfred Jauffret.

Sans se retourner, il a haussé les épaules comme si je venais de proférer une idiotie.

Il me téléphone en fin d'après-midi. Il me donne rendez-vous le soir même à minuit au 35, chemin de l'Armée d'Afrique. Je lui répète qu'il n'est pas question pour moi de descendre avec lui dans la tombe. Il exige que je participe à l'opération.

Si on m'arrête, je ne veux pas être pris pour un voleur.

Ma présence lui permettrait de passer pour un simple prestataire de services. Il risquerait tout au plus un redressement fiscal pour travail dissimulé.

Vous m'attendrez devant le caveau.

Et si je vous donne cinq cents euros de plus ?

Il a raccroché.

Je ne savais même pas où m'adresser pour faire analyser cette mèche tant désirée. J'ai appelé mon coûteux copain avocat. Il a ri en me promettant deux ou trois ans de prison ferme si je me faisais prendre. Il n'a pas essayé de me convaincre d'abandonner ce projet auquel il ne croyait pas une seconde.

On peut déjeuner lundi en huit.

Avec toutes les dépenses qu'entraînait cette expédition, je décidai de faire l'économie d'un ruineux tête à tête.

Je te rappellerai la semaine prochaine.

J'ai des bêtabloquants dans ma trousse à médicaments. De quoi mater le trac lors d'un débat. J'en avale un comprimé. Au moins mon cœur ne battra pas la chamade. Je prends aussi un bâtonnet de benzodiazépine que j'arrose du jus de pomme trouvé dans le mini-bar.

Après une journée lumineuse comme un plateau de cinéma, la pluie tombe.

Je prendrai le métro. Les chauffeurs sont bavards. De nos jours, les professionnels installent dans leur véhicule une caméra à l'objectif en œil de mouche qui filme tous azimuts. Si notre forfait était découvert, un flic amateur de livres pourrait me reconnaître sur la vidéo.

Je prends la précaution de dissimuler mon visage derrière un masque médical. Le col de mon manteau est relevé, ma tête basse et j'avance d'un pas rapide vers la station Vieux-Port. Sur le quai, des Écossais en kilt ivres s'embrassent mutuellement les fesses en se troussant furtivement comme des maniaques.

Je descends à La Blancarde.

Malgré le GPS de mon téléphone, je tourne et erre avant d'arriver par hasard au point de rendez-vous. La rue est déserte. Je me prends à espérer que le croquemort me fasse faux bond et que cette dangereuse équipée en reste là. Il apparaît soudain, cheminant au milieu de la chaussée. Il étincelle sous la pluie drue. Cette fois, il porte une casquette à longue visière de plastique noir sur laquelle clignote l'ampoule prête à mourir de vieillesse d'un lampadaire.

Une porte métallique rouillée à l'abandon. On dirait que personne ne l'a touchée depuis l'antiquité. Le croquemort lui donne un coup de godasse auquel elle résiste. Il sort un marteau et un pied de biche de sa sacoche. Il l'ouvre alors sans peine. Je ne suis pas rassuré. Je regrette qu'elle n'ait pas résisté jusqu'au matin et que nous ne nous en soyons pas retournés bredouilles.

Suivez-moi.

J'avance dans son sillage à petits pas. La lumière de la rue éclaire faiblement les premières tombes. Le reste du cimetière est plongé dans l'obscurité. Nous n'avons pas progressé d'une dizaine de mètres qu'une sirène se déclenche. Un bruit d'abord lointain qui s'étend de proche en proche et nous assourdit. Sans compter que maintenant des projecteurs nous aveuglent. J'imite le croquemort qui s'est allongé sur les pavés boueux. Au bout d'un moment, les projecteurs s'éteignent et le silence revient.

Va falloir ramper.

Il fait demi-tour avec l'agilité d'un ver. Je l'imite tant bien que mal. Nous nous relevons penauds et trempés dans la rue. Je tremble de froid, la pluie dégouline sur mon visage. J'ai survécu de justesse il y a une quinzaine d'années à une pneumonie. Je me dis que la prochaine risque de m'emporter. Le croquemort tente de s'essuyer avec le chiffon graisseux qu'il a sorti de sa sacoche. Il ne semble pas déçu. Au contraire, son fameux sourire apparaît.

Nous nous ferons moins remarquer pendant la journée.

Je ne lui réponds pas. Cette aventure est pour moi terminée. J'aspire à un bain bouillant et une nuit au lit même si je ne ferme pas l'œil. Je rentrerai à Paris le lendemain après-midi. Pour plus de tranquillité intérieure, je finirai par convenir que cette histoire d'empoisonnement était imaginaire.

Le croquemort était venu en voiture.

Aucun taxi, aucun Uber n'aurait accepté de tremper son siège pour m'éviter de mourir de froid en attendant le premier métro. Je m'assois délicieusement à l'abri dans sa guimbarde. On entend maintenant des sirènes. La police a mis longtemps à sortir de son lit. Encore heureux que nous n'ayons pas mis le feu aux tombes, elles auraient eu le temps de se faire crématoriums. Le croquemort ricane, *jamais là, ces flics, quand on a besoin d'eux.*

Il me dit, *à demain*, en me déposant devant l'hôtel. Je grommelle un, *non, non*, qu'il fait exprès de ne pas entendre. Tant pis, je suis trop transi pour insister. Je sonne à la porte, je trépigne. Puis je me précipite à l'intérieur et grimpe en courant la volée de marches qui mène au premier étage où je crèche depuis mon arrivée.

Dix heures du matin, je viens de réserver une place dans le TGV de midi. Le téléphone de la chambre sonne. Un homme dénommé Albert Luciani m'attend dans le lobby. Un faux nom, mais on peut l'appeler Bastien Mercier, pour brouiller les pistes davantage. Je suppose que c'est le croquemort qui vient me réclamer de l'argent. Je préfère qu'on ne nous voie pas ensemble.

Qu'il monte.

Il déboule. Il s'assoit sur le lit. Il porte un bleu de travail délavé. Il en extrait un autre de sa sacoche. Son sourire scintille.

Enfilez-le.

Je rentre à Paris.

En plein jour, personne ne fera attention à nous.

Il était onze heures. Je nageais dans le bleu de travail. Mes mocassins donnaient une note grotesque à mon accoutrement. Il avait garé sa voiture dans un parking souterrain. Son plan était audacieux mais la chevelure de mon père valait le risque. Dans le cimetière, les enterrements se bousculaient comme si, en l'honneur de la prochaine épidémie de COVID, la mort avait décidé de mettre dès à présent les bouchées doubles. Il s'est dirigé tout droit vers le tombeau. La grille n'était pas crochetée.

Entrez donc.

Il a repoussé la porte dernière nous. Il a étendu une bâche sur la grille comme si nous étions venus là pour faire des travaux. Nous nous sommes retrouvés à l'abri des regards dans la pénombre. Il a allumé une lampe qu'il a pendue à un crochet planté au plafond. Le ciment qui scellait la dalle était encore frais. Dix minutes plus tard, il avait déjà les deux pieds dans la tombe. Il était équipé d'une torche frontale qui au gré de ses mouvements éclairait tour à tour les cercueils. Il a fini par disparaître de mon champ de vision. Il furetait sous la voûte, je l'entendais chipoter les bières avec son pied de biche. Il a crié *Joséphine Jauffret*.

Ce n'est pas lui, c'est sa femme.

Il m'a gueulé d'autres noms que je ne connaissais pas puis celui d'un oncle décédé au début des années 2000.

Les autres sont coincés dessous.

Il voulait que je descende dans la fosse pour l'aider à les remuer. J'ai refusé puis je me suis aperçu que je me trouvais terrorisé auprès de lui, suivant fixement le pinceau de la torche qui balayait les cercueils. Impossible d'en soulever le moindre. Nous avons été contraints de les faire glisser sur le sol en exécutant un petit saut au dernier moment pour éviter de se faire briser les orteils. Ils produisaient un bruit sinistre en tombant sur la terre battue. L'un d'eux a vu son couvercle sauter comme un bouchon de champagne. Est apparu un squelette vêtu d'un costume à la boutonnière orné d'une rosette d'officier de la Légion d'honneur.

C'est le dernier tas.

Nous avions dévasté tous les autres. On a fini par trouver le cercueil de mon père dont le placage verni avait sauté. Dessous, des lattes qui n'ont pas résisté à la chute. Sa tête momifiée a roulé sur le sol. Une chevelure qui avait continué de pousser après sa mort, une barbe blanche qu'il n'avait pas de son vivant, des lèvres devenues terreuses et chaussant son nez imposant, sa paire de lunettes à montures d'écaille aux verres poussiéreux dissimulant ses orbites aux yeux sans doute évanouis. Je les ai soulevées, sous la poussière je distinguais le fantôme des pupilles.

Je m'apprêtais à souffler icelle afin de les faire apparaître dans toute leur splendeur. Cependant, au dernier moment, mon corps refusa de m'obéir pour m'épargner une émotion à laquelle mon cœur fatigué n'aurait pas résisté. À moins que ce soit l'âme de mon père, alertée par tout ce raffut, qui se soit laissé tomber du ciel comme une pierre, ouvrant ses ailes au dernier moment pour éviter de s'abîmer sur cette terre impie et de perdre une partie de l'éternité dont il bénéficiait enfin depuis Pâques après trente-quatre douloureuses années de purgatoire.

Il me tenait fermement entre ses serres d'oiseau pour m'empêcher d'accomplir cet acte sacrilège. Il a fini par me libérer et, mû par quelque ressort diabolique, j'ai été propulsé hors de la crypte comme un *jack-in-the-box*. Mon crâne avait heurté le plafond de la chapelle. Je me suis retrouvé inconscient sur le sol.

Le croquemort se mit à chanter.

Le bruit me tira de mon inconscience. Il apparut avec la tête de mon père qu'il tenait par une poignée de cheveux tel un bourreau de la terreur montrant celle de Robespierre à la foule.

Coupez une mèche avec votre tenaille et reposez-la dans le cercueil.

Il me la jeta dans les bras comme un ballon de handball.

Cachez-la sous votre bleu, on croira simplement que vous avez du ventre.

Mais, non.

Il a enlevé la bâche et m'a poussé dehors. J'ai quitté le cimetière ventripotent. Je marchais à fond de train, évitant malgré tout de courir pour éviter de me casser la gueule. De retour dans ma chambre, je l'ai déposée sur la table à écrire. Un rayon de soleil jouait tel un lutin sur l'os de son défunt visage.

Je me suis douché et savonné plusieurs fois. Je me suis couché. Il m'observait derrière ses lunettes poudreuses. Il me semblait que nous échangions un profond regard, ce qui ne nous était jamais arrivé de son vivant. Je ne l'avais jamais autant aimé. C'était la première fois que je l'aimais.

Ce sursaut d'amour finit par m'épuiser. J'avais beau serrer les paupières, je voyais quand même sa tête de mort. J'étais ensorcelé. En sus du fardeau maternel, j'allais passer le reste de mes jours à trimballer dans la mienne l'hologramme de la tête de Fredo.

On a frappé à la porte.

Le croquemort venait récupérer le bleu de travail et encaisser son argent. Je lui ai remis la somme promise. Il y avait deux mille euros dans la poche de ma veste. Je ne me souvenais pas les avoir retirés et de toute façon j'avais atteint l'avant-veille le plafond de débit de ma carte de crédit. Une absurdité insérée dans ce chapitre pour achever de le rendre peu crédible afin de ne pas attirer l'attention de la police à la publication du livre.

Je lui ai proposé une prime pour aller reposer dans la tombe ce crâne atteint d'hirsutisme. Il m'a servi son odieux sourire et s'en est allé.

En fin d'après-midi, à la nuit tombée, je me suis rendu à cette fameuse église du Sacré-Cœur où j'avais assisté à tant de messes dans mon enfance. Elle était déserte. Je portais sur mes épaules la tête de mon père. Il faisait une bosse dans mon sac. J'avais gardé ses lunettes en souvenir de lui. Avec leurs cristallins qui avaient retrouvé leurs brillances d'autrefois, ses yeux me fixaient. Raison gardant, je me suis dit que, vu la légèreté du crâne, ne restait plus à l'intérieur qu'un cerveau tout aussi momifié que ses yeux accumulant en vain des images que lui ni personne ne verrait jamais.

J'ai déposé religieusement la tête de papa dans le bénitier de l'entrée.

Elle se trouva à moitié immergée dans l'eau sacrée. Les prêtres ne plaisantent pas avec la résurrection des corps. Ils lui donneraient une sépulture décente. Peut-être même lui accorderaient-ils un *de profundis* avant l'inhumation.

Je me suis réveillé en sursaut tout à l'heure d'un sommeil mince et léger comme un soupir. Il m'arrive parfois de revivre cette milliseconde de ma vie où j'ai pressé la détente. Un pari à vingt-cinq ans avec une fille folle chez qui j'avais fini la nuit.

Clic.

Impression de ressusciter. Autour de moi, la chambre jonchée de cadavres de bouteilles qui me semblaient resplendir comme des vitraux. Le jour se levait derrière Notre-Dame et, moi, l'insomniaque, j'ai glissé sans coup férir dans le sommeil, une pente douce, une plage de sable tiède.

Je me suis retrouvé en garde-à-vue une heure plus tard. La jeune femme avait eu moins de chance que moi. La détonation, les coups de sonnette impératifs des voisins m'avaient arraché à un rêve peu convenable. J'étais persuadé que je vivais un cauchemar qui s'interromprait à l'instant où j'ouvrirais la porte.

Le rapport du médecin légiste confirma ma déposition.

Je ne sais pourquoi le procureur décida de m'envoyer quand même en prison préventive. Sans doute étais-je tombé sur un père de famille de la vieille école qui voulait donner une leçon à ce gamin qui avait bien failli finir écervelé. Deux mois de détention provisoire à la Santé. Je me souviens de mon transport depuis le commissariat de la Place Saint-Supplice, dûment menotté comme dans un thriller.

Quelque chose de désagréable a dû m'arriver derrière les barreaux.

Soixante et un jours effacés de ma mémoire. Le film reprend dans un bar du boulevard Saint-Jacques. Je n'avais prévenu personne de mon séjour. J'étais sorti seul par une petite porte en acier peinte au minium. J'ai bu un café au comptoir. Le papotage de la clientèle résonnait dans mon crâne comme la bande-son d'un champ de bataille. J'ai passé la journée à rentrer chez moi. Je me perdais dans le métro, me retrouvant au milieu de tours hostiles après avoir grimpé dans un wagon de RER. De retour à Paris, je me suis vu dans un miroir du *Bon Marché* où j'avais échoué. Un peu de sang séché sur mon front, résultat d'une agression dont je ne me souvenais plus des circonstances exactes. En tout cas, je m'aperçus que me manquaient mon portefeuille et mes clés dont l'étui en faux lézard avait dû tenter le voleur.

À la nuit, une âme charitable m'a demandé où je voulais aller.

21, rue des Gardes.

Une adresse en pleine Goutte-d'or. De crainte sans doute de se prendre un cocktail-molotov d'un maquereau ou d'un dealer, certains chauffeurs refusaient la course. Il m'a poussé dans un taxi à qui il a donné vingt francs et qui a accepté de me conduire là-bas sans barguiner.

Je devais avoir l'air halluciné.

La gardienne a étouffé une sorte de cri quand je suis entré dans la loge. Elle m'a donné le double des clés d'une main tremblante. J'ai dormi vingt-quatre heures. J'aurais peut-être dormi davantage si je n'avais été réveillé *manu militari* par l'épouvantable sonnerie des téléphones de l'époque.

J'étais sûr que tu étais mort.

J'étais en taule.

Si tu n'avais pas décroché, je serais morte.

En prison.

Tu es sans pitié, tu le comprendras trop tard.

Joséphine avait trois ans de moins que moi au moment où je publie ces lignes. Autant dire que, vu ma conduite, à cet âge avancé, elle ne s'accordait pas plus d'une semaine ou deux d'espérance de vie.

Viens nous voir, ton père est dans tous ses états.

J'arrivai gare Saint-Charles le surlendemain. J'écrivis à mon père sur son ardoise de sourd que deux jours plus tôt j'étais en détention préventive. Croyant que je me moquais, il a failli me gifler pour la première fois de son existence. Pas plus que mes parents, aucun de mes amis ne me crut. Je n'en ai plus soufflé mot. Je me demande d'ailleurs s'il se trouvera beaucoup de lecteurs pour ajouter foi à ce récit d'enfant gâté tombé tête la première dans un fait divers.

J'ai gardé des séquelles de ce séjour. Depuis, je sursaute au moindre bruit strident. Mes enfants vous diront que je tremble comme une feuille au premier coup de tonnerre. Si elle veut vous amuser, mon épouse vous dira que jadis, un soir d'orage où nous concevions notre aîné, je me suis levé d'un bond et me suis enfermé dans la penderie. Elle m'a retrouvé sous un amoncellement de chemises, de pulls, de manteaux, rêvant qu'on coule sur moi une dalle de béton à l'épreuve de la foudre.

Revenons à notre passionnant récit. Le lendemain, TGV. Tandis que défilaient banlieues déshéritées, villages aux airs de vieille France, forêts et prés où paissaient vaches et bœufs, je me disais que les événements de ces derniers jours avaient si peu de chances de s'être déroulés, qu'ils n'avaient certainement jamais fait partie de la réalité. Mais Victor Hugo n'écrit-il pas en exergue des *Misérables*.

Le lecteur rencontrera deux ou trois circonstances invraisemblables que nous maintenons par respect pour la vérité.

J'avais réellement la mèche de cheveux du père dans une enveloppe aux armes de l'hôtel où j'étais descendu. Peut-être alors avais-je vraiment rencontré ce supposé croquemort dans ce fameux café jaune. Cependant, je ne me vois guère participer à l'expédition. Il avait dû fouiller le cercueil sans moi et m'avait rapporté son butin lors d'un deuxième rendez-vous dans le même troquet. Avec sa bouille de fripouille, aussi bien il m'avait refilé une mèche arrachée à un autre cadavre. Il avait même pu la voler chez un coiffeur. Je me souvenais pourtant nettement de cette descente en enfer où, contre toute attente, je n'avais pas été tourmenté par le fantôme de Madeleine. J'étais donc en droit de supposer qu'elle était trop occupée à se pomponner au paradis pour se préoccuper de cette exhumation lamentable.

De retour à Paris, l'enveloppe s'est perdue dans le désordre indescriptible qui règne dans mon bureau. On dit que les talentueux n'ont pas d'ordre. Dans ces conditions, je dois en avoir tellement, que c'est même injuste pour les pauvres artistes dont l'appartement est tiré au cordeau.

J'avais terminé avant de partir à Marseille la première version de mon livre sur la grossesse de Klara Hitler, mère d'Adolf. Une écriture dont je n'avais pas imaginé à quel point elle serait éprouvante. Je regrettais ce projet mais je n'abandonne jamais une œuvre commencée, tel un rottweiler, quoi qu'il puisse arriver, je ne lâche pas ma proie. Il m'apparaissait en outre qu'il était impossible de parler de Hitler sans évoquer la Shoah. Il en est le synonyme. J'ai entrepris un voyage en Autriche, en Allemagne, en Pologne pour visiter les camps de concentration et d'extermination nazis. Une sorte de douloureux pèlerinage que je pensais avoir le devoir d'accomplir.

Je vous demande pardon d'avoir situé ce voyage quelques mois après la mort de Madeleine. En réalité, je ne suis parti là-bas que deux années plus tard.

L'enveloppe me revint à l'esprit quelques semaines après mon retour de Marseille. Les lunettes reposaient dans un coffret matelassé où ma mère rangeait ses bijoux. Par piété filiale, je n'avais pas osé encore les utiliser. Après un lavage savonné à l'eau tiède, elles rutilaient comme au premier jour. En outre, leur monture classique en écaille sombre, les rendait portables par un contemporain. Un jour qu'elles m'obsédaient, je les ai chaussées en tremblant. Ma surprise fut grande en m'apercevant que les verres étaient parfaitement adaptés à ma vue. Je voyais bien mieux qu'avec les miennes. Une vision à ce point panoramique qu'elle s'apparentait à celle des poissons. La netteté absolue des objets dont on percevait la profondeur, les éléments qu'ils pouvaient renfermer, tel le contenu des tiroirs, des bagages de voyageurs inconnus croisés dans les halls de gare et leurs crânes remplis d'impressions empilées que je dépliais comme des draps.

Muni de cette relique, je pouvais courir à la vitesse d'un autobus au galop. Elles m'auraient même permis de suppléer ma presbyacousie, mais j'éprouve une certaine ivresse à me rapprocher de mon père en perdant, comme par solidarité, un peu d'acuité auditive chaque année.

Avec de pareilles lunettes, il me fut aisé de retrouver l'enveloppe dans mon fatras. Elles ont disparu depuis dedans.

Résultat d'analyse par courriel du laboratoire indien à qui j'avais fait parvenir l'échantillon par Fedex.

Recherche d'atropine négative.

Après trois décennies de cercueil, je ne vous cache pas que je n'ai pas été convaincu pour autant. Il aurait été positif, ç'aurait été la preuve tangible du meurtre. L'absence de toute substance pouvait seulement signifier que le temps avait fait son œuvre.

Je persistais à ruminer cet anévrisme dont je n'avais vu trace dans le compte rendu d'hospitalisation de Fredo. Les recherches administratives s'avéraient d'autant plus compliquées que je n'avais aucune idée de l'année de ladite. Vieux dossiers papier qui n'avaient pas été numérisés et que le préposé en blouse cherchait au fond de la soute de l'hôpital Saint-Joseph avec une lanterne.

Or, quelques mois après la vente, l'acquéreur de l'appartement familial de la rue Marius-Jauffret m'a contacté pour se plaindre d'une malle de fer oubliée dans la cave. Il me prévint que sans réponse de ma part, il la jetterait à la voierie.

Vous êtes très aimable.

À la voierie.

J'eus recours à un transporteur qui la déposa quinze jours plus tard dans le hall d'entrée de l'immeuble. L'ascenseur était en panne. Il refusa de m'aider à la monter chez moi malgré l'offre d'un pourboire.

Pas le temps.

Elle était fort lourde, aucune chance que quelqu'un s'en empare et parte avec en courant. Je suis monté chercher un tournevis et un marteau. Une serrure si rouillée, qu'effrayée, elle s'est ouverte d'elle-même en apercevant les outils.

À l'intérieur, toute la santé de la famille depuis l'avant-guerre jusqu'en 2005, date à laquelle Madeleine avait dû demander à Marc de la descendre. Ne manquait aucune ordonnance, aucun résultat d'analyse. Des strates, plus on creusait plus on remontait le temps. Je n'ai pas tardé à trouver le dossier médical d'Alfred hospitalisé en 1984, du 3 au 20 décembre, non pas à Saint-Joseph, comme je l'avais cru, mais à l'hôpital Sainte-Marguerite.

Dans ses conclusions, le chef de service signalait bien un anévrisme de l'aorte abdominale qu'il qualifiait de calcifié et de préoccupant. Sur la radio, même un béotien tel que moi le distinguait clairement. J'ai plus tard montré le cliché à un ami radiologue. Il fut étonné que mon père ait pu vivre encore trois ans avec une boursouflure de cet acabit.

J'ai décidé de réputer à jamais mon père décédé de mort naturelle.

Le soir de la livraison, dînaient chez moi mes enfants et leur mère. Nous avons attendu minuit pour – nous substituant à l'acquéreur qui, en définitive, n'en avait rien fait – jeter cette malle à la voierie. Nous soupçonnions que se débarrasser sans coup férir d'un pareil encombrant devait être interdit. De toute façon, Madeleine et Alfred étaient morts et enterrés. Sur les documents qui me concernaient, ne figuraient pas mon adresse et il y avait peu de chance qu'on prenne la peine de faire des recherches. Je me suis dit, *pas vu, pas pris*. Peut-être la réminiscence d'un tatouage sur le poitrail d'un ancêtre bagnard dont la famille ne se serait jamais vanté.

Peu importe, des chiffonniers qui remontaient le boulevard l'ont emporté.

Par narcissisme prénatal, j'avais conservé la radio de ma mère enceinte de huit mois qu'on avait effectuée par crainte de me trouver sur les fesses des épines propres à déchirer son corridor intime en débarquant cul devant.

Je savais à présent que Madeleine était innocente. J'étais coupable de l'avoir soupçonnée. Pourquoi alors nourrissait-elle cette certitude qu'elle brûlerait après sa mort. Puisqu'elle ne l'avait pas dite en ma présence, le plus simple aurait été de douter qu'elle ait jamais prononcé pareille sentence. Cependant, la témoin n'avait aucun intérêt à avoir affabulé. Et puis, j'ai toujours pensé qu'il existait des gens dignes de foi. Je l'ai appelée par acquit de conscience. Cette chrétienne accepta ma demande saugrenue de jurer sur la Bible, tel un nouveau président des États-Unis lors de l'*Inauguration Day*. Un *président*, car à l'heure où j'écris ces lignes jamais une femme n'a été élue à ce poste. Idem, en France et en Russie. Pour clore la question, je choisis de penser que notre ahurissante Mado avait prononcé cette phrase par étourderie comme on éructe sans l'avoir voulu dans le salon d'une duchesse.

Il m'arriva de faire analyser mon ADN.

Je l'ai déjà mentionné dans ce grimoire. Le site établissait un réseau de parenté avec les autres clients. J'avais une majorité de gènes anglais qui me venaient sans conteste de ma mère car on m'avait relié à un parent du côté de mon père dont le génome était exempt. On me signalait une nombreuse parentèle en Angleterre. Ces gens étaient pour la plupart enfants de miens cousins. Leur père, leur mère avaient donc le rang de neveu. Ils étaient donc sans conteste issus de mon frère ou de ma sœur qui, né sans doute au début de la guerre, avait pu mourir quatre-vingt-cinq ans plus tard, à moins que cet humain ne se soit pas intéressé par ce genre de recherche. Le site me trouva aussi un petit-neveu en Finlande.

Peut-être avait-elle pondu un enfant illégitime en cachette qui avait été expédié aussitôt dans ce pays glacé où le barbon connaissait un couple stérile heureux de l'adopter.

Donner sans contrepartie son bébé à un couple responsable n'est pas un péché. En tout cas, elle ne pouvait le penser car elle me racontait en souriant que sa grand-mère – sixième enfant d'un couple démuni – avait été promise encore fœtus par ses parents biologiques à une femme stérile mais riche. Elle n'avait jamais trouvé rien de blâmable dans cet échange.

Par l'intermédiaire du site, j'ai contacté récemment les arrière-neveux de mon supposé collatéral au deuxième degré. Je n'ai reçu aucune réponse. Ils avaient pu pourtant comme moi constater notre lien biologique. Ils me prenaient peut-être pour un aigrefin décidé à leur réclamer une part de patrimoine auquel m'aurait donné droit notre commune parenté avec Madona.

Trêve de conjectures, je décidai de prendre une fois pour toutes au sérieux la peur de Joséphine. Un ami pieux m'a conseillé de faire dire une vingtaine de messes par le prêtre d'une paroisse sise dans un département déshérité où les prélats les bradent, tant la population rechigne à grever son budget pour le bénéfice hypothétique d'un parent qui aussi bien mérite les flammes. Depuis la mort de son père en 1990, il faisait dire chaque mois une messe à un prix défiant toute concurrence à – c'est un faux nom – Portin-les-Monts. Le même curé amaigri par le grand âge et la gêne officiait depuis un demi-siècle dans le bâtiment qui menaçait ruine.

Il faudra te déplacer. Ni carte de crédit, ni chèque, pas de billet non plus car il craint l'inflation.

Il n'acceptait que les pièces d'argent ou d'or qu'il faisait tinter dans sa poche avec délectation. Moyennant trois napoléons, il s'engagea à dire une messe par semaine pendant toute une année pour la sortie de l'enfer de l'âme de Madeleine. Il ne doutait pas d'obtenir de la sorte un résultat tangible, même si on sortait encore plus difficilement de l'enfer que du purgatoire où, quoi que puisse dire le Vatican, on pouvait rester jusqu'à mille milliards d'années.

Une paille, comparé au bonheur éternel.

Pour plus de sécurité, cet ami pieux me conseilla de prendre en complément un abonnement *ad vitam* dans un monastère qui citait chaque jour de l'année à l'office du matin les noms des protégés des donateurs. Une longue liste perpétuellement chuchotée par sept moines jusqu'au jugement dernier.

Seulement cinquante-quatre euros versés une fois pour toutes. En réalité, les passeports pour le paradis ne sont pas bien chers.

Si l'âme de l'humain survivait à la mort, sûr que Madeleine aurait cherché un moyen de me contacter. Rencontre du troisième type, message sur mon répondeur, note griffonnée à la hâte déposée sous l'essuie-glace de ma voiture. Je pouvais donc être rassuré, même si certains parvenaient à force d'intrigues à tirer leur épingle du jeu, qu'à leur décès, la plupart des morts rejoignaient le néant et elle ne faisait probablement pas partie des exceptions à la règle.

J'ai laissé mes parents dans l'ombre jusqu'à ma soixante-troisième année. C'est après avoir vu sur cette archive d'Alfred arrêté par la Gestapo que j'ai écrit un livre sur lui et Madelon. En réalité, je souhaitais enquêter, découvrir des traces de cet événement. Je n'ai rien trouvé mais j'ai ouvert l'armoire de fer de mon enfance et je nous ai racontés. En lisant l'ouvrage, mes enfants ont découvert ce grand-père dont je ne leur avais jamais parlé.

Pareillement, si je n'avais pas eu entre les mains cet horoscope, j'aurais simplement laissé derrière moi un cahier noirci comportant le récit de la mort d'une mère, de ses obsèques et quelques réflexions sur l'au-delà qui ne cassent pas trois pattes à Maître Eckhart. J'ai entrepris d'écrire ce livre pour déterminer la vraie nature de Madeleine. Ange, Bête, Sainte, Démon et bien entendu au fond de l'éprouvette ne reste à présent que le précipité d'une femme ordinaire, mère lambda d'un mortel.

Si mon accusation malveillante ne s'était pas avérée diffamatoire, j'aurais pourtant décidé de continuer à aimer Madeleine. Si j'avais tenté de l'empoisonner, de la pousser par-dessus la rambarde de son balcon, si je l'avais blessée à mort d'une balle de revolver, elle aurait continué à m'aimer comme devant. Avec une volée de balles dans la poitrine tirée par leur fils, beaucoup de mères se seraient éloignées du matricide mais j'ai assez de foi en son fol amour pour avoir la certitude qu'elle aurait continué à me chérir jusque sur son lit d'hôpital en passe de devenir son lit de mort.

Se souvenir des joies de notre enfance est la seule façon de sauver notre vie. Notre passé n'est jamais celui d'un autre et nous ne sommes que lui. Immédiat, lointain, qu'importe, nous sommes souvenir. Éviter de jeter le bonheur avec l'eau du désespoir. Refuser de se noyer dans ses abysses. Vivre n'est pas un pur plaisir, c'est du funambulisme – la joie incessante de n'être pas tombé, d'être toujours là, en état d'éprouver, de respirer l'air des vivants.

Rechercher le bonheur, cette hyperbole. Atteindre l'ataraxie nous conviendrait davantage. Mot merveilleux, si peu usité qu'il a gardé intacte toute sa pulpe. Oublier qu'on est perpétuellement en danger de mort, s'inventer la quiétude. Oui, voilà bien une fiction de romancier. S'inventer comme un récit, un conte, un roman. Si l'écriture ressemblait toujours à la réalité, autant s'abstenir d'écrire et mener la vie d'un bovin mais, l'ataraxie, parmi nous autres, mammifères, seul le bovin, peut-être, de temps en temps l'atteint.

Maman, Mère, Madeleine, mon amour quand même, mon amour malgré tout. Mon inéluctable, je t'aimerais même si tu avais massacré, collaboré, même si tu m'avais mutilé, même si tu m'avais trahi dès l'aube. Je me préfère à la détestation de toi, cette douleur qui gâcherait mes dernières années. Comme tu l'as fait de moi, de toi je ferai quelqu'un d'autre. Je te réinventerai. Je serai ton soignant, ablatant tes parties abîmées, t'injectant de puissants remèdes pour venir à bout des derniers miasmes, te réparant, te reconstruisant à chaque instant. Je te modifierai jusqu'à pouvoir t'aimer sans réserve, de tout mon cœur de fils dont ni toi ni moi n'avons jamais soupçonné l'ampleur.

L'amour infini que je te porte, la force que tu m'as donnée d'apparaître, de résister à la tentation de ne pas me relever encore et encore, moi le valseur maladroit sans cesse trébuchant sur la piste. Je n'ai guère qu'une preuve minuscule de ta trahison, si infime que j'en pourrais douter. D'ailleurs, pourquoi une preuve n'évoluerait pas, elle naît, elle meurt, comme nous autres qui sommes assez naïfs pour croire en notre pérennité. Une preuve qui finira bien par tomber malade, par perdre toute crédibilité comme un chauve sa chevelure. La réalité est peut-être un complot destiné à ternir l'honneur de l'étincelante Madeleine. Le devoir du fils est de la frotter pour la faire resplendir avec son mouchoir, sa chemise, son cœur séché devenu doux comme une peau de chamois.

La vie est un collage d'événements, d'idées, de choses dont nous changeons la taille à l'envi. Petit bout de journal, boulette de mots, pourquoi me nuirais-tu encore ? Je tiens aux jours précieux du crépuscule. Je ne suis pas pharaon, je n'emporterai pas dans ma bouche cette coupure de journal comme une momie l'obole. Je trouverai un jour la force d'en brûler le souvenir, les cendres des autodafés intérieurs ont valu à la chair des cerveaux le nom de matière grise.

Ma mémoire de toi sera faite désormais de cette nuit où tu me veillas. Je me souviens de l'obscurité troublée par la lumière du corridor filtrant par la porte de la chambre entrouverte. Je pouvais avoir deux ans, mes dents poussaient et c'était sans doute la plus grande douleur qu'à cet âge j'avais pu endurer. Je me souviendrai à jamais du baume dont tu massais ma gencive. Le miracle de l'apaisement, la toute-puissance de maman. Ton doigt toujours s'imprégnant du médicament, effaçant la souffrance et l'étrange et délicieuse impression que tu me donnais la becquée. Tu étais de plain-pied avec moi, aucune arrière-pensée, et la princesse de cet horoscope était encore à naître. La nuit était orange, de la même couleur que la lumière filtrée par les paupières.

Ce soir encore je ressens ta présence. D'autant plus forte qu'elle est imaginaire. Elle ne peut pas se dissiper puisqu'elle, elle est imaginaire. Je suis fort en imaginaire, j'en ai plein mes cales, j'en sécrète, j'en produis, poudre, fumée, vapeur, la vie surgit et ne la prenez pas pour un rêve. Maman, j'invente ta main sur mon épaule, ta voix, tes mots que je laisse flotter sans chercher à les reconnaître. Une mélodie, une caresse, la paix de la tombée du jour quand j'écoute un chœur de moines chanter du Grégorien, voix venues du lointain du temps qui ont voyagé le long des siècles comme des messages le long de cet infini réseau de câbles télégraphiques sur lesquels, dans mon enfance, à la fin du mois d'août, se posaient des milliers d'hirondelles en partance vers les tropiques.

Maman, tu seras toujours là.

La force de cette certitude bâtie à chaux et à sable. Construire sa mère, une mère solide que rien ne pourra plus renverser. Une mère qui ne mentira plus. Une mère à moi, mon rêve de mère, entre tes bras chimériques je me blottis.

Mère, Madeleine, maman je vous pardonne. Mais de quel droit, cette audace. Pardonner à quelqu'un sans qui on ne serait pas. L'humain remettant ses fautes au dieu qui l'a créé.

Vous m'agacez à me reprocher de trop parler de Dieu.

Des dieux, de Lucifer et des diablotins joueurs telle une portée de chatons. Vive les personnages métaphysiques depuis longtemps dévitalisés. Foi désacralisée, les églises transformées en boîte de nuit, en restaurant casher, halal, vegan, en bordel SM où on donne les verges après confesse comme aux temps médiévaux.

Madelon, ma mère, si tu avais brûlé tes archives jusqu'à la dernière, la vérité ne m'aurait pas été infligée. Je me serais bien passé de cette saloperie, cette obsession contemporaine qui nous fait tant de mal. Nous n'avons pas été conçus pour en supporter la révélation. Aimer assez pour mentir afin de ne pas blesser cette personne tant aimée. Essayer de la protéger de la douleur. Mensonge, mensonge, je te supplie de mentir ma petite chérie et je te rendrai ton mensonge comme une caresse. Le soixante-neuf de l'artifice à l'autre offert, la secourable endorphine que sécrète l'amour. Amour ouaté, confortable, plumes d'oie, soierie, masques et bergamasques pour éviter de montrer son vrai visage buriné par les cahots de la vie et les ecchymoses récoltées au gré des accidents qui se résorbent si lentement qu'on les croit éternelles. Mon amour, je serai dès ton réveil coiffé, douché, souriant, maquillé si tu en as envie, je veux te renvoyer une image qui fasse ton bonheur et te donne envie de vivre cette nouvelle journée sereinement malgré les incidents qui parsèmeront ses instants.

Dites donc, monsieur Jau, vous vous laissez aller à la romance.

J'entends ici rendre grâce au mièvre. Les propos cyniques semblent profonds, des gouffres, des trous noirs. Il est si facile de faire une tragédie d'une histoire d'amour explosée, d'un suicide, d'un crime. Pour sublimer le malheur, les mots sont innombrables. Ils sont rares ceux qui permettent d'évoquer le bonheur, de rouler l'amour à longueur de phrases.

Parler d'amour revient à baragouiner un patois pauvre comme Job.

Il me faut avoir envers la malveillance de Joséphine toute l'empathie du monde. Elle cohabitait avec une méchanceté dont elle n'était pas responsable de la survenue. Cette salaude l'avait prise à la hussarde. Elle était tombée entre ses mains, pas plus responsable de ses méfaits qu'une autre d'avoir été touchée par la grâce. Son amour pour moi était sale, je ne dois pas davantage lui en tenir rigueur qu'à un enfant de blanc vêtu d'être tombé dans la boue.

Elle n'est pas née perverse. Quelque chose a fait qu'elle l'est devenue. Elle ne s'est pas aperçue du sortilège. Elle n'a remarqué aucun changement en elle. Une innocence absolue, une ingénuité. Ce défilé de mots pour dire simplement que je la veux innocente, j'ai besoin de l'aimer et j'irai jusqu'à la mauvaise foi la plus absolue pour nettoyer son image, la briquer, lui donner un air de fête. Je te rédime, maman. J'accepte pour te prouver ma dévotion de naître une deuxième fois. Tu seras ma mère d'élection, je t'aurais choisie entre toutes les mères en devenir. Ce n'est plus une naissance infligée, c'est un acte consenti, désiré, de toutes mes forces espéré.

Maman, je ne peux vivre sans ton amour et surtout sans le mien à toi dévolu. Ce serait si épouvantable pour moi de ne plus t'aimer. La solitude, cette torture et mon père – dans le seul texte de lui que tu n'aies pas détruit – qui écrivait, qu'exceptée la solitude, il n'avait peur de rien. Ce n'est pas une armure, l'amour, c'est notre peau, notre chair et s'il ne circule pas en nous, on troque la vie contre une souffrance dont seuls les héros peuvent s'accommoder. Quel courage de vivre sans aimer personne. La haine est le seul analgésique de celui qui a choisi d'abandonner l'amour. L'indifférence n'existe pas.

Qu'importe d'être aimé.

Cette forme passive du sentiment, c'est aimer qui nous transsubstantie, nous foudroie, nous donne la force d'exister. Que l'humanité continue à ressasser ce mensonge, cette indispensable vérité que, pour exprimer, le langage fut inventé. Il n'y a aucun mérite à aimer. L'amour est notre sang. Il circule, nous irrigue. Sans amour l'humain s'étiole, plante sans eau, elle sèche. Nous ne sommes pas généreux, son absence est une douleur que rien n'apaisera. Qu'importe d'être aimé en retour, comme on vous rendrait la monnaie. La haine est douloureuse à endurer, la haine n'est pas élégante. Nous sommes lâches, coquets, nous aimons.

Nous sommes tachetés, âme peau de tigre dont le cœur de l'humain porte les tavelures. Médiocrité, voilà bien la définition de vous comme de moi. Je t'aime avec les moyens du bord. On aime mal, si mal. Notre amour imparfait égoïste, fait de bric et de broc, de débris, qu'avons-nous d'autre à donner. Nous sommes des créatures toujours inachevées, bousculées, détraquées. Nous serons toujours inassouvis, nous devons nous contenter des miettes de l'amour. L'amour absolu n'est pas de ce monde. Nous disposons de brisures, d'éclats, de bribes. Nous avons besoin de les sublimer, l'emphase, ce microscope qui fait des atomes, des montagnes. Notre amour, semblable à de l'or aux si rares carats qu'il a la couleur du fer dans lequel il est noyé. Nous aimons quand même, nous aimons pourtant d'un amour aussi mal foutu que nous le sommes. Nous aimons, ce n'est pas une fierté, c'est nous.

Remercie-moi, Régis, de t'avoir trahi.

Comme si tu avais le choix, comme si tu avais les tripes de ne pas chérir ta mère. Je t'ai tant aimé, mal, mais tant. Personne ne t'a autant aimé, personne ne t'aimera jamais autant. Comment pourrais-tu me reprocher ma roublardise, ma passion. Je voulais te garder pour moi, je ne t'avais pas fait pour t'abandonner à une autre. Je te souhaitais des histoires fragiles, des ruptures et mon amour éternel recouvrant les gravats de tes couples implosés.

Je t'ai amené en bonne santé à l'âge adulte. J'ai fait mon devoir de mammifère soucieuse de ses petits. Tu n'as pas le droit de me demander davantage. Cette manie moderne d'exiger l'impossible de ses parents même après leur mort.

Arrête de faire de ta vie une tragédie dont je suis la Médée. Tu es un personnage farcesque toujours tentant de t'escalader pour atteindre le ciel. Je t'aime même burlesque et bouffon. Qui d'autre s'en chargera. Tu danses, tu fais le beau.

Cabot.

Tu écris comme on aboie.

Oui, tu as fait ton travail, Madeleine. Tous ces enfants éclatés, mutilés, noyés, affamées qui ont rêvé, rêvent, rêveront de ton amour comme d'un dôme, d'un abri, d'une bouée, de loukoums, de l'eau la plus pure filtrée par le sable de tous les déserts d'Arabie. Grâce à toi, Joséphine, j'ai toujours eu à portée de main le bonheur d'exister. Étendu sur son divan de roi fainéant, souvent ce régis ne s'est même pas donné la peine d'être joyeux.

Les parents nous ont distribué les cartes mais nous sommes seuls responsables de notre jeu. Aucune main n'est assez désastreuse pour empêcher le ponte de gagner le privilège de prendre un jour un bon bain de bonheur – ce mythique sang du Graal de notre civilisation.

On réfléchira donc avant de critiquer son enfance.

Prêche pauvre Jau, pour exorciser ta peur que tes gosses à leur tour ne te claquent le museau avec celle dont avec Anne tu assuras la gérance.

Toutefois, petite daronne, si tu n'avais jamais évoqué cette fausse prophétie, ma vie aurait été bien différente. Il en faut peu pour modifier le cours des choses. Un déménagement, une maladie, un accident – un souffle, petite plume et personne ne pourra dire ce que tu serais devenu.

Sans ce présage, je serais peut-être devenu un de ces bonshommes sûr de lui qui bouscule les obstacles, séduit des femmes qui sitôt quittées se pendent, fait fortune dans la finance et meurt prématurément d'un infarctus à l'âge de cinquante-trois ans lors du krach boursier de septembre 2008, laissant derrière lui des filles, des fils et la pauvre Joséphine éplorée.

J'aurais mené sans joie cette existence.

J'aurais certes pu – avec mon charisme légendaire – devenir président de la République, mais l'exercice du pouvoir aurait dévoré mes journées et j'aurais été trop épuisé pour écrire le soir à la chandelle mes romans – d'ailleurs sans objet.

Je serais devenu un homme merveilleux, un assassin, un régis au carré, au cube, un régis à la puissance Mado qui aurait rétabli la monarchie en France pour le plaisir de se faire couronner.

Je voulais devenir cet homme aujourd'hui en mourance. Je suis ma vie et je n'ai pas vécu celle d'un autre. Je suis ma pensée, ma mémoire, mon cœur, chaque cellule de ma matière. Vous pourriez m'offrir le plus beau régis du monde et tout neuf, je vous le renverrais sans même avoir ouvert le paquet. Les prédictions un peu maléfiques de Joséphine m'ont satellisé sur l'orbite dont je rêvais. Je refuse d'avoir eu d'autres enfants que les miens, qu'ils soient nés d'une autre mère et je tiens à mes défauts, mes maux, mes déconvenues.

On trempe sa cuillère dans l'existence qu'on vous donne en débarquant sur cette planète frais émoulu du néant et on s'attable sans protester même si la viande nous semble coriace et les patates amères d'avoir trop cuit.

Tu finis ton assiette.

Bien sûr maman je vais en mâcher jusqu'à la dernière seconde et donne-moi encore du pain pour saucer le temps qu'il me reste du pain maman de la brioche encore un peu de dessert une fourchetée de gâteau maman du chocolat j'ai encore faim je te jure mon bol est vide maman donne-moi encore une petite heure au caramel à la vanille ou même une minute un peu rance si c'est tout ce qu'il reste dans le frigo.

Magdalena, mère morte qui ne peut plus rien pour son petit en train de passer.

Merci, en tout cas pour ce que tu m'as donné. On a quand même bien travaillé tous les deux, on est arrivé à me donner une existence qu'il suffirait de presser pour en voir sortir çà et là de la joie comme du miel d'un rayon de ruche. Tout est bien, ta trahison était un acte d'amour. Il me faut l'admettre pour te garder. La créatrice est plus grande que le petit créé. Elle est une entité infiniment complexe dont il ne saura jamais les arcanes. Elle a fait tout ce qu'elle pouvait pour lui. Elle n'était pas plus libre d'être ce qu'elle était que le petit Régis d'être devenu moi. Ma vie, voilà, c'est une vie, ce n'est pas un chef-d'œuvre. Et puis quoi encore. Nous sommes des gouaches maladroites, des aquarelles gondolées, des coloriages déchirés, des barbouillages d'ivrognes.

Bientôt, viendra le moment où faute de vivre, je n'aimerai plus. L'appartement sera vidé de moi, des meubles et tout au plus restera perdu sous le radiateur de mon ancien bureau un de ces petits carnets gribouillés que je sème de pièce en pièce. Les maçons, les peintres débarqueront, des cloisons seront abattues, le blanc usé des murs laissera place à du papier peint de couleur. Débarqueront alors d'autres gens qui n'auront aucune idée de leurs prédécesseurs et ne s'en préoccuperont en aucune façon.

Un immeuble haussmannien, plus vieux que maman et papa réunis.

La foule de ceux qui ont respiré dans ces mètres carrés d'habitation, qui ont parlé, mangé, bu, dormi, rêvé, se sont aimés, *et cætera*, bien sûr, *et cætera*. Avant moi, il y avait sans doute une famille car dans la chambre jusqu'à ce que la fenêtre soit remplacée demeurât sur la vitre une décalcomanie de dinosaure. Un des occupants fut une personne de petite taille qui pour plus de commodité fit aménager les lieux. Les poignées des portes sont très basses et un crochet antique destiné à accrocher le pommeau de la douche semble destiné à l'usage de quelqu'un ne dépassant pas le mètre quarante.

Peut-être que certains habitants sont morts subitement sans avoir signalé à leurs héritiers la cachette où ils serraient leur magot. L'antique voisin du dessus, qui vivait ici depuis sa naissance, m'a confié un jour que dans les années 1950 un couple de locataires avait mis à sac l'appartement, délattant le parquet, creusant les parois. Une nuit, ils ont déserté les lieux à la cloche de bois, laissant derrière eux leur mobilier et leurs frusques.

Fortune faite.

Ce voisin que je croisais chaque jubilé est décédé durant la pandémie, sans famille, sans ami. Son corps a pendant deux ans séché au fond de son terrier devant la fenêtre ouverte d'un débarras. Sa retraite avait continué d'être versée sur son compte, ses factures d'être prélevées et ce fut à la suite d'une fuite d'eau qu'un serrurier crocheta sa porte devant huissier. J'ai appris les faits longtemps après. On évacua le cadavre un matin où les habitants confinés sautillaient d'exaspération sur le tapis de leur salon, profitaient de l'heure de sortie impartie par le gouvernement pour faire leurs courses ou, infectés, gisaient au fond de leur lit.

Les commerçants du quartier continueront à vendre sans remarquer l'absence de ce client bossu du sac à dos où il trimballait son ordinateur. Le coiffeur ne remarquera rien non plus. Pas davantage le patron du café où j'écris l'après-midi depuis tant d'années. Je ne serai plus incommodé par l'insomnie, je dormirai et ce sera une métaphore. Les miens parleront souvent de moi, puis parfois et puis à certaines grandes occasions. Ils visionneront de temps en temps des vidéos d'autrefois qui se souviendront encore de moi. À force d'exister, d'être là, on se croit vivant inamovible. Allez, le pathos est bon à nourrir les porcs, je m'en irai en riant comme un âne d'une attaque provoquée par mon hilarité.

Oubliez-moi comme ces blagues ratées qu'à force de vouloir vous amuser il m'arriva si souvent d'inventer. Vous vous souviendrez du papounet comme de ses plaisanteries mémorables qui réussissaient à briser vos chagrins. On s'est aimés.

Je parlais à mes enfants, mais j'avais laissé la porte entrouverte.

Je suis la moitié d'elle. La génétique en est persuadée. Je pars en voyage. Je ne deviendrai pas Madeleine mais désormais je lui ressemblerai beaucoup. Au large de Quiberon, les poissons se feront une ventrée de mes cendres. En cas de gros temps, balancez-moi à la tempête en prenant garde au sens du vent pour éviter de vous prendre papa en pleine gueule. Les morts s'en foutent des rites, ils sont trop occupés à regretter l'époque où ils se souciaient du lendemain. Toute une vie, tout un livre et le néant qui réconcilie, évapore les restes des gens – et leurs idées épandues.

La vie est pimpante ce matin à la terrasse de ce café breton où face à la mer j'essaie d'écrire. Je vous embrasse, mes amours. La vie m'enivre, respirer me bouleverse, regarder est un plaisir que je n'avais encore jamais éprouvé. Vivre est le Nirvana, ceux qui s'en vont le savent, mais je suis trop maigre pour finir Bouddha.

Tu descends de la plage à la mer.

Tout à l'heure, c'était moi. La plage de Marseille en ce temps-là comme celle que tu foules était de sable. Avant que ton arrière-grand-mère soit installée sur son transat, j'étais déjà dans l'eau. Il suffirait de mêler Provence et Finistère pour fusionner nos enfances et l'espace d'une matinée nous nagerions ensemble. Les générations longtemps se côtoient, des années, de modestes décennies, dont les vieux savent la volatilité.

Tu portes en toi Madeleine. Je devrais la voir dans tes yeux. Elle est là, Alfred aussi. Tu es tout ce que nous avons été, tu es l'extrémité du temps. Tu avances, nous disparaissons, nous avons disparu.

Je traverse la rue.

Je me jette à l'eau tout vêtu. Je nage toujours assez vite pour te rejoindre et toi tu sautes assez haut pour te jeter dans mes bras. Mais depuis l'avant-dernier épisode de ma cavalcade vers les grands fonds, les mètres sont devenus les kilomètres de ma jeunesse, mes os se sont changés en plomb. Il faut garder la tête haute, ma grande chérie, accepter en souriant de connaître ce nouveau bonheur de ne plus exister.

Je n'arriverai pas jusqu'à la plage. Quelqu'un me lèvera de ce siège, m'aidera à grimper sur la table, me prêtera une longue-vue. Tu seras si proche qu'en riant on s'effleurera la main. Depuis ton premier matin, tu m'auras éblouie, tu m'auras rendu gai, tu finiras par me sauver. Quand tous les autres m'auront rejoint, demeurera en toi notre trace. Un peu de nous, un peu de moi. Petite fée. Nous partagerons ta vie, ton merveilleux chemin.

Je tombe et voilà que je te nomme, ma grande chérie. Élisa, Papi Jaujau s'envole, il te balancera du ciel des fraises Tagada.

Pour en savoir plus
sur les Éditions Récamier
(catalogue, auteurs, vidéos, actualités...),
vous pouvez consulter
www.editions-recamier.fr
www.lisez.com

lisez!

et nous suivre sur les réseaux sociaux

Éditions Récamier

@editionsrecamier

@Ed_Recamier

#lisez! engagé
www.lisez.com

Pour plus d'information :

Imprimé sur du papier issu de forêts gérées durablement.

CET OUVRAGE A ÉTÉ ACHEVÉ D'IMPRIMER SUR ROTO-PAGE
PAR L'IMPRIMERIE FLOCH À MAYENNE EN JUIN 2025

N° d'impression : 107195
Imprimé en France